我们要全面贯彻党的民族理论和民族政策,坚持共同团结奋斗、共同繁荣发展,促进各民族像石榴籽一样紧紧拥抱在一起,推动中华民族走向包容性更强、凝聚力更大的命运共同体。

——习近平

同心共筑"石榴籽"故事

《"石榴籽"故事》编委会 编

黄河出版传媒集团
阳光出版社

图书在版编目（CIP）数据

"石榴籽"故事. 同心共筑 /《"石榴籽"故事》编委会编. -- 银川：阳光出版社，2021.6
　　ISBN 978-7-5525-6014-5

Ⅰ. ①石… Ⅱ. ①石… Ⅲ. ①故事－作品集－中国－当代 Ⅳ. ①I247.81

中国版本图书馆CIP数据核字(2021)第135490号

"石榴籽"故事　同心共筑　　　　　　《"石榴籽"故事》编委会　编

责任编辑　申　佳　李少敏
封面设计　赵　倩
责任印制　岳建宁

黄河出版传媒集团
阳 光 出 版 社　出版发行

出 版 人	薛文斌
地　　址	宁夏银川市北京东路139号出版大厦（750001）
网　　址	http://www.ygchbs.com
网上书店	http://shop129132959.taobao.com
电子信箱	yangguangchubanshe@163.com
邮购电话	0951-5014139
经　　销	全国新华书店
印刷装订	宁夏凤鸣彩印广告有限公司
印刷委托书号	（宁）0021307

开　　本	787 mm×1092 mm　1/16
印　　张	5.25
字　　数	40千字
版　　次	2021年7月第1版
印　　次	2021年7月第1次印刷
书　　号	ISBN 978-7-5525-6014-5
定　　价	50.00元（全5册）

版权所有　翻印必究

序　言

我国是统一的多民族国家，中华民族多元一体是先人留给我们的丰厚遗产，也是我国发展的巨大优势。我们辽阔的疆域是各民族共同开拓的，我们悠久的历史是各民族共同书写的，我们灿烂的文化是各民族共同创造的，我们伟大的精神也是各民族共同培育的。中国共产党历来高度重视民族工作，创造性地把马克思主义民族理论同中国民族问题具体实际相结合，走出了一条中国特色解决民族问题的正确道路。把民族平等作为立国的根本原则之一，确立了民族区域自治制度，各族人民在历史上第一次真正获得了平等的政治权利，共同当家做主，终结了旧中国民族压迫、纷争的痛苦历史，开辟了发展各民族平等团结互助和谐

关系的新纪元。党的十八大以来,以习近平同志为核心的党中央就事关民族工作、民族团结等重大问题,提出了一系列新思想新论断,作出了一系列新部署新要求,推动我国民族团结进步事业进入新时代,各族人民的获得感幸福感显著提高,更加坚定了对伟大祖国的认同,对中华民族的认同,对中华文化的认同,对中国共产党的认同,对中国特色社会主义的认同。

宁夏是民族地区,历来有着民族团结的优良传统。1935年8月,红二十五军进入宁夏西吉县,就制定了"三大禁条、四大注意";1935年10月,毛泽东率领中央红军主力来到西吉县单家集,在"陕义堂"清真寺与马德海促膝长谈,留下了红军和回族群众友好相处的佳话,是我们党在革命战争年代重视民族团结的生动写照;1936年10月,西征红军在宁夏同心县和海原县东部建立了我党历史上第一个回族自治政权——豫海县回民自治政府,这是我们党民族自治政策的最初实践,为宁夏这片土地播下了民族团结的"金种子"。宁夏回族自治区成立以来,各族儿女在宁夏这片土地上和睦相处、共同奋斗，开发了我们宁夏的大好河山，创造了巨大的发展成就，丰富了民族团结的深刻内涵。特别是党的十八大以来，在以习近平同志为核心的党中央坚强领导下，宁夏各族人民大力弘扬民族团结的优良传统，手足相亲、守望相助，留下了一个个民族团结的感人故事，书写了一篇篇民族团结的动人乐章，奏响了一曲曲民族团结的伟大赞歌。宁夏民族团结的光辉历程、大好局面，成为我国民族团结进步事业的生动缩影和实践典范。

知古鉴今。为更好推动新时代民族团结进步事业，建设全国民族团结进步示范区，我们编写了《"石榴籽"故事》丛书。丛书分《血脉相连》《亲如一家》《同心共筑》《同舟共济》《守护团结》5册。《血脉相连》收集整理历史上，特别是革命战争年代宁夏各族人民以中华民族独立、解放、复兴为己任，团结一心、一致对外的红色历史，讲述一损俱损、一荣俱荣的同脉故事，深化全区各族人民对中华民族共同体意识的思想认识。《亲如一家》收集整理宁夏各族群众共居共

学共事共乐的生活点滴，特别是生态移民安置、农村少数民族人口融入城市过程中和乐而居的典型事例，讲述平时相互关心、有事相互关照的守望故事，引导各族群众充分认清中华民族和各民族是一个大家庭和家庭成员的关系，推动民族融合由空间嵌入向情感和心理融合深化。《同心共筑》收集整理宁夏各个历史时期特别是进入新时代，各族群众"结对子""手拉手""心连心"，共同实现脱贫梦、小康梦、中国梦的奋斗实践，讲述"共同团结奋斗，共同繁荣发展"的同心故事，树立国家好个人才会好、中华民族好各民族才更好的鲜明导向。《同舟共济》收集整理宁夏各族群众面对重大自然灾害、重大突发事件时相互帮助、一起走过的感人事迹，讲述共迎风雨、共克时艰的团结故事，激励各族群众心往一处想、劲往一处使，共同面对前所未有的复杂形势，齐心协力守好"三条生命线"，走出一条高质量发展的新路子。《守护团结》收集整理各行业各系统各领域普通劳动者立足本职工作岗位，发挥助力器作用，为维护和促进民族团

结积极作贡献的典型事迹，讲述民族团结进步创建人人有责的担当故事，凝聚起共同做民族团结进步工作、共同维护民族团结大好局面的磅礴力量。

丛书旨在生动展示自治区60多年来各民族团结奋斗、守望相助等"一起走过"的实践经验，全面呈现各民族交往交流交融、共生共乐共享等"一起生活"的现实经历，广泛宣传各民族共同繁荣发展，"一起实现"中华民族伟大复兴中国梦的美好愿景，让各族群众从中切身感受水乳交融、唇齿相依、休戚相关、荣辱与共的强大凝聚力，牢固树立"三个离不开"思想，不断增强"五个认同"，把维护民族团结作为自觉价值追求，汇聚起建设美丽新宁夏的磅礴力量。

《"石榴籽"故事》编委会

2021年3月

目录 CONTENTS

◎ "金沙滩" / 田玲娟

"山海情"吹绿"干沙滩" / 001

好政策暖到各族群众的心坎里 / 003

产业富了各族群众的"口袋"和"脑袋" / 007

◎ 马吉财和他的慈善协会 / 马慧娟

出身贫苦,依靠自己的双手做大做强牛羊肉生意 / 011

扶贫济弱,向孤儿院送肉送钱送冬衣 / 014

人间大爱,成立吉财慈善协会 / 017

◎ 村里来了个汉族书记 / 祝丹

播下希望的种子 / 023

中华民族一家亲 / 028
汗水浇灌团结之花 / 032

◎ **凡人微光** / 王淑萍

纸短情长，道不尽感谢 / 035
古道热肠，助人于日常 / 037
身体力行，汇聚爱心 / 038
倾情奉献，用爱温暖人心 / 041
投身抗疫，共书大写"义"字 / 043

◎ **石榴黄花菜合作社** / 丁燕

渺茫的希望 / 046
梦想的萌芽 / 052
耀眼的光芒 / 053

◎ **筑基的人** / 马桂芬

心系居民，为困难群众撑起一片天 / 056
情牵社区，搭建互助平台 / 062
心怀感恩，挥泪送别党的好干部 / 068

◎ **后记** / 075

"金沙滩"

◎ 田玲娟

"山海情"吹绿"干沙滩"

1996年7月,国务院办公厅下发了《国务院办公厅转发国务院扶贫开发领导小组关于组织经济较发达地区与经济欠发达地区开展扶贫协作报告的通知》,明确了福建与宁夏对口帮扶的协作关系。1997年4月,时任福建省委副书记的习近平同志到宁夏调研东西协作对口帮扶工作,被西海固的贫困所震撼,提议将西海固不宜生存地区的贫困群众"吊庄"搬迁到银川河套平原待开发荒漠地,建设新家园。习近平同志提议,两省区共同建设生态移民点，以福建、宁夏简称命名，即闽宁村。2002年1月，闽宁村升级建制为镇。

2003年7月乡镇机构合并，玉海经济开发区并入闽宁镇。2005年村级组织合并，闽宁镇原来的12个村合并为5个村，分别为园艺村、木兰村、武河村、福宁村、玉海村。2012年5月，闽宁镇又陆续安置固原市原州区、隆德县13个乡镇的移民1998户，成立原隆村，所辖行政村增加为6个。20多年里，闽宁镇陆续接纳了来自宁夏西海固6个国家级贫困县的4万多移民。如今，闽宁镇人口接近7万人。

2016年7月19日，习近平总书记到闽宁镇视察时曾给予高度肯定并指出，"看到你们开始过上好日子，脸上洋溢着幸福，我感到很欣慰""闽宁镇从当年的'干沙滩'变成了今天的'金沙滩'，探索出了一条康庄大道，我们要把这个宝贵经验向全国推广"。

24年里，闽宁镇的干部群众开挖引黄沟渠、兴修水利、开垦荒地、整治良田，手拉肩扛、建房修路，植树造林、防沙治沙。一座绿树成荫、良田万顷、经济繁荣、百姓富裕的现代化移民乡镇，在昔日天上没鸟飞、地上不长草、十里无人烟、风吹沙粒跑的荒滩上拔地而起。特别是党的十八大以来，福建省在产业、资金、技术、人才等方面进一步加大帮扶力度，闽宁镇脱贫致富奔小康的步伐不断加快。2019年，闽宁镇人均可支配收入达到13970元，贫困发生率降至0.197%。2020年，闽宁镇如期脱贫。

好政策暖到各族群众的心坎里

"4+1+1"精准扶贫政策让贫困户对未来充满信心和干劲。闽宁镇大力推行"一户四牛一棚一电站"的"4+1+1"产业扶贫模式：建档立卡贫困户每户托管4头肉牛，每年享受分红8000元；每户在盛景光伏科技公司种植1栋大棚，每年享受分红1万元；通过光伏小镇建设项目，采取"企业担保＋被扶贫户＋

政府贴息"的模式进行光伏扶贫,保证被扶贫户5年内每年收入不低于1万元,25年内总收入不低于20万元。"4+1+1"产业扶贫模式既发展了经济,又将发展的成果惠及移民,让很多贫困户"摘了帽",走上了致富之路。

制定"出户入园"优惠政策,调动农户的积极性。建立龙头企业集中运营管理、农户广泛参与的利益联结机制,对自愿拆除院中圈舍、发展庭院经济的农户给予适当补贴,对龙头企业肉牛养殖、饲草种植等方面给予补贴,推动分散养殖向集中规模养殖转变,提高"出户入园"率。

完善招商引资优惠政策,吸引企业走进来、留下来。对入驻闽宁扶贫产业园的企业,根据固定资产投资完成情况给予税收优惠政策,投产之日起3年内,将税收中县级留成部分予以返还,后3年予以减半。在企业用电、职工社保缴纳等方面适当给予补贴。入园企业聘用当地移民的,在缴纳社保时给予一定补贴,聘用建档立卡贫困户的,加大补贴力度,促进项目早

落地、早投产、早见效,带动当地群众就业、增收、致富。

设立村民服务全程代办点,开展"一站式"服务。将与群众生产生活密切相关的养老保险、低价申办、粮食补贴等20多项内容列入受理范围,群众只需要向代办点提出申请,提供有关材料,代办点均予代理,群众可享受"一站式"便民服务。想自主创业的移民,代办员联系县工商局到村里现场办公,为移民办理营业执照等相关手续。"不出村,领到营业执照,拿到创业贷款,俺们创业的劲头足了。"村民们对未来的信心展现在满面笑容上。闽宁镇6个行政村都设立了民生服务全程代办点,每年累计为民办事近万件。

回族移民海国宝是原隆村党支部副书记。海国宝的老家在固原市原州区开城镇青石村,是国家集中连片特困地区,也是脱贫攻坚工作中最难啃的"硬骨头"。2012年5月29日,海国宝一家作为该村第一批移民搬至闽宁镇,政府给每户群众分配了一套54平方米的房子。海国宝搬到新家后,第一件事就是打开水龙头，看到水龙头喷涌而出的清洁、甘甜的自来水，他激动地流下了眼泪。如今，海国宝一家的生活幸福美满，院子里停放的越野车是海国宝小儿子新买的，他在村里自主创业；大儿子在镇上的葡萄酒厂当司机，工资从最初的每月4500元涨到了现在的每月6000元；大儿媳在畜牧企业上班，一个月工资也3000多元。海国宝原本54平方米的房子现在也扩建到了120平方米，新家窗明几净，庭院里郁郁葱葱……更让海国宝欣喜的是孩子们上学也有了着落。"要知道过去在老家，学校离村子远，孩子们上学很不方便。"现在，家门口就有幼儿园和小学，看着孩子们一天天开心健康地成长，海国宝笑着说："用不了几年，我们老海家也能出大学生了。"

24年间，闽宁镇发生了翻天覆地的变化。人口、收入、产业结构勾勒出闽宁镇从无到有、从小到大的轮廓，在这中间体现的，是贫困群众为实现美好生活而激发出的自信，是"全面建成小康社会，一个少数民族也不能少"的庄严承诺。"共产党好，黄河水甜"

成为闽宁镇各族群众发自肺腑的心声。

产业富了各族群众的"口袋"和"脑袋"

如今,闽宁镇形成了"特色种植、特色养殖、光伏产业、旅游产业、劳务产业"五大主导产业和"特色种养殖产业、高效节水现代农业、劳务商贸物流业、文化旅游产业"四大特色支柱产业,成为各族群众致富奔小康的源头活水。产业不仅让闽宁镇人富了起来,更让各族群众实实在在感受到了党的恩情和中华民族大家庭的温暖。

菌草种植是闽宁镇历史上第一个为移民带来收入的产业扶贫项目。当时福建省扶贫办兵分两路:一路由技术人员组成专家团队驻扎闽宁镇,指导农户种植菌草;一路人马深入北京等地跑市场。1997年,福建农林大学菌草研究所所长、菌草技术发明人林占熺

"石榴籽"故事

教授作为第一批福建援宁人员来到宁夏，开始艰苦卓绝的菌草扶贫工作。提起福建的菌草扶贫，福宁村村民周侗至今心怀感恩。周侗离开西吉县老家时，仅有的家当是两床被子。有村民开玩笑说："周侗你的心野着呢，千万别好日子没过上，把铺盖卷也搭进去了。"虽然对未来也没有什么规划，但周侗坚信走出大山就有希望。在政府的帮扶下，周侗贷款买了一辆拖拉机，种起了蘑菇，成了福宁村的种植示范户。这个消息传到了周侗老家，老乡们也跟着一批一批走出大山，踏上了致富之路。

德龙酒业的建设发展是闽宁两省区产业扶贫协作的一个缩影，是闽商在宁夏大地打拼、帮助当地部分群众脱贫致富的代表。宁夏政协委员、福建华侨陈德启常挂在嘴上的一句话，就是"总书记要我们先富带后富。作为政协委员，这是我们义不容辞的责任"。2007年，陈德启来到宁夏，当时的宁夏正大手笔地开发建设贺兰山东麓百万亩葡萄基地，他随即成立宁夏德龙酒业有限公司，发展贺兰山东麓葡萄酒产业，14

年扎根在这片希望的原野上。目前,该公司已实现葡萄酒年产量3500吨、700万瓶,吸纳3000人就业,其中不少是原隆村的建档立卡贫困户,他们的月收入都在3000元以上。公司还安排免费培训,掌握技术的工人月收入可达5000元。

曾任武河村党支部副书记的薛选军,他的梦想是带领全村各族群众实现共同富裕。地处贺兰山东麓的闽宁镇是世界上最适宜种植酿酒葡萄的区域之一,2000年前后,镇政府号召大伙儿种葡萄,武河村几乎没有人响应。在薛选军眼里,葡萄是会呼吸、会生长的财富。青铜峡市甘城子乡的酿酒葡萄种植基地离武河村不远,那里的酿酒葡萄进入盛果期,每亩能赚5000元。"同样的地人家能刨出'金娃娃',我们为什么就不能呢?再说,党和政府给了我们好政策,福建人民在帮我们,全国各族同胞在关心我们,作为党员,理应带着全村各族群众致富。"于是薛选军领着村里10多名党员带头种植葡萄。他用实际行动让各族群众明白,只有冲破封闭保守的壁垒,才能改变命运。武河村第一批移民在薛选军的带领下,年收入数万元,其他村民也跟着干起来。薛选军的执着让葡萄在武河村生根,全村80%的农民种植酿酒葡萄,大部分劳动力的就业问题得到解决。这份执着也让武河村的酿酒葡萄打出了名气,武河村成为张裕集团的原料采购基地,每年创收500多万元。如今,武河村大部分移民有了小轿车、新房子,日子一天更比一天好。

这些昔日在地里刨食吃不饱肚子的农民,如今成了掌握一技之长的产业工人,不仅手里有了钱、日子过好了,而且在大生产、奔小康的实践中,既富了"口袋",又富了"脑袋",面对实实在在的幸福,他们切身感受到了社会主义制度好、党的民族政策好。

马吉财和他的慈善协会

◎ 马慧娟

出身贫苦，依靠自己的双手做大做强牛羊肉生意

1972年，吴忠市板桥乡巷道村的回族家庭马家，一个男孩出生了。父亲欣喜异常，希望儿子一生吉祥平安、多寿多金，故为其取名马吉财。

期望都是美好的，但人生充满各种未知和艰难。1980年，马吉财刚上小学的那一年，父亲扔下母亲和他们兄弟姊妹六人撒手人寰。父亲的离去，让瘦弱的母亲骤然不知所措，六个孩子，吃什么，穿什么，上学怎么办？巷道村临近吴忠市区，一直有做手工生

意的传统。为了养活六个孩子,母亲开始起早贪黑地做副食,然后拿到吴忠市场上卖,赚取微薄的收入养活六个未成年的孩子。

没有父亲的家庭就没有顶梁柱和坚实的后盾,母亲用羸弱的肩膀扛起了整个家庭,但生活的贫困还是如影随形。家里什么都缺,而且时不时地还要看别人脸色。贫困带来的艰难让马吉财的心灵受到了极大的打击,他暗暗发誓,一定要让日子好起来,不让母亲再这么辛苦。

小学刚毕业,无论母亲怎么劝,马吉财都不肯去上学,他要替母亲分担生活的重担。母亲拗不过他,只好同意。少年马吉财接过母亲的担子,开始往返于巷道村和吴忠市场之间。天道酬勤,通过几年的努力,马吉财手里积攒了一些资金,他想把生意做大一些。经过一段时间的观察,他发现市场上皮子比较赚钱,就开始收购皮子,然后卖到温州。那几年,马吉财没睡过一个安稳觉,没吃过一顿囫囵饭,凭着敢闯敢拼的劲头,终于让家里的生活逐渐好了起来,同时也积

攒下人生的第一桶金。

2000年，马吉财准备扩大经营，但此时皮货市场突然出现动荡，马吉财的皮货在浙江赔了个精光。

多年积累的财富几天就清了零，这对马吉财来说是一个不小的打击。接下来该怎么办，他还没有想好，就暂时回到巷道村。母亲年纪大了，他想先陪陪母亲。看着一脸疲惫的马吉财，母亲说："没事儿，世上的事情都会过去的，钱是人身上的污垢，洗了还会再生的，慢慢来。"

母亲的话让马吉财的心平静了下来，在巷道村休整一段时间之后，他觉得这样下去不行，还是得干点什么。他把想法和母亲说了，母亲说："你去吧，不要担心家里和我，男人就是要在外面闯荡的。"

马吉财辞别母亲去了银川，通过多次的市场调查，他发现那里的牛羊肉市场潜力很大，于是决定在银川卖牛羊肉。改行意味着要从头开始，一点点地积累，一天天地做下去。马吉财相信，只要自己不放弃，就一定会翻身。

"石榴籽"故事

几年之后,马吉财凭着诚信经营,终于在银川站稳了脚,在四季鲜清真牛羊肉市场有了自己的店面和固定的销路,结交了许多朋友,还把牛羊肉卖到了宁夏周边地区以及阿拉伯国家。

扶贫济弱,向孤儿院送肉送钱送冬衣

从小家境贫寒,加上生意大起大落,马吉财特别能对别人的苦难感同身受。在做生意的这些年,每每遇到乞讨的人,他都会散点钱出去。

2007年的一天,马吉财碰见一个小伙子想投渠自尽。马吉财阻止了他,并询问他为什么要寻短见。小伙子说,自己家境贫寒,好不容易借了3000块钱想做小生意,结果遇上了骗子,被骗得什么都没了,自己没法向家里人交代,也没办法还这笔钱,就想到了死。马吉财听了心里很不是滋味,就一再劝说,打消了小伙子寻死的念头，并开车把小伙子送回了家。一进小伙子的家门，看着他年迈的父母，想到他一贫如洗的家境，马吉财的心被刺痛了。想了想，马吉财从卖肉的钱中拿出3000元给小伙子，让他先把借别人的钱还了。又问小伙子愿不愿意去银川批发市场卖菜，他可以帮忙联系摊位，前期的费用也可以垫付。小伙子连忙点头，说自己愿意，也能吃苦。马吉财随即给朋友打电话说明情况，让给小伙子租个摊位。马吉财的热心肠让小伙子一家人深受感动，当即要给他下跪，马吉财赶紧把一家人拉了起来。

小伙子后来在批发市场卖菜，解决了一家人的生活问题，还娶了媳妇。每次碰见马吉财，他都高兴地说，如果不是马吉财的帮助，他都没办法想象自己的人生会是什么样子。这件事情让马吉财受到很大的触动，原来自己的举手之劳可能会改变别人的一生。

2011年，因为店面扩大，马吉财将牛羊肉店搬至永宁县望远镇。有一次快收摊了，马吉财听到有人与邻居起了争执。热心的他过去帮忙，一问才知道，买肉的人姓杨，是一家孤儿院的院长。因为孤儿院资金紧张，60多个孩子已经几个月没吃肉了，杨院长想给孩子买点肉改善生活，可是钱不够，想赊账，老板又不肯，所以才争执了起来。

马吉财了解这些情况后，把杨院长拉到了自己的店里，询问了孤儿院的具体位置，然后让杨院长先回去。第二天一大早，杨院长就被门口的汽车喇叭声吵醒了，原来是马吉财给孤儿院送来了100斤牛肉、100斤羊肉和2000块钱。杨院长感动得不知道说什么好，就把孩子们喊来一起对马吉财说谢谢。看着孩子们单纯的眼睛，马吉财想起小时候的自己，一下子心疼起这些孩子来，他对杨院长说，以后只要他在银川卖肉，每个月都会给孤儿院送牛羊肉和钱。

当年冬天，马吉财又给孩子们做了60多套冬装送了过去。孤儿院的孩子只要看见马吉财，就会高兴地围着他不肯散去。马吉财一送就是3年多，直到孤儿院的情况好转。

人间大爱，成立吉财慈善协会

马吉财和巷道村的村支书从小一起长大。有一次，村支书去银川看马吉财，正好碰见杨院长来拿肉，他感到很疑惑——这个人怎么拿肉不给钱。马吉财就说了事情的经过，村支书一听，笑着对马吉财说："你不忙了我带你回巷道村看看。"

马吉财不知道村支书卖的什么关子，但还是跟着他回到了巷道村，村支书直接把马吉财带到了马萍家。马萍一家三口都有残疾，母亲和哥哥是聋哑人，马萍遗传了父亲的先天性足内翻，一直没有得到很好的医治。后来在民政部门的关心下，才为马萍争取来了到北京做手术的机会，但没想到术后护理是一件长期的事情。回到巷道村后，因为家庭条件差，马萍的伤口感染了。这下难倒了村委会，村上组织村民给马萍捐了3000多块钱，但对她的伤情没有多少帮助，村上也发愁这个姑娘该怎么办。尽管这一家三口享受着低保，但对于他们的生活来说，这只是杯水车薪。这次村支书带马吉财来，就是希望他出手帮助这个可怜的姑娘。

马吉财看着这病弱的一家人，心里很不是滋味，没等村支书再多说，当即开车把马萍送到了上桥医院，并承诺所有的医药费他承担。

在马吉财的资助下，马萍在上桥医院经过一个多月的治疗，病情总算得到了控制。马吉财对村支书说，马萍后续的治疗费用他也会承担。

这件事情之后，马吉财意识到，还有很多的人需要帮助。他深感要做的事情太多了，而自己一个人的力量又太薄弱，所以，成立慈善协会才是长久之计。只有让更多人加入这个队伍中，才能让人间大爱温暖更多需要帮助的人。恰好，在多年的经商过程中，马吉财结识了一批志同道合的朋友，大家听说他要成立慈善协会，纷纷要求加入。

他的想法也得到了巷道村村委会的大力支持。2015年7月，吉财慈善协会在吴忠市民政局注册，

在巷道村挂牌成立。村委会提供了80多平方米的场地,又配备了电脑、桌椅板凳等办公设施。几位爱心人士共同担任慈善协会的会长、理事等。协会成立那天,乡亲们都来了,马吉财发表了感言。他表示吉财慈善协会将致力于对巷道村及周边地区需要帮助的贫困户、残疾人、孤儿和贫困学生等困难群体的帮扶救助,协会本着救急不救穷的理念,发扬人道主义精神,将会开展多种形式的社会救助活动。一看乡亲们听得云里雾里的,马吉财说:"啥也不说了,大家看我们协会的行动吧。"

在慈善协会成立后的第一次活动中,马吉财就在巷道村组织了一次大型慰问活动,对巷道村90多户低保户进行慰问,之后又慰问了上桥乡解放村的几户残疾人家庭,帮扶总金额达到16000元。他的这一举动让村里人纷纷竖起大拇指,说:"我们巷道村也出了个人物。"

协会成立的几年时间里,马吉财所做的善事不胜枚举,个人捐赠的善款已有几百万元。现在,吉财慈善协会有成员1500多名，受益群众达万余人。为了更好更及时地帮助更多的人，马吉财又成立了吉财爱心志愿服务队，现有注册志愿者400多名。这些志愿者来自宁夏、陕西、甘肃、内蒙古、新疆等地，涵盖汉族、回族、蒙古族、维吾尔族等多个民族。在服务队这个大家庭里，马吉财带领志愿者们结志愿对子，连续开展以"青春扶贫护苗行动"为主题的关爱贫困留守儿童活动；开展"阳光行动"，为孤儿、贫困学生捐资助学；开展"救弱助残献爱心"活动，帮助残疾人、弱困人群重拾生活希望；开展"暖心爱心送温暖"活动，促进民族团结。

吉财爱心志愿服务队还将每个周末作为定期活动日，按志愿者的年龄分为"青苹果""康乃馨""夕阳红"三色志愿服务队，开展专项志愿服务活动。2017年初，吉财慈善协会在慈善大道入口人流密集处设立认领点，将爱心人士捐赠的衣物等用品信息放在"爱心墙"上，通过微信、QQ传播，不分民族，不分年龄，让有需要的人前来领取。

马吉财以个人的微薄之力汇聚起爱的磅礴之力。通过这些志愿服务活动，他以言传身教的方式转变群众的思想观念，不仅带动了本乡青年奉献爱心，而且吸引了周边地区的爱心人士加入。10多年来，马吉财从名不见经传的农民，成为如今远近闻名的"慈善大使"。他发起成立的吉财慈善协会先后获得宁夏回族自治区"优秀公益慈善组织"，吴忠市"最佳慈善组织""最佳志愿服务项目"，利通区"最佳志愿服务组织"等荣誉。马吉财个人先后获得"宁夏回族自治区道德模范""宁夏回族自治区优秀志愿者""宁夏回族自治区民族团结进步模范个人"等多项荣誉称号。

2018年8月，马吉财临阵挂帅，被板桥乡政府任命为巷道村党支部书记。马吉财身上的担子沉了，责任重了。为了更好地造福乡里，他将生意交由家人打理，自己全身心地投入为村民谋出路的工作中，希望通过自己的努力，让巷道村的明天更加美好，让慈善事业走得更远。

马吉财当选村支书一年多来，不仅要操心慈善协会的长远发展，而且要全力以赴抓好巷道村脱贫攻坚工作，他运用自己多年经商的经验，借助巷道村临近城区的地理优势，将村里的闲置土地改建成货运厂，这样就有了村集体收入，并将这些收入用于对孤寡老人、留守儿童的帮扶上，同时积极引进扶贫工厂，为他救助过的像马萍这样的残疾人谋一份工作，从根本上解决他们的就业问题。

2020年初，新冠肺炎疫情暴发，马吉财和他的志愿者团队竭尽所能购置了大量口罩，在慈善大道的路口为执勤的民警和过往车辆的司机免费发放，为抗击疫情做出了自己的贡献。

谈到这么多年的慈善之路，马吉财说，不后悔自己的选择，人活着，总要干点什么，只要自己还有能力，就一定会在慈善这条路上一直走下去。他也相信，在党的领导下，大家的日子会越来越好。

村里来了个汉族书记

◎ 祝丹

播下希望的种子

青色的天边刚刚露出鱼肚白，李得花就已经起床了，她麻利地洗了把脸，开始了一天的忙碌。她先是给羊圈里的十几只羊添了饲草，给鸡笼里的几十只鸡加了饲料，然后拿起院墙脚的大扫帚出了门。李得花现在是村里的公益性保洁员，村部到家门口这段路的卫生归她管。每天天不亮，她就开始从村部打扫，一口气扫到家门口，这才站住歇歇脚。李得花擦擦额头的一层薄汗，微眯着眼睛打量自家的院子。此时，火

"石榴籽"故事

红的太阳已经从天边露出了脑袋，一点一点地往外蹦，金色的阳光不一会儿就洒满了整个院子，三间新房外贴的白瓷砖被镀上了一层金色。这是李得花一天当中最享受的时刻，看着眼前被阳光照耀的院子，听着不时传来的鸡羊叫声，她紧紧握着手中的扫帚，觉得从未有过的踏实，心里好像也被什么填得满满的。

想想两年前，自己一家还住在简陋的窑洞里，现在不仅搬进了新房，养上了鸡和羊，而且做保洁员每月还有七八百元的工资拿，放到以前，这是想都不敢想的事情。

那么眼前的这些变化到底是从什么时候开始的呢？这一切都要从村里来了个汉族书记说起。

西海固"苦瘠甲天下"，曾被联合国教科文组织认定为最不适宜人类居住的地区之一，龚湾村更是海原县树台乡挂了号的贫困村，同时也是一个回族聚居村。李得花祖祖辈辈就生活在这片贫瘠的土地上，这里十年九旱，生态环境脆弱，老百姓一直过着靠天吃饭的日子。

李得花的男人有残疾，不能干活，家里还有两个娃指望着李得花种的几亩玉米地。雨水好的时候还能有些收成，遇上大旱，一年的劳作就白费了。一家四口人挤在一进的窑洞里生活，窑洞还是李得花结婚的时候在黄土坡上凿出来的，火坑是黄土垒的，灶台是黄泥涂的，院墙是黄土夯的。李得花每天脚下踩的是黄土，手里抓的是黄土，脸上落的是黄土，鼻子里吸的也是黄土，她的世界仿佛只有土黄色。

一天，李得花正在院里晒玉米，李家二婶进来串门，聊着聊着，凑上来小声对她说："你听说了没，城里派了个'大官'来俺们村当书记呢，还是汉族。"确实，大家跟前住的都是回族，从出生起打交道的也都是回族，听说有汉族来村里当书记，都觉得很稀奇。李得花笑着说："来就来呗，汉族他也是两只胳膊两条腿，再说我们哪有机会见那些'大官'呢。"二婶子想想也是，于是又聊起别的事。没承想，才过了两天，队长就说新来的书记要来李得花家。李得花这才着了慌，家里实在是没法看，也没有能拿得出手的招待人的东西。她只好里里外外把窑洞打扫了一遍,忐忑地等着这位新来的"大官"。

第二天,村长和队长就带着新书记来了。新来的书记叫王军华,是中卫市人力资源和社会保障局派来的驻村第一书记。听说要来龚湾村时,他的心里也没底儿,因为龚湾村是个回族聚居村,而他是汉族,不知道工作会不会有难度。所以,他来龚湾村的第一件事就是到村里每户人的家里看看实际情况,听听实际困难。

来李得花家之前,王军华听村长大概说了她家的情况,可当真正走进窑洞后,他还是被深深地震撼了。昏暗的窑洞中除了炕和灶台,就只有一个破木柜、一个旧布沙发和一张木桌子。李得花的男人围着一床已经看不出是什么颜色的被子坐在炕上,见来人了,只知道傻笑。李得花在桌子边站着,低着头,眼睛不知道往哪儿看,双手不停地搓着,显得很局促。在村长和队长的开解下,李得花才慢慢抬起头打量这位新来的书记。他个子不高,皮肤黑黑的,眼睛也不大,要

不是穿着一件雪白的衬衣,跟村里的人也没啥两样。想想前两天和二婶子开的玩笑,李得花这才稍稍放松了些,跟书记一问一答地说起了家里的情况。

从李得花家出来,王军华的心情很沉重。他听说过西海固的贫穷,但亲眼看到,才真正有了体会。他很难想象仅仅在离自己家100多公里的地方,还有人过着这样的日子。一边想着,他一边加快了脚下的步伐。

就这样,王军华每天白天工作,晚上挨家挨户走访,和大家聊家常,几个月下来,村里的人也都认识了这位新来的驻村书记,王军华心里的顾虑也慢慢消散了,逐渐和龚湾村的回族群众打成一片。

在走访过程中,王军华认真倾听老百姓的困难和心声,慢慢了解到,龚湾村的回族群众都很淳朴善良,大部分家庭缺资金、缺技术、缺劳动力,恶劣的环境使村民们有劲儿没处使。王军华认为,龚湾村的扶贫脱困来不得半分虚假,授人以鱼不如授人以渔,要以造血式的扶贫取代输血式的扶贫。他相信,只要大家

"石榴籽"故事

肯干、能吃苦、团结一心,他就有信心带领大家走出困境。

看着每天不停穿梭在村里的王书记,村民们都觉得很踏实,心里慢慢种下了希望的种子,期盼着新来的书记能给这片贫瘠的土地带来变化。

中华民族一家亲

李得花家的事,王军华一直记在心上,脑海里时不时就闪现出那间狭小昏暗的窑洞。经过多方联系协调,事情终于有了眉目。一天,王军华来到李得花家,说:"我想办法筹到了7万多元钱,用来给你们家和其他两家盖新房,盖好后再给每家补贴39000多元。"李得花简直不敢相信自己的耳朵,她一直以为自己会在这间窑洞里住一辈子,看着周围邻居一个个盖起了新房,说不羡慕是假的,可是自己家的实际情况在那儿摆着，所以住新房的事，她做梦都没有想过。只听王书记又说："中华民族一家亲，现在，全国人民的日子都越过越好了，总书记都说了，全面实现小康，少数民族一个都不能少。在扶贫的路上，不能落下一个贫困家庭、丢下一个贫困群众。你别担心，党和政府这么重视咱贫困山区的老百姓，只要我们一起努力，心往一处想、劲往一处使，还愁过不上好日子吗！"李得花看着王书记，心里的感激无法言表，能说出口的唯有"谢谢"两个字。

资金到了位，新房子很快就开始建造，地方选的是窑洞旁边的一块空地。不仅周围的邻里乡亲来了，王书记也过来帮忙。他说："多一个人帮忙，你就能早一点儿住进新家，你看我虽然搬起了石头，可我心里的石头终于放下来了。"

就这样，和王书记一起，男的搬砖和泥，女的洗菜做饭。李得花自己也忙得团团转，一边在窑洞里做饭，一边惦记着旁边房子盖得咋样，进进出出来回跑。看着王书记和乡亲们忙碌的身影，李得花此时此刻才终于感受到了王书记挂在嘴边的"中华民族一家亲"的真正含义，各族人民都是亲如一家的兄弟姐妹，大家团结友爱、互相帮助，就能共同成长、排除万难。人多力量大，不到一个月的时间，3间房就盖好了。白瓷砖、水泥地，屋里还通了自来水，李得花一家终于住进了新房子。

解决了一件心头大事，王军华又在考虑为大家解决产业发展资金缺乏的问题。他通过总结多年从事创业担保贷款工作的经验及群众在创业过程中遇到的实际困难，在龚湾村探索出了"创业担保贷款＋商业贷款"的贷款发放模式，即创业贷款和商业贷款一张票发放，创业贷款贴息，商业贷款的利息由创业者自负，解决了当地创业者的贷款难题。

贷款难题解决了，新的难题又来了。大多数有创业意愿的群众因找不到符合条件的担保人，无法申请创业担保贷款，创业致富梦想止步于资金缺乏这个难题。王军华多方奔走，与各定点金融机构反复磋商协调，探索创立了精准扶贫"3+1"模式，即养牛3头以上、养羊 30 只以上、3 户联保即可按程序发放贷款，解决了创业者找不到担保人的难题。2018 年以来，共向 109 名建档立卡户发放创业贷款 587 万元，极大地调动了下派驻村第一书记和经办银行的积极性，解决了建档立卡贫困群众贷款难的问题。

村里的年轻劳动力都发动起来了，可是还有一些老弱病残群众生活困难，王军华给自己定的目标是，脱贫路上不能落下一个人。通过多方的协调和考察，王军华决定在龚湾村发展土鸡产业，采取支部＋企业＋贫困户的方式，解决老弱病残群众的就业问题。这样，李得花在家里养起了土鸡苗。政府派专门的技术人员教大家怎么养殖，土鸡养大后还有人来收购，一只 80 元，每年又能增加不少收入。2019 年至 2020 年，龚湾村 113 户村民养殖土鸡 2 万多只。目前，土鸡养殖已成为龚湾村群众的致富产业。

汗水浇灌团结之花

5年来,王军华忙忙碌碌,很少能享受完整的周末及节假日,往往是在做好本职工作的同时,还要利用节假日到帮扶村走访。中卫市区到海原县路途遥远,龚湾村更是山大沟深,来回近6个小时的颠簸,一天下来,腰酸背痛是常态。村民发展产业遇到困难,他跑前跑后帮助解决、协调资金。村民生活遇到困难,他更是冲锋在前。天冷了,他协调红十字会捐赠棉衣棉鞋,动员干部捐衣捐物;天热了,怕群众吃不上水,他组织帮扶干部挨家挨户查看,确保自来水正常供应。村民存在疑惑,或者一时无法吃透政策,他总是不厌其烦,反复讲解。王军华的足迹遍布龚湾村每个角落,汗水也洒遍了龚湾村的黄土地。"精诚所至,金石为开",王军华相信,只要脚踏实地做好脱贫攻坚的每一件事,为贫困村和贫困户做好自己力所能及的工作,就一定能帮助村民走上致富路。

王军华就这样一头扎进脱贫攻坚工作中，带领龚湾村的老百姓攻克一个又一个难题。几年过去了，王军华越来越瘦，越来越黑，龚湾村老百姓的口袋却越来越鼓，笑容越来越灿烂。龚湾村的变化大家都看在眼里：村里的主干道从土路变成了水泥硬化路，年轻人到城里打工去了，村里的妇女摘枸杞去了，考出去8名大学生，村里还给每人奖励了1000元……

李得花住上了新房，养了土鸡和羊，做保洁员每月还有工资，她有时候觉得脚下的黄土地还是那片黄土地，可她眼里的世界有了五彩斑斓的颜色。大家日子越过越好，李得花和乡亲们一直没忘记给他们带来好日子的这位汉族书记，王军华却说："这都是靠党的好政策和大家自己的努力啊！中华民族一家亲，我相信，只要各族群众和睦相处、共同努力、攻坚克难，用辛勤的汗水一起浇灌，咱这片黄土地一定会开出团结之花、幸福之花！"

2019年，国务院扶贫开发领导小组对龚湾村脱贫工作进行验收，并评定部门帮扶力度最大，贫困面貌

"石榴籽"故事

全乡变化最大,群众满意度全乡最高。2020年3月,龚湾村所有贫困户均已脱贫,海原县退出国家级贫困县行列。在民族团结、改变与发展、减贫与小康的路上,龚湾村各族领导干部和群众正在不断书写着新的辉煌!

凡人微光

◎ 王淑萍

纸短情长,道不尽感谢

"感谢你们为中卫市儿童福利院的孩子们端午送关爱,举办迎六一户外拓展活动。关爱弱势儿童,发扬雷锋精神,传递正能量。"

"感谢你们心系环卫工人,为环卫工人送来200份爱心早点和200份辣椒。你们的关爱,将成为环卫工人更加努力工作的动力。"

"在母亲节、父亲节到来之际,感谢你们为中卫市河南敬老院捐赠物资。大爱无疆,爱心永恒。"

"石榴籽"故事

"在寒冷的冬季,感谢你们为中卫市怡乐残疾人康复托养中心的孩子们捐赠冬季衣物,为孩子们带来了温暖和关怀。"

....

或娟秀,或豪放,或潦草,或工整,各种不同的字体,加盖着红色的公章,密密麻麻落满了纸张,落款有敬老院、儿童福利院、爱心小院、乡村小学、村委会,名称各不相同,表达的却都是同一种心声:感谢。

这些字体各异的感谢信珍藏在周文军的笔记本里,记录着他做志愿服务的足迹。在他的笔记本里,还有这样的记录:"孙玉萍,一人生活,重度残疾,无收入。""丁玉芳,一人养活两个孙子,需资助。""马玉军,家中四口人,特困残疾,需资助。""范怀智,73岁,无劳动能力,夫妻常年有病,吃药花销大,住房困难。""张立德,68岁,失去劳动能力,儿子患有癫痫病,孙女张娜今年开始上学。""吕建军,患骨髓炎,捐赠现金150元,牛奶一箱。""苏红莲,患风湿性心脏病,为其捐款3000元。""马金龙,因车祸致残,丧失劳动能力,捐米一袋,油一桶。"……从2013年走上志愿服务的道路,中卫市沙坡头区每一个困难家庭的详细情况,每一个资助帮扶过的对象,他都一一记在本子上,同时熟记在心。

古道热肠,助人于日常

热心、温暖是志愿者的代名词,一副热心肠是每个志愿者的"标配",周文军也不例外。"前些年住平房烧蜂窝煤,小周没少用三轮车给我买煤。""小周过一段时间就到我家里来,看看电表箱,摇摇煤气罐,家里的水电煤气都是他在操心,有这么个好人住在跟前,心里踏实。"……在沙坡头文昌阁社区,提到周文军做过的好事,人们如数家珍。帮附近的老人买菜买药,帮周围的邻居买水买电,两口子吵架他帮忙劝和,小孩子不回家他三更半夜帮忙找,就连自己

"石榴籽"故事

居住的单元楼楼道,他也在装修自家房子的时候顺便进行了装修,不仅粉刷了墙面,而且把自家老房子不用的地砖移过来铺在了楼梯间,同时将单元楼门锁更换成密码锁,既美化了居住环境,又增加了整栋楼住户的安全感……他说,做这些事是受了父亲的影响。周文军的父亲就是个热心人,一生帮人无数,家族里谁家遇上困难,谁家日子不好过,他都会伸手相助,即使年迈到依靠儿女生活,依然会把儿子周文军给他买的保暖衣裤送给孤苦无依的哑巴弟弟。血液里流淌着热心的基因,周文军做好事的范围从身边的熟人逐渐扩大到素不相识的陌生人。

身体力行,汇聚爱心

爱是可以传递的。在志愿服务的路上,周文军的妻子一直和他并肩同行。女儿还在上小学的时候,他

就带着女儿去敬老院，去福利院，让孩子从小就知道在同一片天空下，还生活着另外一群人，他们因为种种原因生活贫困，需要被关爱、被温暖。在他的影响教育下，女儿喜欢上了做公益；在女儿的影响下，女儿班上的很多同学也喜欢上了做公益。受到孩子们的启发，他组织了"大手拉小手"活动，让更多的父母和孩子在对他人的帮助中得到快乐。

2013年，一个偶然的机会，他得知有一个公益组织在做扶贫帮困的事，天生热心肠的他立马来了兴趣。之后，在朋友的介绍下，他加入了中卫市义工联合会，担任副会长，与众多爱心人士一起，奔波于各个贫困地区，为孤寡老人、留守儿童、生活困难人员送去关爱和温暖。

2016年，他联合几个志同道合的朋友一起成立了中卫市沙坡头区义工联合会，并担任会长。有时，他会约上同学、朋友一起去敬老院看望老人，给爱心小院或者山村学校捐赠物资。慢慢地，家人参与了进来，朋友参与了进来，越来越多的人参与了进来，义工联合会的队伍一天天壮大起来。

　　随着义工队伍的不断壮大,公益活动涉及的范围也越来越大。为丰富社区和敬老院老人的精神生活,周文军组织成立了朝阳文艺队,不定期地为老人们表演文艺节目。为将温暖送到乡村贫困家庭,他组织成立了兴仁义工服务队。为让每年换季时大批滞销的儿童服装派上用场,减轻商户库存压力,他组织成立了儿童大世界义工服务队,将收集来的服装送往儿童福利院和爱心小院。为协助沙坡头区禁毒志愿者协会的工作,他组织成立了禁毒宣传队,深入乡村、学校宣传禁毒知识。他还组织成立了明源水质监测、国家安全等10多支志愿服务队,让爱的阳光照耀到沙坡头区的各个角落。

倾情奉献，用爱温暖人心

2015年8月，周文军从朋友处得知文昌镇双桥村村民有一批积压多年的校服因为房屋拆迁急需处理。他一下子想到穿着单薄衣裤在教室里上课的山区孩子，于是立即与对方联系。通过多次沟通，最终争取到7000多件校服捐给了山区孩子。他自己雇车，将校服拉回义工联合会库房，并招募义工按照不同年龄学生的身高将校服进行分拣、归类，经过半个多月的辛苦，终于将这批校服分送给需要的山区孩子们。

2016年12月2日，在香山乡三眼井小学、红圈子小学举办"寒冬送衣"爱心活动时，红圈村村主任带领义工服务队看望特困户，在红圈村尹东队张立德家发现老人的孙女张娜已经9岁了，却尚未入学。原来老人的儿子患有癫痫，儿媳生下孩子，未等孩子满月就离家出走了，再也没有回来，孩子一直由爷爷抚养。因为儿子儿媳没有办理结婚手续，孩子没有医学出生证明，无法上户口，9岁了也无法上学。张立德老人多次到学校申请均无结果。从红圈村回来后，周文军心里很不是滋味，于是多次与香山乡政府沟通张娜的入户及上学问题。在他的积极奔走下，由村主任对接香山乡政府，帮张娜做了亲子鉴定，顺利解决了孩子的入户及上学问题。

今年70多岁的温希华老人家住沙坡头区兴仁镇。老人中年丧偶，老年丧子，身体也不好，在没有任何经济来源的情况下还要抚养孙子、孙女。周文军经常带着爱心人士到老人家里捐款捐物，帮助老人渡过生活上的难关。2019年1月，当沙坡头区义工联合会工作人员再次来到温希华老人家时，老人眼含泪水说："党和政府的政策好，好心人越来越多，每年都会来帮助我，这让我感觉很温暖。"

每到星期四，中卫市几个敬老院的老人都会吃到义工联合会为他们送来的爱心餐。这份爱心餐是沙坡头区义工联合会理事长刘茂森所开的餐厅提供的。在义工联合会一次次为环卫工人送爱心早餐、提供年夜饭的过程中，环卫工人党凤霞被义工们的精神深深打动了，她自觉加入义工联合会的队伍，并成为兴仁义工服务队队长，负责对接兴仁镇各村贫困户的帮扶工作。作为驻村书记，义工联合会的执行会长刘杰负责对接移民村70多户建档立卡贫困群众，当村民收到义工联合会捐赠的物资时，连声道谢，因贫困而略显怯意的双眼里透出感恩和幸福的光芒。

投身抗疫，共书大写"义"字

2020年初新冠肺炎疫情暴发，当得知社区工作人员严重不足后，周文军果断放弃陪伴家人，第一时间带领自己的义工朋友奔赴社区抗击疫情的第一线，协助开展防疫工作。两个多月的时间，他每天都早早地来到值守点，对每一位进出小区的居民进行登记，开展消杀工作，此外，他还为小区居家隔离的人员买米买面、送医送药。木器厂小区共有3栋84户居民，看似不大，但工作量一点儿也不小，单是将小区消杀工作做到位就得小半天时间。

每天早上8点出门，晚上10点多才能回到家，一干10多个小时，他尽心尽力、毫无怨言。

伴随着疫情防控工作力度的不断加大，各类物资短缺，各小区值守人员紧缺。为了让更多的人员投身疫情防控一线，同时避免人员扎堆，周文军将队伍化整为零，通过微信，采取网络宣传、网络报名的形式，倡导志愿者以就近就便为原则，在自己居住的社区报名。在党员义工的示范引领下，先后有300多名义工加入小区值守、宣传引导、消毒灭菌的队伍中，为抗击疫情贡献着自己的力量。

身处抗疫一线，他深知抗疫工作人员的不容易，于是联系义工联合会的爱心人士为一线工作人员送去葡萄糖口服液50箱、方便面20箱、饮用水50箱。他还带头向慈善部门捐款500元、向周围居民提供口罩200个。在他的影响和带动下，义工联合会的爱心人士开始自发地捐款捐物，100多名群众通过义工联合会向抗疫一线的值守人员、医务人员及其家属、居家隔离家庭送去各类食品、防护物品等，短短几天时间，就捐赠了价值19000多元的物资。

受疫情影响，中卫市血站血库告急。得知此情况，周文军主动对接中卫市中心血站，并通过微信群、朋友圈发布献血倡议书。义工联合会成员看到后，纷纷报名献血。"虽然义工联合会年年都要组织义务献血，但非常时期的这一暖心善举还是让大家觉得十分自豪。"义工王菊宁说。在疫情防控期间，义工联合会30多名志愿者累计献血12000毫升，缓解了当地血库血源不足的状况。

石榴黄花菜合作社

◎ 丁燕

渺茫的希望

向阳村脱贫了,为脱贫攻坚交上了一份满意的答卷,这是一件大喜事。

向阳村是红寺堡开发区的一个村组,住着从西吉搬迁来的移民,属于回汉群众杂居村。夕阳西下,石榴黄花菜合作社法人代表张富贵和陈世良坐在地埂上,看着金灿灿的黄花菜,露出了幸福的笑容。陈世良说:"要不是前几年的几铁锹沙子,或许咱还欣赏

不了这么好的风景。"张富贵说:"是啊是啊,回想起那时候,真是太苦了……"

事情还得从张富贵刚搬来时说起。

张富贵的老家在西吉县的一个山村,那里十年九旱,全村人靠天吃饭。为了摆脱贫困,张富贵响应号召,加入移民的队伍。

刚开发的红寺堡开发区与张富贵想象中完全是两个样子,原本想着离开十年九旱的大山沟,种上水浇田,生活就会轻松许多,谁知眼前一片荒芜,让人很无奈。

刚开发的土地土壤一点也不肥沃,全是死土,刚钻出土的玉米苗贴在地皮上被风沙蹂躏得萎靡不振,就像得了病的小鸡在风的裹挟下摇摇晃晃,原本嫩绿的叶子变成了铁锈红色。张富贵越看越生气,霎时,他的心情也和玉米苗一样耷拉了下来。

渠是两家地的交界线。地埂的上面是陈世良家。陈世良是回族,一直做生意,长年在外面跑,人们都叫他"陈板客"。下面是马凤山家,也是回族。马凤山是一名教师，在一所小学教书，特别勤劳，每天放学后都会赶紧跑到地里收拾地埂、拔草。有人说马老师家地里连一根草都没有。

由于才开发，政府还没有给地里的毛渠配套水泥预制 U 形板，约 300 米长的渠，要把全部沙子清理完也是一件费劲的事。张富贵手握着铁锨把向远处望了望，目光在满是黄沙的荒原扫了一遍，只有芨芨草在风的吹动下摇旗呐喊，好像在彰显生命的顽强和生生不息。

突然，他发现最后的半截渠里堆积的沙子特别多，他有些好奇，赶紧过去看，松软的沙子还没有板结，很明显是人为的，而不是风吹的。他抬头看了看陈板客家的地，地埂用铁锨拍得很光溜，原来高出地埂的沙子全部堆在了富贵家的地里。自己家渠里本来沙子就多，加上上面扔下来的就更不用说了。看到这情景，张富贵气坏了。这不是欺负人吗？他想：大家都是为了幸福的生活搬来的，他们咋能这样呢！你先不仁，休怪我后不义！他一锨一锨将渠里的沙子全部扔到陈板客家的地埂上，弄完渠里的沙子，回到家里已过了中午。

第二天地里放水，前面的几块田浇完了，剩最后两块田时，他发现昨天扔到陈板客家地里的沙子又堆到了自家渠里。这下麻烦了，眼看水到跟前了，就是发脾气往上扔也来不及了。照这样下去，高出的田水涨不上去，嫩苗就会旱死。眼看一块田水就要满了，他顾不了那么多，赶紧和水赛跑，又开始挖渠，一锹一锹，他边扔沙子边想，陈板客家欺人太甚了。额头上的汗像下雨一样往下滴，嗓子眼都快冒烟了，眼看渠就要挖开了，他听见马老师的老婆大声叫喊："赶紧，水把地埂冲开了。"他赶紧转过身去看，原来水把自家的地埂冲垮，水流到马老师家地里去了。真是越急越乱、越乱越急。马老师家正在撒化肥，水冲下去就没法撒了，他顾不了那么多，赶紧去拦水。

人往高处走，水往低处流，由于冲开口子的地埂在低处，所有的水都涌了过去，根本堵不住，第一锹土堵上了，第二锹土还没来得及挖，第一锹的土就已经被冲走了。马老师的老婆赶紧过来帮忙。水越来越多，豁口越来越大，没办法，他只能将水引向马老师家。他赶紧帮马老师家撒化肥，撒完后再把渠挖开，等马老师家放完水，才继续放自家没放的地块。

看着水冲开的地埂和堆在水渠里的沙子，他怒火中烧，怎么遇到了这样的地邻！刚搬来就这样，以后两家还咋相处？但他来不及想那么多，只能赶紧挖渠。正挖着，听见有人说："白天游四方，晚上借灯补裤裆。水到跟前才挖渠，早干啥去了？"这话要是别人说出来他不生气，可说这话的正是陈板客。

张富贵像发了疯的狮子，扔下铁锹，跑过去一把揪住陈板客的衣领说："有你这么欺负人的吗？你用沙子填了我们的水渠，我扔上去你又扔下来，害得水冲毁了地埂，连马老师家的玉米都淹了，你还在这里取笑我，太过分了吧！"他实在压抑不住自己的怒火，准备狠狠地揍一顿陈板客。陈板客被张富贵的举动吓蒙了，结结巴巴地说："咋……咋了？我……你们的……渠……渠是……我们填的？"看到陈板客满脸

疑惑,张富贵松开了手,说:"不是你,难道是我啊?咱两家无冤无仇的,你咋能这样?"听到两个人吵嚷,很多人围了过来。

原来陈板客这几天不在家,是两个娃娃去地里弄的地埂,看见自己家的地埂有个豁口,娃娃便把多余的沙子弄下去准备填地埂,没顾及沙子溜到别人家地里去了。所有事情说透了,毕竟娃娃不懂事,张富贵也就不生气了。

马老师家放完水,张富贵把水接过来继续放自家剩余的田。不一会儿,他看见地埂上走过来一个人,手里摇摇晃晃提着一个袋子,是陈板客,袋子里装着几个油香和一瓶可乐。困乏疲倦的张富贵吃着陈板客拿来的酥软的油香,风沙很大,却没遮住张富贵脸上的笑容。

那次矛盾以后,两家关系特别好,可以说是"不打不相识"。

梦想的萌芽

陈板客是出过门见过大世面的人，在做生意的同时也了解外面的种植情况，他告诉张富贵："要改变种植的品种，不能光种玉米，还要种经济作物，这样才能增加收入。"

张富贵也是有抱负的人，念书时学习特别好，是人人认准的大学生。可天有不测风云，就在张富贵上高三那年，父亲因病去世，家里给父亲看病花光了积蓄，还欠了一屁股债。张富贵看到家里的现状，放弃了继续求学，打工还债。

为了增加农民收入，近几年国家开始调整产业结构，提倡节能灌溉，农民开始种植葡萄、高酸苹果、中草药、枸杞、黄花菜等经济作物，改变传统的种植模式。

果树需要修剪，也是有风险的，要是春寒冻掉了花朵，一年的辛苦就会全部泡汤。相比较而言，黄花菜种植简单，投资少，收益高，好管理，于是陈板客和张富贵商量着种植黄花菜。

红寺堡区搞种植业有优势——日照充足、土地含硒量高，加上黄花菜耐旱，能适应任何土质，一年采摘时忙40天左右，收入是种玉米的好几倍。张富贵和陈板客两个人商量，除了自己种，还要动员更多人种，让大家一起富起来！

耀眼的光芒

说干就干，他们开始走家串户，动员大家种植黄花菜。"百姓百姓，各有心病"，老百姓的动员工作可不是那么容易就做的。有些人支持他们，立马就同意了；有的人犹犹豫豫，答应吧，怕赔钱，不答应吧，怕耽误赚钱；有的人直接不答应，比如刘文汉，他说活人的肚子是面装的，指望那些花花草草，就是闹笑话，前几年的实验没一项成功过。

看大家都害怕吃亏，张富贵和陈板客商量，先让同意的人签合同，第一年的黄花菜，谁家地里种的谁家采摘卖钱，第二年开始由他们收。

第一年有七八户人开始种植，除了土地的承包费外，每亩还增加了300元到500元的收入。

看着种黄花菜有利润，那些不愿承包地的人开始找张富贵和陈板客，要求加入黄花菜的种植队伍。

黄花菜种植规模变大，钱成了问题。他们向亲戚、朋友借，能借的几乎都借了，再加上贷款，终于筹够了资金。在政府的支持下，他们成立了石榴黄花菜合作社。有人问："咱们是种黄花菜又不是种石榴，为啥要起这样的名字？"张富贵笑着说："取这个名字是为了彰显民族团结，大家都要像石榴籽一样团结，要紧紧抱在一起。我是汉族，陈板客是回族，咱们回汉人民一起致富，这个名字合适得很。"大家都笑了。

合作社成立了，张富贵和陈板客开始到外省学习种植技术及管理方法，包括种植、施肥、采摘、烘干等操作流程。

每到黄花菜成熟，村子里都会来好多参观的人，有本地的也有外省的。为了让红寺堡区的富硒黄花菜走向市场，政府加大了宣传和扶持的力度，帮他们组织了黄花菜采摘节活动。

谁说农家无宝藏，遍地黄花赛金针。采摘黄花菜的不止有向阳村的男女老少，还有好多外村来的人。天不亮，公交车就拉来好多人开始"淘宝"，不管认识不认识，大家都认真地采摘着黄花菜，脸上洋溢着幸福的笑容。

张富贵和陈板客成功了，他们带动村民一起致富，村民既领了土地承包费，又能在自己的地里打工挣钱，可谓两全其美。

开发区的树绿了，楼高了，路宽了，风沙治理好了，老百姓的日子过得红红火火。陈板客和张富贵坐在地埂上，看着一望无际的黄花菜，开心地笑了！

筑基的人

◎ 马桂芬

心系居民，为困难群众撑起一片天

一间10多平方米的办公室，门敞开着，纤尘不染的桌面上躺着一叠文件、一部响个不停的电话机。这是吴忠市利通区金星镇金塔社区党支部书记、居委会主任赵峰生前办公的地方。

总有社区居民习惯性地上楼，走到这间办公室门口，愣神张望片刻，被刺痛似的、泪眼模糊地默默离开。

已经48天了，在这间办公室里突发心梗、生命的钟摆永远停在41岁的赵峰，仍然被这里的上万名居民用惋惜、感激、思念等各种发自心底的真情缅怀着。

心掰千万瓣，瓣瓣寄深情。急性心梗夺走了一个正绚烂于枝头的年轻生命，却无法抹去他撒播在千万颗心灵中的爱，和用这爱书就的大写的人生。赵峰淡泊名利、一心为民的事迹在百姓中口口相传，一位基层社区干部、一位普通共产党员用质朴、真情和奉献在群众心底砌铸起一座丰碑！

2013年4月27日，60岁的尤淑花骑着电动自行车到社区办事，手机铃声突然响起。"尤大姐，赵峰书记去世了！"电话那头传来一阵哭声。听闻噩耗，尤淑花心口像被人狠狠地捅了一刀。她撂下电动自行车，跌坐在马路边失声痛哭……

2003年，尤淑花和患有心脏病、脑血栓的丈夫张玉才双双下岗，这个被疾病死死纠缠的家庭成了风雨中的一叶小舟。年近50岁的尤淑花多次找工作遭拒后，来到赵峰办公室。"老伴看病要花钱，女儿上学要花钱，我一个女人啥技术都没有，这日子可咋过呀？"尤淑花泣不成声。"别担心，我来想办法！"憨厚的赵峰话不多，劝她放宽心。第三天，赵峰提着米面油来到尤淑花家里，还塞给她300元钱。"你们一家三口的低保申请我已经写好递上去了，用不了多久就能批下来，有啥困难随时找我！"从此，赵峰牵挂起了尤淑花一家的冷暖：他写申请为尤淑花在社区争取公益岗位；每隔数月，估摸着她家的粮油快用完了就及时送上门；社区有人捐来衣物，他赶紧打电话叫尤淑花挑几件带回去……

2009年，尤淑花用积攒下来的工资补办了养老保险，紧绷的日子总算渐渐松了弦。领到第一个月900元养老金后，她再次来到赵峰的办公室。"书记，我想把低保退了。"尤淑花说着，递上了低保证。"生活能过得去吗？"赵峰关切地问。"我和玉才都是老党员，家里揭不开锅时是您送来了党的温暖，现在日子好转，再吃低保觉得对不住您和组织。"尤淑花回答。虽然尤淑花一家退了低保，但赵峰的牵挂仍在，定期回访、一发工资便塞钱送药仍是常事。"后来才知道，

书记送来的米面油多是他爱人单位发的福利，有些是他拿自己的工资买的。三五百元地塞给俺们钱，也是他自己掏的腰包。"回忆往事，尤淑花泪水难干。

赵峰突然离世，51岁的社区居民李玉华感觉头顶的天塌了！李玉华和丈夫杨国宁都是下岗职工。2009年11月，杨国宁因高血压引发脑出血，住院8个月，时常处于昏迷和抢救中。给丈夫治病使李玉华家徒四壁，只好卖掉房子借住在利通区地区大院亲戚家闲置的筒子楼里。2010年底，赵峰听说社区新搬来一户人家，妻子总是用轮椅推着瘫痪的丈夫散步，还经常到东郊市场捡菜叶子，他急忙带着社区干部拎着慰问品来到李玉华家。得知这个家庭唯一的收入是每月230元的低保，为给丈夫补充营养，李玉华一年没吃过肉时，赵峰的眼眶红了。

"230元连吃药都不够啊！你能工作吗？给你联系个公益岗位。"赵峰急切地问李玉华。"我只要出门就得带着丈夫，哪家单位肯要？"李玉华深深的自卑灼伤了赵峰。"你只管去报名，我负责找岗位！"

赵峰说得斩钉截铁，李玉华听得热泪盈眶。写材料、复印证件、跑劳动局，赵峰事事亲为。一个多月后，李玉华得到了一份工作——带着丈夫在地区大院居家养老服务站打扫卫生。

更让李玉华感动的是，自己这个"外来户"一点一滴的困难竟被社区书记全部放在了心头：2012年11月，李玉华两年的公益岗位合同即将到期，她还不知情时，赵峰便早早递交材料，不仅为她保留了岗位，还替她丈夫杨国宁申请了一个公益岗位，并设法将他留在地区大院当门卫，以方便李玉华照顾。如今，两人月工资2040元，生活有了保障。

2020年4月，在山东工作的女儿要结婚，想到自家的状况，李玉华含泪压下了操办婚事的念头。4月13日，她刚从山东回来，赵峰便找上门："家里就这一个闺女，不操办对不起孩子啊！饭店我已经订好了，帮忙的人也找齐了，这个月20号，成不？"看着有些疲倦的赵峰，李玉华含着热泪不住地点头。"婚礼是书记主持的，他知道我有心结，便握着我的手说

'日子总会好起来的,要提起信心'。这句话暖透了我的心……"

至今,李玉华只要一提到赵峰的名字或看见他的照片,就会忍不住哭出声。4月28日,李玉华第一次将生病的丈夫留在家里,跟着人群一路将赵峰送到了公墓。

回族孤寡老人杨秀花无儿无女,生活困难。赵峰知道后,为她申请低保,安排她到居家养老服务站吃饭,并隔三岔五拎一袋水果或一箱牛奶上门,临行还不忘查看窗户和煤气,叮嘱老人上下楼要抓好栏杆。每月6日,他会亲自把低保金送到老人手里,有时钱迟发几天,就自己先垫上。杨秀花亲戚都说她有福气,有个像儿子一样的好书记。

居民们说,这样的故事太多太多,几天几夜都讲不完。居民们还说:"他是社区低保户的顶梁柱,是困难群众头上的一片天。他将一颗心掰成千万瓣,给了最最需要的人,却唯独忘了留一瓣给自己。"

赵峰的妻子谢芳整理遗物时,从柜子夹缝中发现

"石榴籽"故事

了一份被刻意藏起来的体检报告,时间是2012年4月,报告显示赵峰不仅患有危重高血压,而且伴有早搏、窦性心律不齐、电轴左偏等病症。

情牵社区,搭建互助平台

金塔社区居委会会议室的一面墙上挂着近30块荣誉牌匾,无声地诉说着赵峰生前的忙碌和操劳。办公楼前的小广场上绿植丛丛,却不见赵峰亲切而熟悉的身影,只有浓浓的哀伤在空气中飘荡。

2002年,赵峰从吴忠市利通区物价局调至金塔社区,成为1.3万居民的"一家之长"。金塔社区是金星镇的"三最"社区:设施最老旧、人口最多、绿化最差,物业停止服务多年,居民怨声迭出。曾经是物价局涉案物品评估师的赵峰到金塔社区后的第一件事,便是带领干部整治环境。

那些年,居民总能看到这样的画面:一身迷彩服的赵峰脖间缠条毛巾,冒着高温或严寒搬砖铺路;拿着扫帚爬上一间间小煤房整理杂物、清扫垃圾,下来时蓬头垢面;从货车上抱下一棵棵胳膊粗细、带着大土疙瘩、滴着泥水的树苗,再连夜栽上;三伏天手持长杆,带领社区干部疏通臭气熏天的化粪池;小区停电后给孤寡老人送去蜡烛,跑供电部门直至凌晨一两点又见万家灯火时,才最后一个离开现场;带头包下单元楼,为残疾人和孤寡老人打扫卫生;风尘仆仆地奔波于共建单位之间,为贫困学子争取资助……

渐渐地,原本光秃秃的社区泛起了绿意,物业规范了,小广场建起来了,居民抱怨少了,居委会也从三间平房变成了二层小楼。赵峰用实际行动消除了最初少数干部和居民认为他是"到基层镀金""把基层当跳板"的猜测。

金塔社区有129栋楼,每户困难群众的门牌号赵峰都记得清清楚楚。逢年过节,他都亲自登门慰问。每年1次、每次3个多月的入户摸底调查是赵峰坚持了多年的习惯。这使他对社区居民的分布和家庭情况了如指掌。"他能准确说出136名低保人员、183名残疾人和80岁以上老人居住的单元,甚至楼层和门牌号,他知道哪栋楼里住着老革命、复转军人,谁家儿子要结婚、谁家儿媳生了孩子,他是社区的'活字典'。"社区干部张川佩服地说。

2007年7月的一个下午,突降暴雨。快下班时,雨越下越大,赵峰的心随之不安起来,他和时任社区党支部副书记的王军兵分两路,带领工作人员到各辖区检查危房。直到晚上10点多,大家才一身泥泞聚到办公室。听完汇报,赵峰突然想起了什么,站起来就往出跑。"地区大院后门附近还有间废弃的土坯房,咱漏查了。"话音未落,人已冲进雨中。赶到土坯房时,大家惊呆了——里边蜷缩着两名冻得瑟瑟发抖的老年乞讨人员,积水散发着恶臭,让大家难以下脚。赵峰挽起裤管,蹚着没过脚踝的粪污,把两名乞讨者相继背出土坯房,并自己掏钱把他们安置到附近的旅店。第二天,房子就塌了……

60岁的王月英带着女儿租住在地区大院,生活困难。女儿染上毒瘾后,老人更是万念俱灰。2011年,赵峰入户调查时了解到此情况,毅然接过了王月英肩上的重担:帮她在社区找了份看自行车的活儿维持生计;写申请在利通区古城中心村为她争取了一套廉租房;时常上门教导她已经戒毒的女儿,鼓励其好好做人……

58岁的复转团职干部孙丰利,因多种原因,住房分配问题一直未解决。2005年起他多次找相关部门反映,均石沉大海。渐渐地,他对党员干部失去了信心,也因此常对赵峰横眉冷眼。面对抱怨和牢骚,赵峰总是微笑倾听。让孙丰利没想到的是,赵峰把他的困难全记在了心上,一遍遍不厌其烦地写材料、报档案、找领导,直到住房问题解决。"要不是赵书记,我早成了专业上访户了。"孙丰利说,是赵峰让他坚定了对党的信念。

地区大院一、二、三号楼全是筒子楼,住的多是空巢和高龄老人。赵峰看在眼里,急在心头,积极向上级部门申报建设意向。2009年5月22日，在他的一手操办下，金塔社区建成了宁夏首家社区老年人居家养老服务站，鳏寡老人们不再为吃饭发愁、不再因孤独落泪。

在赵峰的带领下，金塔社区还在吴忠市率先建成了社区爱心捐助中心、社区工会（职工）农民工维权站、社区困难职工救助站、"阳光家园"残疾人托养服务机构。自打有了这些平台，社区困难群众时常能感受到雪中送炭的温暖。

11年来，赵峰想方设法，协调辖区单位累计帮扶下岗职工2000多人，帮扶贫困户、贫困生3800多人次。他用一名基层党员干部朴素的情怀，将千家万户的冷暖搁在心里，将老弱病残的疾苦扛在肩上。他把真情和念想种在了群众心底，也为他平凡而又意义非凡的生命作了注解。

在社区居民、吴忠市党校退休教师安梅莲的印象里，赵峰是最忙碌、最不懂珍惜自己的学生。三年里，每到吴忠市党校函授班经济管理专业学生上课时，赵峰总是一脸疲惫，班里每半年一次的集体活动他从未参加过。这引起了班主任安老师的注意，经过调查得知：赵峰经常加班到凌晨才拖着散了架的身体回家。

2004年，函授班毕业典礼，全班其他同学都到了，唯独不见赵峰。安老师打电话催促，他抱歉地解释：工作太忙，没法脱身。当天拍的毕业合影里，赵峰遗憾地缺位了。2007年的一个晚上，安梅莲给赵峰打电话咨询社区相关事情。电话接通后，话筒里传来一片嘈杂声。她十分诧异地问赵峰在干嘛，他说在拆迁现场；问吃饭了吗，他说还没顾上。当时，已是晚上9点40分。

"去年冬天，我高血压引发脑出血，半身偏瘫，赵峰到家里看望。知道他也有高血压，我用了半个小时劝说他不能过度操劳，他只是点头应付我。"追忆此情此景，安老师心痛不已。

心怀感恩，挥泪送别党的好干部

"这是俺第二次戴白花，第一次为毛主席，这一次为赵峰。小区有一半居民是回族，这些年来，赵书记待我们像亲人，几乎把每个人都关心到了，我们咋能不来送他！"4月27日，44岁的回族居民白红艳从赵峰家里出来时已是深夜，偶尔划过的车灯将她脸上两行热泪映照得格外清亮。

自己下岗，丈夫去世，大儿子残疾，堆积的不幸几乎将白红艳击垮。是赵峰为她黯然的心境点亮了一盏灯：给她的大儿子联系聋哑学校，还经常送来学习用品；帮她上高中的小儿子写材料申请困难补助；大儿子生病时，赵峰硬塞给她500元钱，并时常安慰她："生活上别太委屈自己，还有我和社区干部呢。"2019年，在赵峰的帮助下，白红艳成为社区居家养老服务站的一名厨师。

白红艳不愿相信赵峰就这样"不辞而别"了。4

月25日中午,大家还一起在清水沟平地植树,赵峰催促所有女同志早点回家,他自己则捡光了地里翻上来的塑料袋,用锹磨平田埂后才离开。

4月28日,是赵峰出殡的日子。凌晨5点多,彻夜未眠的白红艳向赵峰的家——利通区书香苑小区走去。楼下早有百余名居民等在那里,30多名都是回族群众。白红艳拿起一朵白花,深情地戴在自己胸前。

"赵书记出身在干部家庭,但他从不嫌弃我们这些困难群众,跟我们走得最近,帮助我们最多。"金玉宝得知赵峰去世的消息,悲戚得如同失去了爱子。他知道,那个一见面便嘘寒问暖、与工人们一起为他8平方米的居所(车棚)做外墙保温、张罗着给他申请廉租房、时常叮嘱他注意煤烟的好书记再也回不来了。

人越聚越多,小区里站不下,便挤到街边的人行道上。听说赵峰去世,利通区乃至吴忠市的部分干部、职工、居民纷纷赶来,要送他最后一程。花圈沿路排成了两行80米长的白色曲线,仍在不断延伸着。

临别时，老人们扶着棺盖，枯瘦的双手舍不得放开；千余人的送行队伍绵延百米，哭声摧人心肝；80岁的离休干部、老党员范二水拄着拐杖，颤巍巍地走在人群里，他有近30年没见过这样的场景了。"这个年代，太需要赵峰这样的好干部了！"老人为赵峰的英年早逝扼腕叹息。

赵峰家的客厅里摆着一张单人照：脸庞偏圆，头发有些谢顶，看上去颇显老相，但是眉眼与嘴角的弧度构成的微笑很是灿烂。这个人就是赵峰。

11年前，他执意放弃令人羡慕的工作调入社区时，妻子谢芳多次出言相劝："社区是老头老太太待的地方，你一米八的大老爷们去那里干啥？"赵峰的回答是："有岗位就有需要，可干的事多着呢！"

他忠诚于自己的选择。在谢芳的印象中，丈夫总是忙得像个钟摆。大清早刚一睁眼，手机就响个不停，深夜回到家里，已疲惫得没了说话的劲儿。他的两只脚时常处于肿胀状态。

父母生日、儿子中考、家里装修房子，他因工作

脱不开身而很少顾及，却忘不了年年给社区孤寡老人摆寿宴、陪他们过端午节和重阳节。社区残疾居民顾晓红因母亲离世，有了轻生的念头。赵峰知道后多次拎着慰问品上门看望、开导，并想方设法为她申请到廉租房；搬家那天，赵峰自己掏钱雇车，连续6个小时跑上跑下，直到把所有家具、生活用品安置好后才悄然离开。

这就是赵峰，他的心时刻与困难群众的所忧所盼连在一起！

其实，宅心仁厚的赵峰何尝不爱自己的家人。只要一有空闲，他的头等大事就是先奔菜市场，再到父母家，为两位老人烧最喜欢的饭菜。2019年10月，谢芳无意间说"乳房痛"，引起了赵峰的警觉。他不放心，破例请了一天假，硬拉着妻子先后到吴忠市人民医院、宁夏医科大学总医院检查。医生怀疑是乳腺瘤恶变，建议立即手术。赵峰一遍遍宽慰忐忑不安的妻子，并请来亲戚在她身边照料。手术那天，恰逢自治区民族团结示范社区验收，赵峰上午无法赶到银川陪护。下午3时，谢芳被推出手术室的那一刻，第一眼看见的就是焦急守候在门口的丈夫。"他那天从早晨到中午滴水未进，直到听见'良性肿瘤'的确诊，才像个大孩子一样憨笑起来。我知道他爱家人，可社区有让他放不下、做不完的事啊！"妻子谢芳泪眼婆娑地回忆。

这就是赵峰，他情牵社区，也挚爱家人。尽管他在短暂的人生里，常因大家与小家之间需要取舍而心存愧疚，但谢芳说："我懂老赵，这世界，他已竭尽全力爱了。"

从事教育工作的谢芳，还有赵峰生前的朋友，都用"不可思议"形容他到社区后的变化。原本穿着体面、吃喝讲究的赵峰戒了烟，不再参加朋友间的饭局，不再添置新衣新鞋，三餐也因工作忙而极少按点吃；每月2900元的工资，扣除2100元房贷后，剩余的连带加班费等各种补助都被他接济给了困难群众。

赵峰常常穿一身迷彩服，运动鞋的鞋头被磨得只剩一层皮了也舍不得扔掉。谢芳实在看不过眼，给他

买了一双金利来皮鞋。赵峰懂妻子的心,更懂困难群众的苦,他将皮鞋装回鞋盒,劝谢芳退回去。"咱不能太奢侈。你接触的困难群众少,不了解他们的疾苦,不知道几百元对他们意味着什么。穿这么贵的皮鞋去上班,我心里不踏实。"赵峰的一席话,让谢芳既理解又心疼,她抱着丈夫泣不成声。

这就是赵峰,十多年与困难群众朝夕相守,磨削着他的物欲杂念,磨出了一位共产党员的党性光芒!

赵峰的大学同学,有些当了老板,有些身居党政机关要职。亲朋好友苦苦相劝,甚至用各种办法激他改行。就连他在吴忠市党校学习时的班主任安梅莲也忍不住劝说:"回回见面你都这么疲惫,再这样下去身体肯定吃不消,想法子赶紧换个岗位吧!"每一次,赵峰都用淡淡一笑回答老师的善意。

"他的心已经和困难群众连在一起,无法剥离了。"安梅莲如此解读赵峰的"一根筋"。

11年来,镇上换了7任领导,在他的培养下,金塔社区走出了4名社区书记,但赵峰从未为自己个人的升迁找过组织。他无怨无悔，乐在其中，在这个不起眼的岗位上默默奉献着。被他的事迹感动着的金塔社区的干部们表示："我们一定会留在社区，完成他未竟的心愿。"

这就是赵峰，淡泊如清茶，笃厚如磐石，和暖似春风。赵峰没有走，他依然活着！他活在金塔社区生生不息的草木间，活在困难群众的心坎里，活在他留给社区的精神财富中！尽管他最后工资折上的存款余额只有区区 5.6 元，但这个像黄土地一样敦厚朴实的基层干部得到了一名党员干部的最高荣誉——民心。

后　记

中华民族共同体意识是国家认同、民族交融的情感纽带,是祖国统一、民族团结的思想基石,是中华民族延绵不绝、永续发展的力量源泉。

开展常态化民族团结进步教育,是铸牢中华民族共同体意识的重要途径。为推动民族团结进步教育融入日常、抓在经常,自治区政协建议编创《"石榴籽"故事》丛书(以下简称《丛书》)。自治区党委高度重视,成立了以自治区党委统战部、宣传部、党史研究室,自治区民委、文联,自治区政协民宗委等有关部门(单位)负责同志为成员的《丛书》编写工作领导小组(编委会)。自2020年6月开始,《丛书》编写分素材征集、创作编辑、出版发行、成果转化四个阶段,经多方协作配合、各界鼎力相助,终于付梓。

翻开散发着淡淡墨香的《丛书》,我们在感慨之余,也衷心地向故事线索的提供者和参与编创工作的单位及个人表示感谢!

由于编者水平有限,遗珠之憾在所难免,敬请各界人士及广大读者指正并提出宝贵意见。

编 者

2021 年 4 月

我们要全面贯彻党的民族理论和民族政策，坚持共同团结奋斗、共同繁荣发展，促进各民族像石榴籽一样紧紧拥抱在一起，推动中华民族走向包容性更强、凝聚力更大的命运共同体。

——习近平

"石榴籽"故事

同舟共济

《"石榴籽"故事》编委会 编

黄河出版传媒集团
阳光出版社

图书在版编目（CIP）数据

"石榴籽"故事. 同舟共济 /《"石榴籽"故事》编委会编. -- 银川：阳光出版社，2021.6
ISBN 978-7-5525-6014-5

Ⅰ.①石… Ⅱ.①石… Ⅲ.①故事－作品集－中国－当代 Ⅳ.①I247.81

中国版本图书馆CIP数据核字(2021)第135484号

| "石榴籽"故事 同舟共济 | 《"石榴籽"故事》编委会 编 |

责任编辑　谢　瑞　李媛媛
封面设计　赵　倩
责任印制　岳建宁

黄河出版传媒集团　阳光出版社　出版发行

出 版 人　薛文斌
地　　址　宁夏银川市北京东路139号出版大厦（750001）
网　　址　http://www.ygchbs.com
网上书店　http://shop129132959.taobao.com
电子信箱　yangguangchubanshe@163.com
邮购电话　0951-5014139
经　　销　全国新华书店
印刷装订　宁夏凤鸣彩印广告有限公司
印刷委托书号　（宁）0021307

开　　本　787 mm×1092 mm　1/16
印　　张　4.75
字　　数　40千字
版　　次　2021年7月第1版
印　　次　2021年7月第1次印刷
书　　号　ISBN 978-7-5525-6014-5
定　　价　50.00元（全5册）

版权所有　翻印必究

序　言

　　我国是统一的多民族国家，中华民族多元一体是先人留给我们的丰厚遗产，也是我国发展的巨大优势。我们辽阔的疆域是各民族共同开拓的，我们悠久的历史是各民族共同书写的，我们灿烂的文化是各民族共同创造的，我们伟大的精神也是各民族共同培育的。中国共产党历来高度重视民族工作，创造性地把马克思主义民族理论同中国民族问题具体实际相结合，走出了一条中国特色解决民族问题的正确道路。把民族平等作为立国的根本原则之一，确立了民族区域自治制度，各族人民在历史上第一次真正获得了平等的政治权利，共同当家做主，终结了旧中国民族压迫、纷争的痛苦历史，开辟了发展各民族平等团结互助和谐

关系的新纪元。党的十八大以来，以习近平同志为核心的党中央就事关民族工作、民族团结等重大问题，提出了一系列新思想新论断，作出了一系列新部署新要求，推动我国民族团结进步事业进入新时代，各族人民的获得感幸福感显著提高，更加坚定了对伟大祖国的认同，对中华民族的认同，对中华文化的认同，对中国共产党的认同，对中国特色社会主义的认同。

宁夏是民族地区，历来有着民族团结的优良传统。1935年8月，红二十五军进入宁夏西吉县，就制定了"三大禁条、四大注意"；1935年10月，毛泽东率领中央红军主力来到西吉县单家集，在"陕义堂"清真寺与马德海促膝长谈，留下了红军和回族群众友好相处的佳话，是我们党在革命战争年代重视民族团结的生动写照；1936年10月，西征红军在宁夏同心县和海原县东部建立了我党历史上第一个回族自治政权——豫海县回民自治政府，这是我们党民族自治政策的最初实践，为宁夏这片土地播下了民族团结的"金种子"。宁夏回族自治区成立以来，各族儿女在宁夏

这片土地上和睦相处、共同奋斗，开发了我们宁夏的大好河山，创造了巨大的发展成就，丰富了民族团结的深刻内涵。特别是党的十八大以来，在以习近平同志为核心的党中央坚强领导下，宁夏各族人民大力弘扬民族团结的优良传统，手足相亲、守望相助，留下了一个个民族团结的感人故事，书写了一篇篇民族团结的动人乐章，奏响了一曲曲民族团结的伟大赞歌。宁夏民族团结的光辉历程、大好局面，成为我国民族团结进步事业的生动缩影和实践典范。

知古鉴今。为更好推动新时代民族团结进步事业，建设全国民族团结进步示范区，我们编写了《"石榴籽"故事》丛书。丛书分《血脉相连》《亲如一家》《同心共筑》《同舟共济》《守护团结》5册。《血脉相连》收集整理历史上，特别是革命战争年代宁夏各族人民以中华民族独立、解放、复兴为己任，团结一心、一致对外的红色历史，讲述一损俱损、一荣俱荣的同脉故事，深化全区各族人民对中华民族共同体意识的思想认识。《亲如一家》收集整理宁夏各族群众共居共

学共事共乐的生活点滴，特别是生态移民安置、农村少数民族人口融入城市过程中和乐而居的典型事例，讲述平时相互关心、有事相互关照的守望故事，引导各族群众充分认清中华民族和各民族是一个大家庭和家庭成员的关系，推动民族融合由空间嵌入向情感和心理融合深化。《同心共筑》收集整理宁夏各个历史时期特别是进入新时代，各族群众"结对子""手拉手""心连心"，共同实现脱贫梦、小康梦、中国梦的奋斗实践，讲述"共同团结奋斗，共同繁荣发展"的同心故事，树立国家好个人才会好、中华民族好各民族才更好的鲜明导向。《同舟共济》收集整理宁夏各族群众面对重大自然灾害、重大突发事件时相互帮助、一起走过的感人事迹，讲述共迎风雨、共克时艰的团结故事，激励各族群众心往一处想、劲往一处使，共同面对前所未有的复杂形势，齐心协力守好"三条生命线"，走出一条高质量发展的新路子。《守护团结》收集整理各行业各系统各领域普通劳动者立足本职工作岗位，发挥助力器作用，为维护和促进民族团

结积极作贡献的典型事迹，讲述民族团结进步创建人人有责的担当故事，凝聚起共同做民族团结进步工作、共同维护民族团结大好局面的磅礴力量。

丛书旨在生动展示自治区60多年来各民族团结奋斗、守望相助等"一起走过"的实践经验，全面呈现各民族交往交流交融、共生共乐共享等"一起生活"的现实经历，广泛宣传各民族共同繁荣发展，"一起实现"中华民族伟大复兴中国梦的美好愿景，让各族群众从中切身感受水乳交融、唇齿相依、休戚相关、荣辱与共的强大凝聚力，牢固树立"三个离不开"思想，不断增强"五个认同"，把维护民族团结作为自觉价值追求，汇聚起建设美丽新宁夏的磅礴力量。

《"石榴籽"故事》编委会
2021年3月

目录
CONTENTS

◎ **逆行者** / 王淑萍

疫情面前，巾帼勇于"逆行" / 001

隔离区里，心系每位队员安危 / 003

朔风凛冽寒未尽，勇士逆风征战 / 006

春光正好花满枝，英雄胜利凯旋 / 010

◎ **护士刘玉梅** / 李敏　白帆

平凡的岗位 / 012

驰援武汉 / 014

同心抗疫 / 016

甘于奉献，同舟共济 / 019

◎ "大鼻子"王有德 / 王琪川

　　风沙不断的童年 / 022

　　牛刀小试，防沙林场现绿意 / 024

　　锐意改革，林场起死回生 / 028

　　苦尽甘来，大河有水小河满 / 031

　　以身作则，让沙海遍地绿荫 / 034

　　科学治沙，"五位一体"综合治沙模式 / 037

◎ 超越血缘的大爱 / 王淑萍

　　挺着大肚子走进敬老院 / 043

　　不分民族，都是一家 / 046

　　细微处显真情 / 048

　　无怨无悔的付出 / 049

　　贴心"小棉袄" / 051

◎ 青春的责任与担当 / 王嘉俐

　　与时间赛跑 / 056

　　隔离不隔心 / 059

　　用坚守换一方净土 / 062

◎ 后记 / 065

逆行者

◎王淑萍

疫情面前，巾帼勇于"逆行"

"我是党员，又是护理老兵，责无旁贷。"短短14个字，字字铿锵。在苏艳玲的引领下，平罗县医院医生、护士、后勤、行政人员纷纷报名，仅两天时间，就有150人报名加入了应急救援队。

2020年2月4日上午，平罗县医院接到组建支援湖北医疗队赴武汉支援的指令后，院领导再次征求了苏艳玲的意见："小苏，由你带队支援湖北，行吗？"

"当然行，我随时准备着。"苏艳玲回答。

下午，苏艳玲带领平罗县援鄂医疗队 15 名成员到达银川河东机场。由于具有多年临床护理、教学及管理经验，并在急危重症抢救等工作中身经百战，苏艳玲被任命为宁夏第二批援鄂医疗队总护士长。在机场，她代表宁夏第二批援鄂医疗队从自治区领导手中接过队旗，踏上了奔赴武汉的征程。

2 月 5 日凌晨，苏艳玲和队友们抵达武汉天河国际机场。经过短暂的休整后，来到武汉东西湖区，全面进入抗疫模式。

尽管在来武汉之前，队员们所在的医院都已做了新冠肺炎疫情应急的各种演练，也做好了充分的思想准备，等到了武汉，大家还是因复杂、严峻的局面不由自主得紧张了起来。

疫情期间，为防止病毒扩散传播，武汉所有酒店的中央空调都停止运转。武汉的二月，阴冷潮湿，没有暖气，没有空调，苏艳玲和队员们每天忍受着彻骨的寒冷，奔波在酒店与医院之间。"除正常的消杀外，每天回来都要洗澡，每次洗澡时间必须在 30 分钟以上。10度左右的室温,冻得人直打寒战,现在想起来都觉得浑身发冷。"苏艳玲说。

阴冷潮湿的天气,对队员是一个巨大的考验。咳嗽、呕吐、腹泻、头痛……各种不适症状开始出现,甚至有一名队员出现发烧症状。考虑到有可能是新冠肺炎,大家都非常紧张。苏艳玲迅速和宁夏医科大学总医院主治医师张志远带发烧队员到方舱医院做检测。一路上,她紧张得浑身是汗,但还是努力让自己镇定了下来,给队员做心理疏导。做完检测后,当队员告诉她核酸检测结果是阴性时,她有一种大病初愈后的虚弱与欣慰。

隔离区里,心系每位队员安危

2月7日,武汉市东西湖方舱医院B厅的筹建工作开始,苏艳玲被选为护理部副主任,协助管理护理工作。在做开舱前的准备工作时,她发现自己戴的防护帽不能完全把头发遮住,可能会增加被感染的危险,于是她号召所有队员剪短发。疫情之下,武汉大街上几乎所有的店铺都关了门,她只能通过酒店工作人员,请来一位理发师为大家理发。理发师从下午1点忙到凌晨1点,第二天又忙了整整一天,100多位队员的头发落满一地,队员哭了,理发师哭了,苏艳玲也哭了。

2月9日下午2点,宁夏援鄂医疗队第一次进舱,苏艳玲安排自己的同事、平罗县医院心内科护士长姬淑光第一个进舱。第二批带队进舱的,还是她的同事、平罗县医院中医科护理师王瑾。"在对舱内情况不了解的情况下,我只能安排自己单位的同事先上。虽然我了解她们的身体情况,相信她们的业务能力,但在送她们进舱的那一刻,还是非常担心。我们都没有方舱工作经验,不知道里面是什么情况,不知道进去后会遇到哪些突发状况。"她说,那天送队员进舱前,她一笔一画把每位护理人员的名字、职业、地区写在

防护服上,并让每组护士长及消杀班的老师对每位队员的防护服进行逐个检查,确保万无一失。整理完毕后,她给每一位护理人员拍了张照片,以纪念这个特殊的日子。

在抗疫一线,防护服是医护人员的"铠甲"。队员们在进入隔离区前,从洗手到穿戴上隔离衣、防护衣、手套、口罩、护目镜、鞋套等防护用品后,还要在每一个接缝处再粘上胶带进一步密封……从进舱到出舱,每次工作时间是6个小时,但加上进出舱前后的准备工作和后期消毒,实际需要9个多小时。裹在厚重的防护服里,无论是给患者发放药物、配送餐食,还是安抚患者情绪、检测生命体征,每干一件事都大汗淋漓。护目镜被水汽遮挡,整个眼前白茫茫一片,有时在核对药品时看不清,就只能斜着眼睛从侧面看。由于一次性防护服成本高,为了节约资源,也为了降低感染的风险,苏艳玲和队员们在9个多小时的时间里,不吃、不喝、不上厕所,一个班次下来,整个人几乎要虚脱。

对于正常人来说，9个小时不吃不喝可以做到，但不上厕所却很难。为了解决这个问题，只能使用成人纸尿裤。

从武汉回来后，苏艳玲和队员们都不同程度地出现了尿失禁。"长时间使用纸尿裤，影响了膀胱的储尿功能，憋不住尿，稍有尿意，就得赶快上厕所，不然就尿裤子了。我的队员们好多都还是未婚姑娘，她们自己克服着尿失禁带来的尴尬，从来没有一句抱怨，我为她们感到骄傲。"苏艳玲说着，热泪盈眶。

朔风凛冽寒未尽，勇士逆风征战

在方舱医院，除了常规护理，苏艳玲和队友们做得最多的是心理疏导。一位54岁的女性患者，2次核酸检测结果都是阳性，而她的丈夫也在另一处隔离点隔离，由于担心自己的病情又牵挂丈夫，她的情绪

一度非常焦躁。

苏艳玲知道了这个情况后,主动与她沟通,劝她放松心情,让她安心配合治疗,早日康复。患者在她的开导下,心情好了许多,最终痊愈出院。出院时,患者一再对苏艳玲表示感谢,并和她约定,待疫情消退,请她再到武汉,一起去看美丽的樱花。

为了缓解患者的压力,苏艳玲组织护理人员自编自演了手语舞蹈《平凡天使》,并教患者们做手指操、八段锦、养生操等。很多患者被感动得热泪盈眶,用经久不息的掌声感谢宁夏医疗队对武汉人民的辛勤付出。

在疫情最艰难的时期,苏艳玲组织了100名护理人员通过武汉市民政局慈善总会捐款15300元,并带领护理人员到社区、养老院、护理院为生活不能自理的老人及群众捐赠4500余片成人纸尿裤、720箱牛奶、592盒常用药品和600瓶手消液等生活、防护用品,让医者仁心、人间大爱在江城武汉落地生根。

从"塞上江南"宁夏到"九省通衢"的武汉,在由100多人组成的护理团队中,苏艳玲既是一名队员,又是一名领队;既要对患者负责,又要对团队队员负责。这100多名队员来自宁夏全区21个单位,互相之间并不熟悉。为了快速有效地开展工作,到了武汉东西湖区以后,苏艳玲着手对团队中的每一个队员的情况进行统计摸底,掌握了每一位队员的职称及学历情况,做到心中有数,以便新老搭配,合理排班。同时,她牵头成立了护理党支部及党小组,以发挥共产党员的先锋模范作用。援鄂期间,第二批援鄂医疗队中有66名护理人员递交了入党申请书。她还悉心整理出生日在二月、三月、四月的护理人员名单,在他们生日当天送上自己的祝福,并和凌云接待中心协商,在"国际劳动妇女节"这天,为三月份出生的13名队员集体过生日。而生日同样在三月份的她,却没能参加,因为她带着63名队员去做核酸检测了。检测后,有2名队员的核酸检测结果有问题,需要重新检测。等她忙完这一切回到酒店时,集体生日活动已经结束了。"我的生日是3月29日,没能和队员一起集体

过生日,虽然有点小小的遗憾,但队员的健康比什么都重要。"苏艳玲说。

3月7日下午,武汉市东西湖方舱医院门口,载着59名新冠肺炎患者的2辆大巴缓缓启动,宣告武汉首批最大规模方舱医院患者"清零"。看着曾经经历过生死、忙碌之后的战场,苏艳玲难掩泪水。在方舱医院出口处,一名刚从舱内出来的队员看到她,满含泪水走过来说:"苏老师,我想抱抱你,在这儿缓一缓。"这名护士当天在二脱间上班。二脱间房间空间小,密不透风,里面放着2个大垃圾桶、3张桌子、2个浸泡护目镜的桶和1个镜子,只有中间很小的一块地方留给医务人员脱防护服。脱衣班的护士要指导医务人员、保洁、保安、警察等出舱人员脱防护服,还要把垃圾及时清理掉,工作强度非常大。苏艳玲流着泪,心疼地抱住这名身体瘦弱的姑娘,说:"马上就胜利了。"

在方舱医院工作的一个半月时间里,苏艳玲的团队共收治患者714人,其中转出重症患者369人,治愈出院345人，管理住院患者5471人次，护理人员上班时长12603小时，医护人员零感染、收治患者零死亡、治愈患者零复发、治愈患者零投诉、安全事故零发生。

春光正好花满枝，英雄胜利凯旋

援鄂工作接近尾声时，苏艳玲所带领的宁夏护理队伍被评为"全国卫生健康疫情防控先进集体"，她个人也获得武汉东西湖区方舱医院"先进标兵"称号。

3月17日，圆满完成援鄂任务的队伍即将返程。启程离开之际，武汉市民站在阳台上，对着离别的队伍高喊："谢谢白衣天使们！""亲爱的白衣天使再见！"……警车开道，警灯闪烁，武汉人民以最高礼仪欢送英雄；银川河东机场，消防车在飞机两侧喷射水柱，形成一道壮观的"水门"，以最高礼仪欢迎

白衣战士凯旋。走出机舱,苏艳玲长舒一口气,把队员一个不少平平安安地带回了家,她心里揣了一个多月的大石头终于落了地。"我们只是做了我们应该做的事情,社会各界却给了我们这么高的礼遇,真的特别感动。"她说。

4月13日,经过隔离休整后,苏艳玲和她的同事们又回到了各自熟悉的工作岗位,继续履行着白衣天使的职责。

国庆和中秋假期,黄鹤楼下的游客排起了长队,户部巷里游人如织……苏艳玲说:"看到活力四射的武汉,感到很欣慰。如果有机会,我还想再到武汉,看樱花、尝美食,好好看看这座英雄的城。"

护士刘玉梅

◎李敏　白帆

平凡的岗位

每当看到一个个患者带着身体上的疼痛和心理上的焦虑而来,刘玉梅内心总是有一个声音提醒自己:不可辜负护士的职责,不可辜负患者的期望。扎针输液、提醒服药、按摩翻身、梳头洗脸、心理疏导……这些事儿对刘玉梅来说都得会,都得做好,而且要不厌其烦,每天如此。

那些被病痛折磨的人,不管是男人女人,不管是大人孩子,不管是富裕贫穷,只要他们走进医院,住

进病房，刘玉梅的心思就全部用到了他们身上。她是护士，也是女儿、姐姐、母亲，简单琐碎重复的工作中，多重身份交替变换，患者常常感激地说：真是难为你了，谢谢，谢谢……每每回想起那些患者感激的话语和神情，刘玉梅满脸都洋溢着幸福。

一些患脑梗死后遗症的患者常常会留下肢体功能障碍，为了提高这类患者的生活质量，最大限度提高肢体功能，刘玉梅翻阅有关资料，查找方法，用理论联系实践，制订了偏瘫患者康复计划，取得了很好的成效。一位40多岁的脑出血患者，右侧肢体功能障碍，情绪不稳，刘玉梅耐心向患者解释脑出血的病因及治疗方法，并为其做心理疏导，使患者对疾病有了进一步认识，慢慢平静了下来。在患者心理状态良好的情况下，刘玉梅就为患者进行治疗与康复训练，从大小便的控制训练，到下肢肌力、关节活动度及感觉的恢复，一项一项进行。每一次都很艰难，但每一次都没有放弃。一次次抬手，一次次抬腿，肌肉按摩、翻身、扣背，每次训练下来，刘玉梅和患者都是大汗淋漓，气喘吁吁。在这样的坚持下，患者慢慢可以下地，大小便也可以控制，重拾自信心，笑容又回到脸上。

工作几年来，她深深体会到，用心用爱对待患者，把最真的感情融入平凡的工作中，把满腔的热情奉献给自己热爱的护理事业，把爱送到每一位患者的心中，就是自己最大的心愿，也是她工作的意义。

驰援武汉

2020年的春节被新冠肺炎疫情笼罩上了一层阴霾，节日的气氛荡然无存，病魔的恶爪随处可见。这场看不见硝烟的战争，对医护人员而言更是一场考验。作为一名护理人员，刘玉梅深知自己肩上的责任。春节期间，她主动放弃休息，和同事们并肩奋战在工作岗位，一边努力工作，一边关注重点疫区情况，随时做着支援的准备。

　　2020年2月4日，刘玉梅成为宁夏第二批援鄂医疗队的一员。白衣为甲，逆行出征，一场疫情激发出的是亿万人民万众一心、同舟共济的伟大抗疫精神和家国情怀，刘玉梅身在其中，感受到前所未有的力量和信心。没有过多的叮咛，没有繁复的告别，所有鼓励都在热切的目光中，所有支持都在紧握的双手中。背起简单的行囊，刘玉梅和4名同事谨记领导的嘱托，胸怀江城人民的情谊，奔赴武汉，奔赴最需要她们的地方。她清楚，越是国家有难的时候，越要发挥个人的力量，那一点点光和热，汇聚起来，就是能量，就是温暖，可以抵御一切艰难困苦。

　　抵达武汉后，刘玉梅和同事们在驻地接受了最严格的培训，培训内容包括医疗护理、院感防控等。面对疫情没有人不担心，面对培训没有人不认真。在空气都能凝固的特殊氛围中，刘玉梅神情专注，思想高度集中，不敢有丝毫懈怠，把培训老师说过的每一句话、每一个字都往脑子里记，往心里"刻"，生怕漏掉一句话、一个字。刘玉梅清晰记得，在穿脱防护服

"石榴籽"故事

培训中,她的心里不由得一紧,感觉到似有一堵墙朝自己迎面逼近,因为是真正到了直面病毒、投入战斗的时刻。紧张归紧张,她很快调整好心态,和大家一样反复练习穿脱防护服。她明白,只有保护好自己,才能救助更多的人,才不辜负自己的初衷。

同心抗疫

严格的培训结束之后,第二批援鄂医疗队成员被分配到武汉市东西湖方舱医院B厅。正式投入工作,每一班时长6个小时,这对平时上班来说不算什么,但身穿防护服工作,远比自己想象的要困难,同时伴随意想不到的风险。

刘玉梅清楚地记得,第一次穿上防护服工作的时候,护目镜起雾看不见,她只能努力瞪大双眼,尽量减少呼吸。但比看不见更具挑战的是缺氧,感觉呼吸

短缺,头晕目眩。

可是,看到患者期待的眼神,看到医生的努力和同事的鼓励,她暗下决心,为自己加油鼓劲:决不能退缩!她坚定信心,打起百倍精神,投入工作。紧张伴随着忙碌,时间漫长而又短暂,一天的工作结束,交接班后,按照要求,他们要在一起谈工作感受,交流如何解决"看不见、看不清"的问题,虽然很累,但很充实。为了节省防护物资,在一个"班上",防护服穿上之后就不能随便脱掉,进入工作岗位后,就不能轻易再出去。就这样,刘玉梅和同事相互鼓励,相互加油,随着工作逐渐熟练,他们的困难似乎越来越少了,而有的只是浑身的干劲,满腔的工作热情,不断收获的经验积累。每当看到患者治愈出院,刘玉梅内心充满了喜悦。

按照规定,患者家属不能来医院探望。因此,护理人员既要高度负责地为患者做好护理,还要对患者进行心理疏导。那些日子,刘玉梅感觉自己就是患者的家人,是他们最亲近的人。逆境中的人们总是充满力量,在方舱医院战斗的日日夜夜,很容易被一件件小事感动。刘玉梅清楚地记得,在为一位阿姨做完常规护理后,阿姨紧紧拉住她的手,用期待的目光看着她说:"你和我女儿一样大,我的家人都在家里等着我回去,我一定要加油,争取早日回去团聚。我很想我的女儿,我能抱抱你吗?"面对阿姨朴实的话语,真挚的感情,她流着泪说:"阿姨,你一定要加油,争取早日康复回去和家人团聚。"说完她给了阿姨一个大大的拥抱。

诸如此类的感动,随时在他们身边上演,刘玉梅总是被激励着、感动着,真正感受到了"中华儿女一家亲"的浓厚氛围。刘玉梅说每次给患者测量生命体征的时候,患者最爱听她和一起去的同事说"好着呢"这三个字,因为这三个字传递的是放心,承载的是希望,守护的是安康。

在方舱医院,他们就是患者真正的家人,当患者带着泪花说"谢谢"时,她心里非常激动,那一刻她为自己从事的医疗事业和护理职业感到骄傲,为自己

是抗疫战争中的一名战士而自豪。

甘于奉献,同舟共济

患者的理解,整个团队的协作,无不使刘玉梅感动,他们的工作越来越得心应手,每天都会收获不同的惊喜和感动。每天工作结束,她和同事都会把当天的经历写下来,那些细节如同电影画面,重现眼前,不由使人热泪盈眶。虽然做着和平时一样平凡的护理工作,但不同的是,疫情把心与心的距离拉得更近了。宁夏第二批援鄂医疗队所在的武汉东西湖区方舱医院B厅,累计收治患者714人,其中转出重症患者369人,治愈出院345人,取得了收治患者零死亡、医护人员零感染、安全事故零发生、住院患者零投诉、治愈患者零复发的"五个零"好成绩。他们为战胜疫情做出了自己的贡献。2020年3月17日,宁夏第二批援鄂医疗队圆满完成援鄂任务后返回宁夏。刘玉梅在固原市指定地点隔离结束后，于4月1日返回泾源，前后历时57天！57天，在武汉，在方舱医院，刘玉梅以一名护士的身份，严格履行了自己的职责。同时，又以女性的柔和、细致，给予患者爱心的抚慰。再回首，离开武汉时，那些送别的眼神依旧传送着感激和真情。大爱不言，这样的付出和收获全是满满的爱。

　　作为援鄂医护人员，刘玉梅用实际行动践行了"敬畏生命，救死扶伤，甘于奉献，同舟共济"的职业精神，为夺取这场抗疫的重大胜利做出了应有的贡献。2020年3月3日，刘玉梅被中共武汉市东西湖方舱医院临时委员会、武汉东西湖方舱医院授予"先进标兵"称号；3月8日，刘玉梅获得"三八红旗手"称号；4月12日，刘玉梅被中共湖北省委员会、湖北省人民政府授予新时代"最美逆行者"荣誉；2020年5月，刘玉梅被泾源县精神文明委员会办公室、共青团泾源县委员会授予"战疫优秀青年"荣誉称号。刘玉梅深知，这些荣誉既是对她工作的肯定，也是对她最大的

鞭策。成绩属于过去,未来任重道远,她将继续努力,发挥在援鄂期间不怕苦、不怕累、勤于钻研、敢于付出的优良作风,不断进取,不忘"每人、每天、每事,尽心、尽力、尽责"的目标追求,继续努力践行"一切以患者为中心"的医疗服务宗旨,做一名更加优秀的护理工作者。

面对突发的疫情,刘玉梅作为援鄂医疗队员,用自己的坚强、无私、敬业谱写了一曲各族群众同舟共济、共渡难关的大爱之歌。这样的经历,无疑在她的人生道路上书写了重要的一笔。如今,面对普通平凡的护理工作,刘玉梅依然会坚守初心,不忘来路,尽职尽责,而她的人生价值和意义,也尽在其中!

"大鼻子"王有德

◎王琪川

风沙不断的童年

记得老辈人对风有这样一种说辞：春天的风刮活，秋天的风刮死。沙漠深处的风到了春天，就像脱了缰绳的野马，刮得肆无忌惮，丧心病狂，把发芽的春草连根拔起，无情地将它的生命扼杀在萌芽中。在毛乌素沙漠边缘，每年的春风刮起的时候，王有德的老家马家墙框子村，漫天的黄沙无拘无束，铺天盖地地罩过来，天空中的沙龙摇头摆尾，显得"春风得意"，人们无处可逃。

在一阵哐啷作响的闭门关窗声之后,整个村庄便迅速暗了下来,寂静了下来,火红的太阳顿时被沙尘暴遮挡,晴空万里顿时昏天黑地。人们坐在漆黑的屋子里,只有叹息和不时地向外张望。幼小的孩子在母亲的怀抱中,时而看看窗外,时而望望母亲,似乎在问,天还能再亮起来吗?太阳还能露出笑脸吗?此时,整个马家墙框子村,如同一座孤独无助的堡垒。随着沙龙的狂舞,一种单调、密集的声音,裹挟着呛人的尘土味,在屋顶上、在窗户上撞响。这样的疯狂往往是漫长的,漫长到人们开始失去了等待的耐心,大人们开始张罗着做家务,孩子们天真烂漫地在炕上玩弄起羊拐骨或玻璃珠。就这样,大人和小孩,都在百无聊赖地度过这昏暗的时辰。

王有德就是在这种环境中听着风沙的狂啸声长大的。从他记事起,每年都要经历这样的时刻,祖辈们对沙漠的顽强忍耐,恶劣的生存环境给他留下了深刻的印象。他呢,不屈服命运的安排,在心底里有一个常人想也不敢想的念头:在沙漠上种树!因为有了绿色，沙子就少了。如果能降伏肆虐的"沙龙"，让祖祖辈辈居住在这里的乡亲不再受"沙龙"的欺负，不再东迁西挪，不再背井离乡，让沙漠变成绿洲，那该多好呀！那时，他还不懂这个念头到底意味着什么，但他清楚地记得，就在毛乌素沙漠的东南边缘，不到10年光景里，就有20多个村子3万多人被迫迁移他乡。他更不知道，自己要为这个愿望付出多么艰辛的努力，但这个愿望已经在他心里牢牢地扎下了根。当时，他也弄不明白这个愿望是梦想还是妄想，但在年复一年的风沙声中，这个愿望似乎更加接近，梦想变得更加清晰，妄想慢慢让信心替代。

牛刀小试，防沙林场现绿意

有一位哲人说过：有了梦想的人生不寂寞，无论在什么情况下，只要心中拥有梦想，便不会迷失方向。

1985年3月,30岁的王有德被组织任命为白芨滩林场主管经营的副场长。渴望迎战沙漠的他,在多年默默辛勤工作后,在企盼中,终于迎来了实现自己梦想的良机。

白芨滩防沙林场,位于宁夏灵武市引黄灌区东部的荒漠沙区,地处毛乌素沙地西南,属防风固沙、改善生态环境为主的公益性林场,始建于1953年。1958年曾受到国务院表彰,1978年获全国科学大会嘉奖。这是一个有着光荣历史传统的林场。然而,由于当时林场受管理体制的束缚,干部职工观念陈旧、不思进取、抱残守缺,缺乏战胜自然的治沙勇气。说是防风治沙林业职工,却年年让风沙欺负得节节败退,东躲西藏,睡不了个安生觉,喝不上碗干净水。有时居住的地方,一夜之间就让风沙吞食,头天晚上睡在宿舍,第二天天亮,被沙子堵门是常事。林场工人一年中有7个月无事可做,仅有的交通工具是一辆三轮摩托车,吃粮、吃菜都要靠人背进沙漠里。艰苦的生活环境造成人心浮动,许多职工安不下心,扎不下根,

"石榴籽"故事

整天寻思着调工作、换环境，重新选择出路。林场的领导班子更是软弱涣散。人常说：兵熊熊一个，将熊熊一窝。没有感召力、没有战斗力的班子，加上不求上进的职工，几乎把林场推到了散摊走人的边缘。

面对这种局面，王有德上任后做的第一件事，就是走访职工掌握实情。他走进低矮简陋的土坯房，了解查看林场职工生活状况，经常出了东家走进西家，每天都在沙窝里徒步往返几十公里。经过两周的调查走访，一幕幕白芨滩人贫寒的景象，像一把铁钳紧紧地揪住了他的心。

一个曾经有过辉煌历史，受到国务院表彰的防沙固沙林场，一群在防沙固沙第一线奉献了青春热血的林业工人们，生活生存状况竟如此差，这是他没有预料到的。面对举步维艰的白芨滩林场，30多年"一定要让林场发展起来，一定要让工人们富裕起来"的强烈愿望，开始牢牢地在王有德心里扎下根。

实践出真知，办法总比困难多。此后，王有德把千方百计搞活林区、想方设法提高职工生活水平作为

自己的第一要务。他爬沙窝、转树林，搞调查研究谋发展，走遍了林区的各个角落，走访了林区每户职工家，心里盘算着林场的今天、明天和未来，谋划着林场职工今后的生活。一天，当看到树林子里平茬留下的一堆堆柳条被职工背回家当柴烧时，勾起了王有德的奇思妙想，一堆不起眼的柳条，似乎点燃了林场起死回生的希望。他想起小时候，曾经用柳枝编筐卖、贴补家用的往事来。一个让林区活起来、让职工富起来的设想，在王有德的脑海中形成了。他找场地，请工匠，办培训，很快成立起了一个柳编厂。为了能让这个项目尽快见效，王有德又马不停蹄给柳筐找"婆家"。他从临近的矿区到县城，从吴忠到首府银川，甚至临近的内蒙古一带，东奔西忙，搜集多方信息。不到一个月时间，他拖着疲惫的身子，带着消瘦的脸庞，带回了一大批销售苹果筐、柳笆子的合同，虽然当时一个苹果筐一元多，一条矿区用的沙柳帘三元多，但那不起眼的柳条子，一下子点燃了林场职工的希望。那些原本只能烧火做饭的柳条子，一下子变成了林场

"石榴籽"故事

职工发家致富的"摇钱树"。"作为林场职工的主心骨,我的责任就是让职工过上好日子。"王有德是这样思谋的,也是这样一步一个脚印地干起来的。他带领林场职工,利用幼林中能浇灌上水的空闲地发展种植业。动员鼓励职工种小白菜、菠菜等大地蔬菜,一方面解决职工的吃菜问题,帮助职工节省开支;另一方面,将暂时空闲土地有效利用,增加收入。以往沙进人退的白芨滩林场,出现了绿色景象。

锐意改革,林场起死回生

收获像探照灯,照亮了白芨滩的眼前路,也远射到了明天的征程,同时也搅动了白芨滩人思变实干的思维模式。沙子也能变票子的市场经济观,逐渐在职工脑海中形成。在深入调查研究之后,王有德从调动干部职工生产积极性入手,进行了一系列大刀阔斧的改革，出台了三项改革措施：一是精简后勤管理人员，克服了管人的多、干事的少的弊端，由原来的28人缩减到16人，当年减少人头经费2万元；二是取消一线职工工资级别，实行绩效工资；三是将全场林业生产任务细化分解承包到职工手中，彻底改变过去"造林抚育靠民工、林场工人只带工"的只讲数量、不讲质量、管栽不管活的现象，以植树成活率与工资挂钩的有效方式，激活有效的劳力资源，让职工"干自己的活，挣自己的钱"。

由工人变主人，把每棵树的成活率与自己的工资报酬联系在一起。有效措施激活了生产力，当年，全场共完成治沙造林5093亩，成活率达72%，成幼林抚育减少开支2.5万元，创收17万元，林场由此起死回生。

趁热打铁，不失良机。紧接着，王有德又提出了"立足林业搞林业，围绕林业办企业，多种经营，一业为主，多业并举"的新思路，为林场的发展奠定了坚实基础。在他的领导下，先后成立了柳编厂、建材公司、苗木花卉公司，克服单一植树固沙的经营模式。治沙为主，主业辅业齐头并进，相互照应，协调发展。通过多种经营，林场仅育苗一项，培育苗木560亩，出圃1000多万株，累计创收680万元，不但解决了本场的造林用苗缺口，还成为弥补林业生产缺口的"绿色银行"。眼光也能生财，思路更能"摇钱"，在国家实施西部大开发政策感召下，宁夏及周边地区交通道路和生态环境建设进程加快，王有德瞅准这个难得机遇又出实招，及时组建了3个园林绿化有限公司，先后承揽200多处绿化工程，在较短的时间内，累计实现营业额2亿多元。仅这项多种经营收入，平均每年为治沙造林注入资金1000多万元，有力地推动了治沙事业的可持续发展；同时帮助周边200多户贫困户农村群众以苗木致富，提前脱贫。连续10年，累计每年销售各类苗木2000多万株，实现收入6000多万元。

一分耕耘，一分收获，有付出就会有收获，奋斗者必有回报。在王有德的带领下，经过多年的努力，白芨滩防沙林场今非昔比，经济上台阶，职工面貌变，沙退了，人进了。

林场由原来的1个小场，逐步扩大到1个总场、8个分场和3个公司。2000年，白芨滩防沙林场以让人羡慕的治沙成就、丰富的动植物资源以及独特的荒漠生态系统，被国务院确定为国家级自然保护区，并成立了管理局，自然保护区的治沙面积由25.9万亩，扩大到现在的148万亩。

苦尽甘来，大河有水小河满

企业经济效益的极大改观，林场职工生活的巨大改变，用天翻地覆概括一点不为过。求变也是王有德的初心，发展就是让职工有实惠，变化就是让职工有信心。

过去，职工住的是土坯房，走的是沙子淹没的路，喝的水含氟高,吃粮靠人背,平时穿不上新衣服。王有德是苦水中泡大、熬出来的。职工的苦和累,他深有感受。他想职工之所想,急职工之所急,多方筹集资金,为一线职工改善生产生活条件。1989年,林场在市区盖起一幢简易楼,将一部分退休老职工从山区搬了下来,改善他们的生活条件。更重要的是把林业职工的子孙带出了沙漠,送进了城里,为他们上学受教育创造了良好的条件。1997年,林场又投资在市区盖起了4幢楼房,108户一线职工有了自己的新居。奋斗了一辈子的治沙人,终于过上了和城里人一样的日子。

经过近30多年的埋头苦干,目前全场各个管理站都铺上了柏油路,喝上了自来水,架设了输电线路,看上了电视,装上了电话。职工全部加入了社保。在他的倡导和支持下,场里还制定了各种补贴措施,支持职工发展种养殖业;设立奖学金,激励职工子女上中高等院校:考上高中每人补助300元,考上中专每人补助500元,考上大学每人补助1000元。从建场

到1995年的40年间,全场没有一名考上大中专的学生,近20年来,先后有40多名职工子女考上了大中专院校。过去一些职工子女大中专毕业后不愿回场工作,眼下,环境改变了,各方面条件好了,大中专毕业的职工子弟纷纷回场应聘。

林场的日子好过了,公益事业也不能落后。在党员中,王有德号召开展"五五帮扶"活动。要求每两个党员培养一名入党积极分子,帮扶一户贫困户,联系一名长期病号和一名孤寡老人,做好一名后进青年的教育转化工作,为他们解决生产生活中存在的实际困难,要求为他们办一件实事,并把为职工排忧解难作为衡量党员干部思想道德水平的一个重要方面,并将其纳入年终考核范畴。要求职工做到的,王有德首先做到。他先从贫困职工、困难党员中挑出帮扶难度大的几户,从生产工作、就医就业、孩子上学等点滴小事帮起。在他的感召影响下,全场干部职工扶危济困蔚然成风。

好日子、好生活,每个普通职工都能感受到,他

"石榴籽"故事

们不会饿着肚子说假话,光着屁股装富豪。"20多年前穷得差点婚都结不了,一辆170元的凤凰牌自行车,还是王场长托人给我买的。"林场职工李桂琴回忆道。如今,李桂琴饲养了100多头奶牛,经营着40多亩果园苗圃,种植温棚2000多平方米,资产达到200多万元,成为白芨滩林场拔尖的致富户。李桂琴的经历,是全体林场职工在治沙中奋斗成长的缩影。

以身作则,让沙海遍地绿荫

王有德心里始终有一个目标:多为后人留些绿荫,少给人生留下遗憾。他视场如家,扎根荒漠,与沙魔展开顽强拼搏,林场每年以5%的速度扩大植被覆盖率,实现了真正意义上的人进沙退。

1986年7月,王有德打响了北沙窝攻坚战。在北沙窝流动沙丘地带,他要开发500亩果园。此时,职工好似一盘散沙,大家对场里没有信心,对北沙窝的开发也是将信将疑。摆在王有德面前的首要难题,是怎样才能调动大伙的积极性。当时林场的经济条件不好,职工一年工资收入才几百元。将心比心,王有德很了解大伙的心情,谁都不愿干劳而无功、只流汗不见效的事;也有以往的做法干法,还有可怜巴巴的收入,伤了职工的心。这事根本不能怨职工,只能怨领导太无能,为了实现新的奋斗目标,王有德觉得只能用领导干部的实际行动来感召大家。喊破嗓子,不如做出样子。白天,他与职工一起推沙平田砌护渠道,挖坑施肥栽树苗;夜晚点着煤油灯安排第二天的工作。打制砌护渠用的水泥板,7人一组一般每天打210块,而王有德所在的组,最多的一天打了580块。三伏天背水泥板砌护渠时,沙漠温度高达60摄氏度,即便空手行走,脚也烫得受不了,身负25千克的水泥板,举步维艰,如履火炭,职工背1块,他背2块,脊背被水泥板磨烂,汗水浸到伤口里,比刀剜还痛,脚上烫出了大大小小的水泡,他全然不顾。就是凭着这股子韧劲和狠劲,他带领大家完成了北沙窝的改造开发任务。

  1992年,灵武市政府将大泉乡东边的8700亩沙荒地划拨给白芨滩防沙林场,要求到年底初步开发1000亩。接到任务后,王有德立即带领林场的几十名职工向茫茫大漠挺进。时值初冬,寒风呼啸,沙子打在脸上如刀割般疼痛。没有地方做饭,他们就啃干馍、喝冷水;没有住处,他们将麦草往地上一铺就和衣而睡。职工每人每天定额挖沙渠25米,连续10多天,他一天不落、一米不少。建工房时,一个技工配两个小工,他和另一名职工拉砖运水泥,丁是丁,卯是卯,一直干到工房建成。那时,他每天只能睡3~4小时,冰冷的工房,常常被冻醒。这期间,在建设工地上王有德一住就是3个月,与职工同吃、同住、同劳动,在较短的时间里,栽下了20000株果树,治理沙地1040亩。

科学治沙,"五位一体"综合治沙模式

20世纪90年代后期,随着治沙规模的逐步扩展,林场境内所剩沙区多为强度沙漠化级干燥型沙丘,是沙漠治理最难啃的骨头。面对极其困难的治沙条件,王有德没有气馁,没有退让。他和班子成员积极争取国家、自治区林业部门的支持,大力争取项目资金,实施"项目带动"战略,先后与日本合作实施了6个治沙造林项目。王有德先后研究了柠条、花棒、扬柴、沙柳、樟子松、箭杆杨、沙冬青等10个典型沙生植物种、乡土树种生物学、生态学特性以及育苗造林技术的过程,完成《宁夏白芨滩自然保护区科学考察集》《宁夏白芨滩国家级自然保护区总体规划》等10余部治沙专著,发表论文8篇,其中4篇获自治区科技进步奖。2011年,他负责的"珍稀濒危荒漠植物蒙古沙冬青育苗与造林技术研究"获自治区科学技术厅"科技成果登记条件"证书。近年来,他引进组织实

施的治沙造林项目，占全场治沙总面积的20%，为我国林业的对外合作与交流提供了经验。林场的防沙治沙成效引起世人关注，先后有100多个国家的政府官员和治沙专家前来参观考察。

王有德不仅是一位降伏"沙龙"的实干家，他还善于总结，敢于探索，干好今天，谋划明天，放眼长远。在总结多年治沙造林经验的基础上，王有德意识到，苦干实干固然很重要，但离开科学的蛮干，最终结果是出力不讨好，劳而无功。

他相信沙漠是自然形成的，想治理降服它，科学是关键。只有坚持科学治沙，才能实现治沙事业的可持续发展。特别是2000年以来，他采取了一系列新办法新措施，促进了防沙治沙事业的发展。在治沙机制上，他实行责任承包制和治理招标制，严格合同管理，采取了"一定三年不变，包栽植、包成活、包管理、包费用，限期绿化达标，超额全奖，完不成全罚，零容忍"的管理措施；看实效，不认人；推行从育苗到造林、抚育管理、病虫防治包干到底的办法，这一系列举措增强了职工的责任心。在治沙模式上,他又改变过去植树靠人、成活靠天的被动造林模式,变成"工程措施与生物措施相结合、三季造林"的新综合治沙模式。他还重点总结推广了"草格沙障治沙、雨季穴播造林、雨季人工模拟飞播造林、营养袋造林、秋冬延迟造林"五项技术和措施,确保造林在干旱少雨、风蚀沙埋等不利因素影响下,一次性成功。

通过各种治沙技术的应用,也为一些野生动物生存繁衍创造了良好的生存条件。植被覆盖率达到29%,沙丘前移速度明显减弱,输沙量减少到53%,局部生态环境得到较大改善。

在治沙资金保障上,林场由单一防沙造林转向经果林、苗木培育、种养殖业、设施园艺、承揽公路和街道景观绿化工程等多种经营,拓宽了增收致富渠道。通过多种经营收入,反哺治沙造林资金。

林场成功探索出了"五位一体"综合治沙模式,即:在沙漠外围营造大面积以灌木为主的防风固沙林,形成第一道生态防线;围绕干渠、公路、果园周围建设多树种、高密度、宽林带、乔灌结合、针阔混交的大型骨干林带，构成第二道生态屏障；在两道生态防线的保护下，内部引水压沙造田，培育经果林和苗圃，成为职工的"摇钱树"和"银行卡"；在田间空地种植畜草，发展养殖业，形成了林草养殖牲畜，牲畜粪便肥田两项循环产业。林场创造了改造利用沙漠发展循环经济的成功范例，被《国务院关于进一步促进宁夏经济社会发展的若干意见》确定为重点推广模式。王有德坚持创新"五位一体"防沙治沙模式，巩固壮大了现有防沙治沙成果，扩展了生态建设对外交流合作渠道，将太阳能光伏发电项目作为节能环保应用试点，用于治沙造林生态建设实践中。

多年来，王有德同志带领全场干部职工，以常人难以想象的坚韧毅力和"宁肯掉下十斤肉、不让生态落了后"的"拼命三郎"精神降伏"沙龙"，营造防风固沙林58万亩，控制流沙近100万亩。在浩瀚的毛乌素沙漠边缘，筑起了一道东西长47公里，南北宽38公里的绿色屏障，有效地阻止了毛乌素沙漠的

南移和西扩,特别是在大泉干燥型流动沙区,实现了沙漠后退20公里的伟大壮举。林场近10年来的治沙规模、速度和成效是2000年以前30年的总和,为宁夏防沙治沙示范区、灵武防沙治沙示范县(市)的建设做出了贡献。据调查数据显示,现在白芨滩防沙林场局地森林覆盖率已达到40.6%。

人有良心,不忘初心。王有德不忘初心的内涵有两层:一是不忘入党时的初心——为人民服务;二是降伏"沙龙"的初心——造福人民。

"看似寻常最奇崛,成如容易却艰辛。"王有德曾平淡地说:"我这辈子就干了两件事:一件是让沙漠变绿洲,另一件是让职工变富。"对王有德的辛勤付出,党和国家给予了高度的认可,他先后被评为全国绿化先进工作者、全国优秀共产党员、全国治沙英雄、自治区民族团结进步先进个人、中华人民共和国成立60年最具影响的劳动模范、全国生态建设突出贡献奖先进个人等。在新中国成立70周年之际,党和人民又授予他"人民楷模"国家荣誉称号,习总书

"石榴籽"故事

记亲自为他颁奖。

2014年12月,他从林场退休了。许多人对他说,该是歇一歇的时候了。可是,他又开始了二次创业,这次新的起航,还是没有离开他热爱的治沙事业,他参与组建了宁夏沙漠绿化与沙产业发展基金会,继续投身沙漠绿化公益事业。

超越血缘的大爱

◎ 王淑萍

挺着大肚子走进敬老院

丁丽萍出生农村，文化程度不高，父母都是普普通通的农民。良好的家教养成了她温婉贤淑的性格，清苦的生活塑造了她朴实勤劳的品质。

1985年，平罗县高庄乡敬老院建成后，运行不到半个月，负责敬老院卫生、伙食的女工觉得敬老院的老人太难伺候，还嫌工资待遇太低，说啥都不干了。7个孤寡老人一下子没有人照顾，乡领导心急如焚，突然想起曾经在乡办企业做过饭的丁丽萍，于是托人找到她。当时的丁丽萍已经有了一个3岁的儿子，还怀有6个月的身孕，看着领导着急的样子，想想7个无人照顾的老人，心软的她实在不忍心拒绝，可是自己一个孩子还小，一个马上就要出生，这让她很为难。这时候婆婆对她说："丽萍，你去吧，有妈呢，你坐月子的时候妈替你去做饭。"就这样，丁丽萍挺着大肚子走进了敬老院，承担起照顾7个老人生活的重任。3个月后，丁丽萍的女儿出生了，婆婆每天家里、敬老院两头跑，替她为老人们做了一个月的饭。女儿出生第31天，她将儿子交给父母照顾，自己带着刚满月的女儿住进敬老院，和7个孤苦无依的老人吃同一锅饭，住同样的房，这一住就是18年。18年，有老人离世，也有老人被送进来。女儿从嗷嗷待哺的婴儿出落成亭亭玉立的大姑娘，她的工资从最初的60元勉强熬到300元，而她也在日复一日的操劳中憔悴了容颜。

照顾老人不容易，把老人照顾好更不容易。在高庄乡敬老院工作的18年中，丁丽萍一人身兼数职，做饭的时候,她是厨师,平日里她仔细留心每个老人的饮食习惯,谁喜欢吃软的,谁喜欢吃硬的;谁的口味偏酸,谁的口味偏咸,她心里都有底。每天变着花样给老人们做饭,虽说众口难调,但她尽可能地把每顿饭都做得有滋有味。到敬老院的老人,都是孤苦无依的五保户,长期的孤独生活使得他们的性格大多偏执、孤僻,一言不合就会动手打架。她夹在他们中间,拉了这个拉那个,劝了这个劝那个,因为所谓的"拉偏架讲偏话"挨打挨骂遭侮辱的事没少发生。不知道多少次,她都想着辞了不干了,借着给老人们买菜的机会到平罗,把一肚子委屈说给自己的妈妈听。

妈妈听了劝她:"娃娃,忍耐着好好干,你就把他们当成我和你爹对待,没有过不去的事。"

如今已经退休的丁丽萍提到这件事依然动容:"我妈的这句话,我记了一辈子。正是因为这句话,我才坚持了32年。"

不分民族，都是一家

丁丽萍是回族，却充当了汉族入殓师的角色。2003年，因工作调整离开高庄乡敬老院时，她已在此送走了21位五保老人。"回族老人去世了，我按回族习俗举行葬礼；汉族老人去世了，就按汉族习俗举行葬礼。"

1993年9月的一天，丁丽萍在外工作的丈夫休假在家，夜里2点多，门突然被敲得山响，伴随着一位老人急促的喊声，她得知是王登堂老人去世了。丁丽萍起床，却被丈夫一把拉住："深更半夜的，你找谁去？别让亡人把你给吓坏了，等天亮了再喊几个人过来帮忙处理吧。"丁丽萍说："老人我天天照顾着，他们和我朝夕相处，跟自己的亲生父亲一样，有啥可怕的呢？"说完，她起床穿衣，走进王登堂老人的房间，为这位汉族老人按习俗操办了葬礼。

双目失明的马英杰老人在高庄乡敬老院住了18

年，丁丽萍照顾了18年。她每天帮老人铺床叠被，打扫房间，缝补浆洗。老人眼睛看不见，常常把大小便弄在裤子上。弄脏多少次，丁丽萍就洗多少次，从不嫌弃。老人有个妹妹在石炭井，过一段日子就会到敬老院来看望哥哥，每次来，都会给哥哥买几件新衣服。看到丁丽萍冬天用洗衣盆给哥哥洗衣服，双手冻得通红，老人的妹妹心疼地说："小丁，以后我哥哥的裤子弄脏了你就扔掉别洗了，我给他买，你给他换。"可丁丽萍做不到："好好的裤子弄脏了就扔掉，太可惜了。"

马英杰老人人生最后的18年在丁丽萍的精心护理下，度过得干净而有尊严。老人去世后，他的妹妹带着儿女，提着礼物来看丁丽萍，并执意要给她钱，以感谢她对哥哥18年无私的照顾。"我没要她的钱，照顾老人是我的工作，我只是做了我应该做的。她能来看我，我心里特别高兴，这是对我最好的认可。"她说。

细微处显真情

1998年冬天，有一段时间孔怀智老人的胃口特别差，越来越瘦。丁丽萍看在眼里，疼在心里。她特意上街买了3斤羊油，给老人炒了油茶，让老人每天喝油茶补身子，还特意陪老人到县医院进行检查治疗。在她的精心照料下，老人很快恢复了健康。

敬老院没有暖气，老人们平日里房间取暖主要依靠煤炉子。每到冬天，除日常的照看护理外，丁丽萍就会多出一项工作，那就是每晚睡觉前挨个房间帮老人们封煤炉，安顿老人们睡下再离开。老人们怕冷，不让开窗户，为防止煤烟中毒，她每天晚上都要熬到10点多，等老人们睡熟了，悄悄起来挨个房间把窗户推开一道缝，以便空气流通。凭着这一份天生的细心和敬业精神，从1985年走进高庄乡敬老院到2017年从平罗县中心敬老院退休的32年里，经她照顾过的老人有几百位，从未出现一例因工作疏忽而造成的意外事故。

丁丽萍是个细心人，也是个热心人。马明、马云是一对苦命兄弟，父母双亡后小哥俩被寄养到了高庄乡敬老院。刚来的时候哥哥马明14岁，弟弟马云12岁。送来后不久，弟弟马云因得淋巴癌不幸去世，哥哥马明在孤独中长大成人。眼看着马明一天天到了成家立业的年龄，丁丽萍开始为他的婚姻大事操心。她四处托人给孩子找对象，最后选定了离敬老院不远处的一家老实憨厚的人家，让马明当了上门女婿。

"日子过得挺好，现在也有了自己的娃。"说起马明，丁丽萍一脸的欣慰。

无怨无悔的付出

人生是公平的，有付出就有收获。十几年如一日，以敬老院为家，领着微薄的工资却始终不离不弃，丁丽萍用一份超越血缘的大爱赢得了尊重，也赢得了荣誉。1997年，她被民政部、劳动部、全国总工会、共青团中央、全国妇联、中国老龄协会授予"全国敬老好儿女金榜奖"；2000年，她被评为全国劳动模范和全区劳动模范；2006年，她获得"中华孝亲敬老楷模提名奖"、民政部孺子牛奖；2007年，她被评为自治区"十佳道德模范"并荣获"全国道德模范提名奖"；2008年，她被评为自治区"道德之星"，同时荣登"中国好人榜"。

无怨无悔地付出为她带来了无上的荣耀，也为她带来了一身的病痛和对自己父母的愧疚。在高庄乡敬老院时，没有洗衣机，一个洗衣大盆一个搓板就是她用来清洗衣物的全部家当。因为年轻，不懂得自我防护，不管春秋冬夏，老人们的毛巾衣物、床单被套随脏随洗，双手长年累月被冰凉的井水浸泡，落下了严重的风湿病；生下孩子31天就回到敬老院上班，洗洗涮涮什么都没耽误，给她落下了终身腰腿疼的毛病；而常年神经高度紧张，随时应对老人各种突发状况的

工作性质,使她患上了严重的失眠,即使现在退休了,每天依然需要依靠药物才能入睡。

一个人的精力毕竟有限,再优秀的人也不可能做到面面俱到。1985年,当丁丽萍走进敬老院接下照顾五保老人生活的工作时,就意味着她没有更多的时间去照顾自己的父母。提到已故的父母,她愧疚不已:"父亲得脑梗已去世多年,母亲活了94岁,虽然兄弟姊妹主动轮流承担起照顾母亲的责任,给了母亲一个美好的晚年,但没能亲自在父母床前尽孝,每每想起来都觉得特别心痛。"

贴心"小棉袄"

对丁丽萍来说,2003年是一个分水岭。这一年,她结束了长达18年的临时工身份,被招聘为合同制工人,并从高庄乡敬老院调入平罗县老年服务中心工作。10多年过去了，提起2003年离开高庄乡敬老院时的情景，她红了眼圈："6个老人齐刷刷站在墙根，哭着不让我走。他们哭，我也哭……"

她在老人们的依依不舍下踏上了新的工作岗位。身份变了，工作的环境变了，但她十几年如一日敬老孝老的爱心丝毫没变。她更加勤奋地工作，除做好正常的服务工作外，还经常陪老人们聊天，在聊天的过程中慢慢了解每一个老人的兴趣爱好、脾气秉性、生活习惯，做到心中有数，尽最大努力让老人们在养老中心过得舒适、开心。有一名老人因患脑梗死留下后遗症，生活不能自理，脾气十分暴躁。每当老人发脾气，她都会耐心地劝解，精心地给老人喂吃喂喝、端屎端尿、拆洗褥子、擦洗身体，不定时给老人做按摩，并按时给老人请医输液。老人高兴地逢人就说："碰上小丁是我今生今世修来的好福气。"

2007年9月，91岁高龄的曾碧尧老人一病不起，生活不能自理，丁丽萍每天送来三餐，亲手喂老人吃，还为老人换洗衣裤、擦洗身子。曾碧尧老人脚上

起了湿疹,她就给老人洗脚擦药,直到老人康复。当年12月,老人的病情加重转到医院治疗,丁丽萍每天忙完敬老院的工作,就赶到医院去照看老人,直到老人安详地离去。老人曾经问她为啥对自己这么好,丁丽萍说:"我就是您的女儿呀。"

2014年,丁丽萍到了退休年龄,老人们拉着她的手,舍不得让她走,她也不忍心离开,便返聘继续工作了3年。

2017年,因心脑血管供血不足、腿部疼痛等疾病越来越严重,59岁的丁丽萍带着对老人们的不舍离开了工作岗位,开始了退休生活。

一个冬日的中午,正在家里准备午饭的她接到来自敬老院的电话。

"主任,我们几个又聊起你来啦!那天见到你,我们都觉得你比以前瘦了些,你把饭吃好!"81岁的黄梅关切地说。

"你也是上年纪的人了,别老操心我们,也照顾好你自己。"王金山老人在一旁大声说。

"我好着呢!你们也好好吃饭,别老坐着,经常起来活动活动,过些天我去看你们。"听到丁丽萍说要去,老人们在电话里乐开了花。

32年的养老服务工作,丁丽萍对待老人的温柔善良、细心周到让她成了敬老院里所有老人的贴心小棉袄。她退休后,老人们像牵挂自己的女儿一样牵挂着她,她也像惦记着自己的父母一样惦记着老人们。平日里只要有时间,她便会回到敬老院里看望老人。虽然她也已进入了耳顺之年,但只要一见到老人们,立刻跟以前在职时一样操心起老人们的饮食起居。

"杨奶奶,您有高血压,一定要少生气。"

"卢姨,您走路要注意,一步一步稳稳地走,别着急。"

丁丽萍不厌其烦地叮嘱着,每个老人的病都在她的脑海里存了档。

残疾人马少林的手向里窝进去无法伸直,为他修剪手指甲很费力。丁丽萍惦记着他,每次到敬老院,都会用力把他的手指掰出来剪,一个指甲得剪很长时间，但她剪得认真，剪得用心。

提起丁丽萍，敬老院的工作人员马玉花说："丁主任把老人当自己的亲爹娘对待，再脏再苦的活儿她从不推脱。丁主任退休后，老人们总是念叨她，有时候还会把我们的名字叫成她的。"而丁丽萍说得更为动情："只要我能走得动路，就会常回去看看，老人们舍不得我，我更舍不得他们。"

青春的责任与担当

◎王嘉俐

与时间赛跑

大年初一,已经几个月没回家的刘金海,还未来得及看望 80 多岁高龄的奶奶和外婆,就被紧急返岗的通知叫了回来。"爸妈,我要抓紧时间回宁夏了,再不走就来不及了,你们就别出门了,一定注意防护。"疫情就是命令,留下几句简短的话,刘金海马不停蹄地踏上了返岗的路。刘金海家住甘肃环县的一个小镇子,蜿蜒崎岖的山路和一路未消融的冰雪,让刘金海心急如焚,车行一路,打滑一路,靠着防滑链驱车 7

个多小时,刘金海连夜赶回了宁夏。

一到贺兰,还没来得及休整就迅速投入到疫情防控工作中。时间紧、任务重,辖区内从湖北返银人员就有十几户,刘金海与同事们第一时间与返银人员逐一见面、了解情况,仅用两三天时间就对三村一街道一园区内所有返银人员进行了彻底排查,并建立档案进行管控。随着疫情形势的严峻和管控措施的升级,全面的信息普查工作开始,刘金海负责辖区洪广镇广荣村。广荣村是个移民村,户籍人口5000多人,流动人口多、人员结构复杂,村民法律意识较淡薄,各类矛盾纠纷多。村内很多房屋出租给了工业园区的工人,春节期间工人回了老家,更有部分空房常年无人居住,房主信息也无从知晓,这些都大大增加了排查难度。刘金海与村干部、楼长、网格员们挨家挨户入户走访、登记信息。

排查过程中,很多住户一开始不理解、不配合,刘金海一遍遍地敲门、打电话,不开门、不接电话的再用短信耐心劝导,直到配合完成排查。自疫情防控工作开展以来，广荣村有外省返村人员40余人，他坚持做到人人见面了解情况、告知注意事项、叮嘱做好隔离措施，每天联系各片区村医上门为管控人员测量体温，为隔离人员宣传防疫知识、进行心理疏导……白天入户登记信息，晚上熬夜统计数据，已是刘金海和广荣村村干部们无形中形成的工作模式。经过几天几夜的坚守，广荣村常住户743户5266人，空置房418户，出租户105户……他对摸排的情况了如指掌。他心里明白，只有信息精准，才能更有信心打赢这场疫情防控阻击战。

"大家在入户的过程中，一定要戴好口罩、手套，做好自我防护。在和村民沟通的过程中，一定要注意用语文明，注意工作方法，一定要摸清住户信息，坚决要做到不漏一户、不漏一房、不漏一人。遇到困难或不懂的地方就及时给我打电话！"同样几句话，他每天重复无数次。

自疫情防控阻击战打响以来，刘金海一直坚守在工作岗位上，连续一个多月没有休息，吃在所里住在

所里，每天工作十几个小时以上，披星戴月、日行万步成了他的工作常态。

隔离不隔心

从信息普查到隔离管控、维护社会治安稳定，抗疫前线压力大、担子重，哪里有需要，哪里就有社区民警刘金海的身影。

从江苏返回的王先生拒绝配合居家隔离，村干部没招，便来求助社区民警。接到电话后，刘金海就赶到小区，联合村医一起将王先生护送到家进行居家隔离，并严肃地对他讲道："疫情这么严重，你们一定要配合村委会做好隔离！这是对自己负责也是对他人负责！"经过一番劝导，王先生终于同意配合居家隔离。

"刘警官，刘国富一家三口从安徽回来的要进行居家隔离，我这会儿就在他家楼下，你要不要来？"接到广荣村工作人员的电话，刘金海说："我必须来，马上到！"到刘国富家楼下，刘金海就傻眼了，大大小小一地行李，刘金海随即拎起行李就往楼上走，边走边说："上级已经通知卡点撤离，我们村的防疫工作却不能有丝毫松懈，因为居民小区成了防疫工作的最后一道关卡，我们必须要做好三返人员管控工作，为全村村民筑牢安全屏障……"

从成都探亲返银的潘女士，刚回来就被居家隔离，潘女士一人带着两个小孩，一家三口无法出门又缺必备的生活用品，刘金海便协助楼长充当潘女士一家的"快递员""外卖员"，每天为其"代购"生活用品……在微信群里，还有很多被隔离无法出门的村民，刘金海与工作人员们全力配合，每天定时给村民送去蔬菜水果、日用品。刘金海说，能够让每一位隔离人员感受到隔离不隔心，服务送温情，这才是我们工作人员对他们最大的精神鼓励。

一日，社区工作人员求助刘金海："刘警官，有

一住户我们去了4次还是敲不开门,怎么办?"刘金海立即赶到,敲了几分钟还是无人回应,通过询问邻居,得知夜间有人活动,白天悄无声息,这让刘警官心存疑惑。

刘金海转换工作方法,进行现场普法,通过隔门讲解:"有人吗?您好!我是贺兰县公安局暖泉派出所社区民警刘金海,特殊时期必须配合疫情防控工作,否则会承担相应法律责任……"边说边敲门,过了十几分钟,听见屋内有了点动静,刘金海继续提高音量:"如拒不配合疫情防控工作,我们将依法进行处置!"不一会儿,门开了,屋里住着5个未成年人,满地的酒瓶,问其身份信息都吞吞吐吐,刘金海随即呼叫所内支援,将5名未成年人带回所内盘查。经盘查询问,5名未成年人主动交代了在辖区一酒吧内实施盗窃的违法行为,暖泉所之前接到的盗窃警情立即被侦破。

疫情就是警情,平安就是责任,刘金海与同事们坚守抗疫一线岗位的同时,也奋战在维护社会治安稳定的战线上。疫情不退,警察不退。整个疫情防控期间，辖区内治安状况总体平稳，未发生影响恶劣的重大案（事）件，村民们的基本生活、健康和安全都得到了有效保障。

用坚守换一方净土

宅家时间久了，难免有些人闷得慌，想出来透透气，虽然有通行卡，但出行时间、次数都是受限的，有些人就不愿意了。刘金海不厌其烦地与这些人沟通、做工作，从情、理、法的角度进行劝导，让村民理解并配合。

还有些村民忍不住悄悄溜出来扎堆聚集，为防止交叉感染，刘金海及时组织了志愿者服务队，将辖区内的党员、大学生、治安积极分子等吸纳进来，有的拿起小喇叭走街串巷做宣传，有的拿起笔记本挨家挨户做登记，有的拿起体温计为出入小区人员测体温。

对于扎堆聚集的村民,志愿者们及时劝导疏散,一边维持秩序,一边向村民讲解疫情防控知识,调动了全民抗疫的积极性,也有效降低了外出走动、聚会聚集的几率。

在对高速路口交通卡点过往车辆排查时,往往会遇到不配合的外地司机,刘金海说:"其中最难的就是每次打电话说我是公安局的,没有人相信,还误以为我们是电话诈骗,更不愿透露个人信息、配合我们开展工作。"有时候接到指挥中心任务,晚上也得打电话排查,总有村民有不满的情绪,刘金海与同事们常常一天能打五六十个电话,多的时候能打100多个,一天下来嘴都能说干。

"丁零零……"刘金海的电话铃声又响了,电话那头传来:"赶紧回来吃饭,今天灶上做的是你最爱吃的红烧鱼。"

刘金海看了看时间,说道:"我正在统计今天摸排的数据呢,有点着急,村上的干部也都在加班,我怎么好意思先回去吃饭?你们吃吧,我吃泡面。"说完就挂断了电话。虽然广荣村离暖泉派出所只有两公里的路程，但刘金海经常会因为忙碌错过饭点。

"越是关键时刻，越是体现公安干警责任担当的时候；越是非常时期，越是树立公安队伍良好形象的时候。在人民群众最需要的时候，我们绝不缺席！"这是刘金海常挂在嘴边的一句话。信息摸排、入户走访、人员疏散、治安管控……在抗疫一线，刘金海始终奔波在村里村外，与广荣村村干部一起，齐心协力、并肩作战，为打好疫情防控阻击战默默坚守阵地，让病毒远离群众，让爱心温暖村民，用坚守悉心守护着这一方净土。

身为公安干警，在国难面前，他们奋勇向前，穿上警服，便肩负了职责使命。正因为有了这些社区民警的坚守，那一抹深蓝色成了村子里最靓丽的风景。而这场突如其来的疫情也像一次大考，无数个像刘金海一样的年轻干部，作为答题者向党、国家和人民交上了一份合格的答卷。

后 记

中华民族共同体意识是国家认同、民族交融的情感纽带，是祖国统一、民族团结的思想基石，是中华民族延绵不绝、永续发展的力量源泉。

开展常态化民族团结进步教育，是铸牢中华民族共同体意识的重要途径。为推动民族团结进步教育融入日常、抓在经常，自治区政协建议编创《"石榴籽"故事》丛书（以下简称《丛书》）。自治区党委高度重视，成立了以自治区党委统战部、宣传部、党史研究室，自治区民委、文联，自治区政协民宗委等有关部门（单位）负责同志为成员的《丛书》编写工作领导小组（编委会）。自 2020 年 6 月开始，《丛书》编写分素材征集、创作编辑、出版发行、成果转化四个阶段,经多方协作配合、各界鼎力相助,终于付梓。

翻开散发着淡淡墨香的《丛书》,我们在感慨之余,也衷心地向故事线索的提供者和参与编创工作的单位及个人表示感谢!

由于编者水平有限,遗珠之憾在所难免,敬请各界人士及广大读者指正并提出宝贵意见。

编　者

2021 年 4 月

我们要全面贯彻党的民族理论和民族政策，坚持共同团结奋斗、共同繁荣发展，促进各民族像石榴籽一样紧紧拥抱在一起，推动中华民族走向包容性更强、凝聚力更大的命运共同体。

——习近平

"石榴籽"故事

血脉相连

《"石榴籽"故事》编委会 编

黄河出版传媒集团
阳光出版社

图书在版编目（CIP）数据

"石榴籽"故事. 血脉相连 /《"石榴籽"故事》编委会编. -- 银川：阳光出版社，2021.6
ISBN 978-7-5525-6014-5

Ⅰ.①石… Ⅱ.①石… Ⅲ.①故事－作品集－中国－当代 Ⅳ.①I247.81

中国版本图书馆CIP数据核字(2021)第136586号

| "石榴籽"故事　血脉相连 | 《"石榴籽"故事》编委会　编 |

责任编辑　赵维娟　胡　鹏
封面设计　赵　倩
责任印制　岳建宁

黄河出版传媒集团　阳光出版社　出版发行

出 版 人	薛文斌
地　　址	宁夏银川市北京东路139号出版大厦（750001）
网　　址	http://www.ygchbs.com
网上书店	http://shop129132959.taobao.com
电子信箱	yangguangchubanshe@163.com
邮购电话	0951-5014139
经　　销	全国新华书店
印刷装订	宁夏凤鸣彩印广告有限公司
印刷委托书号	（宁）0021307

开　本	787 mm×1092 mm　1/16
印　张	5.75
字　数	45千字
版　次	2021年7月第1版
印　次	2021年7月第1次印刷
书　号	ISBN 978-7-5525-6014-5
定　价	50.00元（全5册）

版权所有　翻印必究

序　言

我国是统一的多民族国家，中华民族多元一体是先人留给我们的丰厚遗产，也是我国发展的巨大优势。我们辽阔的疆域是各民族共同开拓的，我们悠久的历史是各民族共同书写的，我们灿烂的文化是各民族共同创造的，我们伟大的精神也是各民族共同培育的。中国共产党历来高度重视民族工作，创造性地把马克思主义民族理论同中国民族问题具体实际相结合，走出了一条中国特色解决民族问题的正确道路。把民族平等作为立国的根本原则之一，确立了民族区域自治制度，各族人民在历史上第一次真正获得了平等的政治权利，共同当家做主，终结了旧中国民族压迫、纷争的痛苦历史，开辟了发展各民族平等团结互助和谐

关系的新纪元。党的十八大以来，以习近平同志为核心的党中央就事关民族工作、民族团结等重大问题，提出了一系列新思想新论断，作出了一系列新部署新要求，推动我国民族团结进步事业进入新时代，各族人民的获得感幸福感显著提高，更加坚定了对伟大祖国的认同，对中华民族的认同，对中华文化的认同，对中国共产党的认同，对中国特色社会主义的认同。

宁夏是民族地区，历来有着民族团结的优良传统。1935年8月，红二十五军进入宁夏西吉县，就制定了"三大禁条、四大注意"；1935年10月，毛泽东率领中央红军主力来到西吉县单家集，在"陕义堂"清真寺与马德海促膝长谈，留下了红军和回族群众友好相处的佳话，是我们党在革命战争年代重视民族团结的生动写照；1936年10月，西征红军在宁夏同心县和海原县东部建立了我党历史上第一个回族自治政权——豫海县回民自治政府，这是我们党民族自治政策的最初实践，为宁夏这片土地播下了民族团结的"金种子"。宁夏回族自治区成立以来，各族儿女在宁夏

这片土地上和睦相处、共同奋斗,开发了我们宁夏的大好河山,创造了巨大的发展成就,丰富了民族团结的深刻内涵。特别是党的十八大以来,在以习近平同志为核心的党中央坚强领导下,宁夏各族人民大力弘扬民族团结的优良传统,手足相亲、守望相助,留下了一个个民族团结的感人故事,书写了一篇篇民族团结的动人乐章,奏响了一曲曲民族团结的伟大赞歌。宁夏民族团结的光辉历程、大好局面,成为我国民族团结进步事业的生动缩影和实践典范。

知古鉴今。为更好推动新时代民族团结进步事业,建设全国民族团结进步示范区,我们编写了《"石榴籽"故事》丛书。丛书分《血脉相连》《亲如一家》《同心共筑》《同舟共济》《守护团结》5册。《血脉相连》收集整理历史上,特别是革命战争年代宁夏各族人民以中华民族独立、解放、复兴为己任,团结一心、一致对外的红色历史,讲述一损俱损、一荣俱荣的同脉故事,深化全区各族人民对中华民族共同体意识的思想认识。《亲如一家》收集整理宁夏各族群众共居共学共事共乐的生活点滴,特别是生态移民安置、农村少数民族人口融入城市过程中和乐而居的典型事例,讲述平时相互关心、有事相互关照的守望故事,引导各族群众充分认清中华民族和各民族是一个大家庭和家庭成员的关系,推动民族融合由空间嵌入向情感和心理融合深化。《同心共筑》收集整理宁夏各个历史时期特别是进入新时代,各族群众"结对子""手拉手""心连心",共同实现脱贫梦、小康梦、中国梦的奋斗实践,讲述"共同团结奋斗,共同繁荣发展"的同心故事,树立国家好个人才会好、中华民族好各民族才更好的鲜明导向。《同舟共济》收集整理宁夏各族群众面对重大自然灾害、重大突发事件时相互帮助、一起走过的感人事迹,讲述共迎风雨、共克时艰的团结故事,激励各族群众心往一处想、劲往一处使,共同面对前所未有的复杂形势,齐心协力守好"三条生命线",走出一条高质量发展的新路子。《守护团结》收集整理各行业各系统各领域普通劳动者立足本职工作岗位,发挥助力器作用,为维护和促进民族团结积极作贡献的典型事迹，讲述民族团结进步创建人人有责的担当故事，凝聚起共同做民族团结进步工作、共同维护民族团结大好局面的磅礴力量。

丛书旨在生动展示自治区60多年来各民族团结奋斗、守望相助等"一起走过"的实践经验，全面呈现各民族交往交流交融、共生共乐共享等"一起生活"的现实经历，广泛宣传各民族共同繁荣发展，"一起实现"中华民族伟大复兴中国梦的美好愿景，让各族群众从中切身感受水乳交融、唇齿相依、休戚相关、荣辱与共的强大凝聚力，牢固树立"三个离不开"思想，不断增强"五个认同"，把维护民族团结作为自觉价值追求，汇聚起建设美丽新宁夏的磅礴力量。

《"石榴籽"故事》编委会

2021年3月

目录 CONTENTS

◎ 回民骑兵团 / 刘 志

回民骑兵团的成立 / 001

在党的抚育下成长 / 007

出击六盘山 / 011

参加保卫边区战斗 / 014

艰苦的剿匪战斗 / 017

走上新岗位 / 019

◎ 融入血脉——红军长征西征中的民族团结故事 / 郭小涛

军民团结见真情 / 022

红军三过单家集 / 027

"禁房"智救军代表 / 033

◎ 回汉支队 / 郭小涛

回汉支队的成立 / 036

改称"宁夏人民解放军" / 040

"彭总赠枪"和新式整军运动 / 043

为解放宁夏英勇斗争 / 047

◎ 把党的甘露送到各族人民的心田 / 薛志达

党的使者送雨露　血脉相连映初心 / 053

人民至上立宗旨　民族团结树丰碑 / 057

支农富民甘奉献　军民鱼水情更浓 / 060

◎ 宁夏的"民族团结月" / 刘　志

民族工作重回正轨 / 067

宁夏第一个"民族团结月"活动的高潮 / 070

开展各族人民"山川互访"活动 / 073

守好民族团结生命线 / 078

◎ 后记 / 081

回民骑兵团

◎ 刘 志

回民骑兵团的成立

1939年至1941年,海固地区的回族人民不堪国民党的黑暗统治与压迫,先后举行了3次大规模的武装起义。诱发起义的导火索是国民党政府横征暴敛,侮辱回民,起义领导人有宗教上层人士马国瑞、马国璘等人,也有贫苦农民出身的马喜春及其子马思义、马思贞、马思聪等人。马思义自幼从事农业生产,没有上过学,但为人性情直爽,嫉恶如仇,见义勇为。

1938年冬，国民党海原县政府以"抗粮抗丁"罪名，逮捕了石坡底村柯老五等人，扬言"要想活着出去，每人交一千块银元"。马喜春得知此事后，带领愤怒的群众冲进国民党海原县政府将人救出。这时，国民党海原县县长贾从成带领保安队前来"清乡"，四处搜捕"闹事"的群众。1939年1月15日，当地回族群众在海原县红套村举行起义，海固回民爆发了第一次起义。当时起义队伍宣布：反蒋抗日，寻找民族出路；打倒欺回灭教的国民党政府，保护家人；杀贪官，灭土豪，打富济贫。之后，起义被国民党政府残酷镇压。马国瑞、马国璘、马喜春、马思义等人辗转于陇东、固原等地，继续发动了海固回民第二次和第三次起义，但在国民党实行更加残酷的镇压下，起义均告失败。在与国民党正规军及保安队的战斗中，马国瑞、马喜春等相继阵亡，马思义成为起义军领导人。

1941年6月，海固回民第三次起义失败后，国民党政府调动6个师及保安团7万多人围剿回民起义部队。为了避免更大伤亡，起义军向海原县东撤退。一

路上起义军吃野菜、野草充饥,身上衣服也成了破布片。马思义和起义军部分指挥人员反复考虑,决定去边区投奔八路军。一天晚上,马思义站在一个大土墩上对大家说:"兄弟们,我们现在已经没有别的路可走了,我们决定去边区投奔红军,愿意去的跟我走,不愿去的,各讨方便。"马思义说完之后,土墩下许多人失声痛哭,马思义也流下了眼泪。后来马思义回忆当时的情形说:"我们三次起义,共患难、同甘苦,牺牲了多少人的生命,流了多少鲜血,现在眼看又失败了,难道我们永远只有做奴隶的命?难道我们对敌人的仇恨还不够深?作战还不够勇敢?为什么一次、两次、三次举起刀斧,却总砍不倒暴君们的宝座?"部分眷恋乡土、对八路军没有正确认识、有疑虑不愿去边区的人离开了起义队伍。起义领导人之一的马国璘也不愿意走了,他对马思义说:"你先走吧,如果那边好,再派人来接我吧。"马思义只剩下200多人马,决定突破国民党封锁线,前往边区去找八路军。

个别起义军于 1941 年 6 月 11 日找到了中共环县保安大队大队长王世保。王世保问明情况后，立即派保安大队书记毛至善偕同正在那里工作的中共环县县委统战部副部长张镜如，赶到龙家阳洼面见马思义等人。张镜如、毛至善对起义军进入边区表示欢迎，安排他们住在砖城子、龙家阳洼和席芨滩三个村庄，供给他们粮食，并请他们派代表到苦水掌详谈。12 日，王世保偕同马思义等人前往庆阳。14 日，陇东保安司令部白受康副司令员接见他们，并详细询问了起义的经过和进入边区的人员情况。之后，白受康副司令员和陇东地委统战部干部苏采云又同他们商谈，确定起义军仍用原来建制，不加整编，给养按八路军标准由保安司令部供给。当晚，后勤部门给他们送去了军装。15 日，陇东军分区设宴欢迎，并请他们观看了文艺演出。

马思义等把他们受到热情接待的情况和商定的安置办法，向起义军传达后，群情激奋，激动不已。三八五旅旅长、陇东军分区司令员王维舟、副旅长耿飙和陇东分区专员马锡武等,在庆阳三十里铺接见了起义军全体人员。党组织还选派熟悉回族风俗的卫一吾同志随队搞后勤供应,给每人发了军装及日用品。数日后,王维舟司令员又带着来庆阳演出的延安文工团到柳沟慰问。王维舟司令员对大家说:"我们坚决支持你们回族人民的革命斗争,但急于求成是不行的。""你们是少数民族的革命力量,党需要你们,要把你们每个同志都培养成干部。"接着,党中央派陕甘宁边区联防司令部司令员萧劲光从延安专程到柳沟看望起义军,并赠给他们一面写着"浩气长存"四个大字的锦旗,表达党对海固回民起义的高度评价和对死难者的深切悼念。

1941年7月,党组织安排马思义等去延安参观学习。到延安后,马思义等住在边区回民文化协会,他们参观了中央民族学院、抗日军政大学、鲁迅艺术学院等单位。中央民族学院还邀请马思义作报告,他含着热泪介绍了三次起义的经过,控诉国民党反动派血腥镇压的暴行,引起巨大反响。随后,中共中央西北局派杨静仁到起义队伍担任党代表和团政委,他带来的干部严格遵守回族风俗习惯,与官兵群众同吃同住、以诚相待,很快就获得了大家的信任。7月下旬的一天,毛泽东主席、朱德总司令和边区政府主席林伯渠在边区政府礼堂接见马思义和马智宽。当他们在杨静仁同志的陪同下进入礼堂时,毛主席笑着迎上来与他们一一握手,然后让他们坐下,与他们进行了亲切交谈。

马思义在延安期间,边区联防司令部与他们商议决定,将这支当时200多人的起义军命名为"陕甘宁边区联防司令部回民抗日骑兵团",驻扎陇东,由八路军三八五旅代管,任命马思义为团长,马智宽等为副官,下设三个连。为了帮助回民骑兵团指战员进行学习和训练,派杨静仁担任政治教官、马克担任文化教员做政治工作。之后,中国"回教协会陕甘宁边区分会"派鲜维俊到回民骑兵团,协同杨静仁、马克工作。

在党的抚育下成长

　　回民骑兵团的200多人,出身、思想比较复杂。当初是在敌人重兵围剿、走投无路之际,抱着请八路军帮助他们打国民党的愿望进入边区的,没有长期从事革命斗争的思想准备。进入边区后,听领导干部解释说,现在是国共合作抗日时期,八路军不能出去打国民党,未免有些失望。过了一段时间,许多人想念家乡和亲人,又过不惯革命军队里被严格纪律约束的生活,加之当时国民党对边区实行经济封锁,军民生活都非常困难,党组织虽然尽量照顾,但供应仍不够充分,时间一长,许多人思想产生了波动。曾在国民党军队当过团部副官的苏山和当过土匪的马负图等人乘机捣鬼,教唆战士以要给养为借口,擅自从嵩嘴铺移驻庆阳三十里铺,后又提出回海固,甚至煽动说:"如果马思义不走,就把他绑住拉着走。"马思义此时也因两次派回家打探消息的人杳无音信,惦念马国璘和家属的安全,也想回去看一趟,并再带一些人过来。陇东分区得悉这一情况,十分为难。一方面,预料他们出边区肯定会遭到严重摧残;另一方面,这支队伍已正式命名为"回民抗日骑兵团",进入国民党统治区,就会给国民党造成诬蔑共产党的口实,遂派人反复阐明利害,进行劝阻,但他们执意要走。

1942年1月2日,中共陇东地委统战部部长段德彰和卫一吾同志又一次和回民骑兵团全体人员座谈,进行劝阻,仍无效果。段德彰说:"你们一定要回去看看,我们就只得欢送;遇到危险再回来,我们仍然欢迎。"卫一吾建议把老弱留下,免得行军作战拖累,这个意见得到了同意,决定让马鸣桂带30多位老弱和伤病员住在曲子县。第二天,杨静仁同志给他们送来一笔路费,并且一直陪送到苦水掌。回民骑兵团180多人回到白崖、沙沟,得知:马国璘被押解兰州,生死不明;马思义家11人惨遭杀害;参加起义的人受到残酷镇压,有的人头落地,有的家产充公,许多人仍藏匿山野不敢回家。部队探知大寨一带驻有国民

党四十二军部队不时出动巡逻，不敢停留，急忙撤到固原麻地湾。立脚未稳，国民党追来一个营，后增两个团，将他们团团包围。敌军派人前来劝降，马思义见不好硬拼，答应回沙沟去谈判。在去沙沟的路上，趁黑夜甩开敌人，急返边区。走到海原王家塬，苏山和马负图带一部分人离队而去。马思义痛悔不迭，带领剩下的30多人，经海原红涝坝、韩府湾和同心羊路、梨花嘴，于1月16日回到苦水掌。

受挫回来，大家都觉得无颜见边区首长，情绪低落。但是陇东党组织和军分区仍然满腔热情地欢迎他们，安排他们驻守在合水县。一些离队回家的战士受不住国民党反动派的摧残，又陆陆续续返回部队，人数增至80余人。经过这次严重挫折，回民骑兵团的干部、战士才从思想上认识到，只有共产党才是他们的靠山，只有跟着共产党干革命才是他们唯一的出路，从心底里萌发出"我们需要学习，我们需要改造"的要求。为了解除回民骑兵团干部、战士的后顾之忧，党组织又设法把他们在国民党统治区遭迫害的30多位家属接到边区，随军居住。

为了使回民骑兵团成长为一支坚强的人民武装，并造就一批民族干部，党组织做了大量的工作，费尽心血。1942年春，回民骑兵团由于人员减少而编为一个连，秋天由合水县移驻延川县永坪镇。途经延安时，边区联防司令部张经武参谋长在七里铺设宴招待了排长以上干部，萧劲光司令员亲自宣布，任命杨静仁为参谋长，马思贞为连长，马克为政治指导员。不久，党组织安排马思义、马希杰、马生荣、马保珍、马文海等进入中央民族学院，学习政治和文化知识。1943年3月，马思义、冶福荣、周尚义、锁云龙、王弼真等又转入抗日军政大学学习。

1945年秋，马思义从抗大毕业后，按照党中央安排，继续到回民骑兵团担任团长。1946年3月，他光荣加入中国共产党。1947年，回民骑兵团已发展党员6名，成立了党支部。这标志着回民骑兵团的大多数战士已经从仅有反抗意识、复仇思想的起义农民成长为谋求民族解放和人民幸福的革命战士。

出击六盘山

1946年6月,国民党反动派发动内战。王震将军率三五九旅在中原突围,向陕甘宁边区进发,8月到达陕南、陇南一带,党中央派西北人民解放军迎接。中共中央西北局指示中共甘肃工委,由中共陇南特委和海固、华平工委组织武装工作队出击敌占区,牵制敌军兵力,配合三五九旅创建革命根据地。

按照中共甘肃工委的安排,回民骑兵团选派马克、沙里士、马生荣、马智宽等60余人随中共海固工委行动,组成第一大队,马思义任司令员,王有功任副司令员,陈致忠任工委书记、一大队政委马长林、杨诚忠等13人随陇南特委行动,属第二大队,刘余生任司令员,马福吉任副司令员,中共甘肃工委副书记孙作宾任特委书记、二大队政委。

9月3日,两个大队的干部、战士共297人,从庙儿掌出边区,在固原白家塬击溃一支敌自卫队,在头营缴获敌另一支自卫队的枪械39支,部队穿越平(凉)银(川)公路,捣毁了敌大营乡公所。部队经硝口到达西吉偏城后,两个大队分作两路,分别沿六盘山东、西麓南下,第一大队在隆德杨家店突破甘肃省保安第三团的阻截,然后越过西(安)兰(州)公路与第二大队会合,翻过六盘山进入化平(泾源)县西峡。

9月11日,两个大队在化平县老龙潭附近的冶家大庄被敌新一旅、骑一旅与保三团3000余人包围。全体同志英勇反击,激战一整天,终于突出重围,从密林中登上十八盘高山。战斗中海固工委委员魏志义、回民骑兵团排长马智俭、司务长马玉德、班长马玉祺等11人英勇牺牲,14人负伤,47人失散,丢失了军用地图,携带的电台也被敌人枪弹打坏,与上级失去了联络。当时,虽然还在秋季,但六盘山上寒气逼人,又遇雨雪,气温骤降。两个大队的同志都服装单薄,马思义、马长林受冻昏迷,经紧急抢救才苏醒过来。在如此严峻的形势下,全体干部、战士团结一致,毫不动摇,继续向南挺进。到达隆德县苏台,才得知王

震将军已率队离开陇南,进入边区。两个大队的领导同志经过认真研究,认为继续南下已失去作用,留下打游击,条件还不成熟,于是决定马上撤回边区。次日,全部人员再翻越关山,经化平二道卡子、平凉北塬、芦儿湾、固原嵩店、石家沟口,到达碾盘掌,击溃了赶来堵截的敌新一旅一个步兵连,胜利回到边区。

回民骑兵团撤回边区不长时间,一些在突围时失散而掉队的战士几经周折,相继归队。回到边区时,他们虽已疲惫不堪,但所带枪支无一缺损。马占荣在突围时失散,被化平县自卫队搜山抓去,敌人严刑审问,他拒不吐露实情,被解送兰州监禁一年,获释后立即返队。

这次出击,正如中共中央西北局统战部在总结报告中所说:串了七八个县,打了几个胜仗,给敌人精神上以压力,给群众以鼓舞,在政治上锻炼了干部。对回民骑兵团来说,更是对几年学习、训练成果的检验。绝大多数同志意志坚定,英勇顽强,团结互助,吃苦耐劳,胜利完成了任务。

参加保卫边区战斗

1947年3月,国民党反动派调集胡宗南、马步芳、马鸿逵等部34个旅,共23万余人,分别由南、西、北三面向陕甘宁边区发动重点进攻。面对敌强我弱的形势,中共陇东军分区遵照党中央"力求在运动中歼灭敌人"的精神,主动放弃了环县、曲子、庆阳、华池、合水等县的一些城镇,转入农村,开展游击战争。

4月30日,国民党向华池县元城子扑来。回民骑兵团英勇阻击,掩护群众和基层干部安全转移。敌军占领元城子后,企图越过子午岭,与进犯陕北的胡宗南军队相策应。中共陇东军分区决定组织一次战斗,粉碎敌人的阴谋。经过周密研究,认为:红土崾岘是越子午岭必经之地,地形复杂,羊肠小道仅容一骑通过,是打伏击战的理想地方。遂命令回民骑兵团配合十三团打好陇东自卫反击战的第一仗。

5月17日夜,马思义率回民骑兵团与十三团一起

出发，于次日拂晓进入阵地。回民骑兵团部署第一连埋伏在红土崾岘东侧担任主攻，第二连随十三团埋伏在佛堂山两侧策应。10时左右，敌骑二旅四团约300人，由怀安城出发，行至红土崾岘西面王背梁，狡猾的敌人见地形复杂便停了下来，派出40多个尖兵下马搜索前进。敌尖兵进入伏击圈后，第一连的战士奋勇杀敌，刀枪相加，后面的敌军被十三团火力压住难以前进，不到15分钟，40多个敌人大部分当了俘虏，缴获步枪40余支，机枪1挺。这一仗，使盘踞元城子的敌人再不敢轻举妄动，不久慌忙撤走。

1948年2月，西北野战军取得宜川战役胜利，向国民党军队展开全面反攻。2月19日，回民骑兵团协同十三团和十四团，将驻守在高家滩的马鸿宾八十一军一八〇团包围，歼灭一个排，俘虏20人，缴六〇炮一门。4月中旬，西北野战军转向外线作战，在"西府、陇东战役"中，陇东、三边军分区组成联合指挥部共同作战，收复庆阳失地，牵制陇东之敌，进行策应。当时庆阳城内驻有敌保安第一团，西峰镇驻有敌八十一军骑五团。陇东军分区徐国珍司令员率回民骑兵团、十三团与十四团，三边军分区司令员郭秉坤率"铁八团"、一团、骑兵团进逼庆阳。30日，西峰镇之敌闻讯后倾巢出动，昼夜兼程，向陇东部队司令部驻地猛扑，企图逼我军离开，解除西线的威胁。5月1日，敌骑五团在大炮、重机枪掩护下，组织黑马队、红马队、白马队轮番向我军阵地发起冲锋，企图越过一个崾岘逼进我军阵地。回民骑兵团和兄弟部队坚守阵地，寸土不让。八挺机枪中有两挺打坏，六挺枪管打得发红。最后，敌少将团长马少康被我军击毙，共打死打伤敌军100余人，取得胜利。在战斗中，回民骑兵团第一连连长马思贞英勇牺牲。

5月底，回民骑兵团和兄弟部队开始收复解放战争初期我军主动放弃的地方。回民骑兵团与十三团、合水县游击队一起，将合水县店子吕益三带的一支保安队包围于陈家园子，战斗半小时，打死打伤和俘虏敌兵60多人，缴获轻机枪8挺。

1949年7月，回民骑兵团击溃固原东部何家岘、孟家塬之敌自卫队后，参加了解放镇原的战斗。8月1日，随同十九兵团六十五军一九三师突破马鸿逵一二八军三关口防线，跨越六盘山，解放隆德，接着又解放静宁。9日，配合一八八师解放西吉。回民骑兵团的指战员回到了久别的家乡与亲人团聚，共庆革命的胜利。为适应革命形势的发展，陇东军分区将环县游击队150名干部、战士调入回民骑兵团，编为第三连和第四连，月底驻防会宁。兰州解放后，回民骑兵团属中国人民解放军甘肃省军区建制，由会宁军分区代管。马思义调任会宁军分区副司令员，艾青山接任团长、副政委，马克调任临夏军分区政治部主任，高有才接任政委。

艰苦的剿匪战斗

西海固地区解放初期，残存的国民党特务和反动军集一小撮惯匪、兵痞，利用国民党军队溃逃时遗散下的枪支弹药，聚股成匪。仅流窜在西吉、海原、固原一带的土匪就有大小20余股800余人。其中，马绍武为首的土匪自称"仁义军"，以海原县高崖子庙山为巢穴，号称"小台湾"。1950年1月，回民骑兵团开赴海原，配合驻宁夏部队独一师一团，于1月27日，夜急行90里，将马绍武股匪包围在庙山，发起强攻。马绍武拼死突围带伤而逃。部队追至杨山庄，歼匪6人，并协助一团将马绍武擒获正法，马绍武股匪全部被歼灭。接着，在甘盐池歼灭田子善股匪。1950年5月8日，反革命分子马成龙在平凉发动了武装叛乱，被我军击败后，匪首马成龙窜到海原，聚集匪徒，分散窜扰，继续进行反革命活动。回民骑兵团组成两个武装工作队，配合基层干部，发动群众，肃清散匪，终于在油坊院将匪首马成龙捕获，平息了匪患。

1950年12月，回民骑兵团奉命调往甘肃定西、会宁、榆中一带，继续执行剿匪任务。这时，残存当地的土匪特务利用封建迷信，发展反动会道门，进行隐蔽活动。回民骑兵团以连为建制，深入农村，宣传政策，发动群众，在群众的紧密配合下，先后消灭了马荣、王五田股匪及其残余，平息了榆中县"无极道"反革命叛乱。1951年7月，甘肃省军区给回民骑兵团补充新战士720人，增设了机炮连、特务连，全团发展至6个连队1063人。团部设政治、参谋、后勤3个处和卫生队。

走上新岗位

1952年6月，全军整编，回民骑兵团缩编为3个连，有197名干部、战士转业到地方，不少人担任了基层领导。10月，调200名汉族战士去西北军区军牧部，补入253名回族战士充实各连。1953年8月，甘肃省西海固回族自治区成立，以回民骑兵团团部为基础，

"石榴籽"故事

组建西海固军分区（后改为固原军分区），马思义任司令员，艾青山任副政委；连队改为西海固公安大队（后改为固原公安大队），一部分干部充实到各县人民武装部，回民骑兵团的建制从此撤销。

回民骑兵团从组建成立到建制撤销12年的战斗历程中，不仅驰骋疆场，立下了赫赫战功，而且培养了一大批回族干部。据统计，从回民骑兵团成长起来的和曾在回民骑兵团工作过的县、团级以上干部有32人，其中马思义、马思忠、马启新后来都走上了省级领导岗位。转入地方工作的回族干部、战士，绝大多数也都担任了基层领导工作，在党、政、军、群、工交、农林、财贸、卫生等各条战线上，为社会主义革命和建设作出了贡献，成为解放后各行各业第一批回族干部，在密切党和回族群众的关系，促进地方的政治、经济建设等方面，发挥了重要作用。

回民骑兵团的历史画卷，闪耀着党建军路线和民族政策的光辉，凝结着党对少数民族革命战士的关怀、爱护和抚育。回民骑兵团的指战员没有辜负党对他们

的期望,完成了党交给他们的历史使命。回民骑兵团的光荣历史将永载于中国人民解放军军史,永载于西北回族人民的革命斗争史。

融入血脉
——红军长征西征中的民族团结故事

◎ 郭小涛

军民团结见真情

红军西征甘宁作战的主要区域是回族聚居区。西征红军出发前,中华苏维埃共和国中央政府主席毛泽东就发表了《对回族人民的宣言》。红一方面军总政治部颁发了《关于回民工作的指示》,详细规定了回族地区工作的"三大禁条、四大注意"。红军在各部队中深入进行党的民族政策的教育,大大提高了广大

指战员宣传和执行党的民族政策的自觉性。

西征红军进入宁夏后,从首长到每个战士,都认真地执行党的民族政策,以实际行动团结回族群众,消除民族隔阂。西征红军和当地回族人民建立了水乳交融的血肉联系,红军的军事行动得到了广大回族群众的全力支持,为西征的胜利奠定了深厚的群众基础。红军爱人民,人民爱红军,在开展民族、宗教工作中涌现出了许多感人的故事,如"彭德怀司令员帮农民找马""红军井"等都被当地群众传为佳话。

彭德怀司令员曾在同心县吊堡子住了一段时间。一天晚上,他正在屋里考虑工作,忽听外面有动静,他放下手头的工作,掀起门帘问战士出什么事了?刚从外边回来的一个战士说,马占才家的大红马丢了,家里人正着急地四处寻呢。彭德怀司令员二话没说,立即转身回屋,穿上大衣,拿起手电筒,大手一挥:"大家都随我来。"在彭德怀司令员的带领下,十几个战士摸黑和群众一起找马。山路坑坑洼洼,彭德怀司令员跑了五六十里路,一直到天快亮的时候,终于和大家一起把大红马找回来送到了马占才家。马占才一家看到彭德怀司令员，感激万分。马占才紧紧地握着司令员的手说："谢谢司令员，谢谢司令员！"说着，就要给彭德怀司令员送这送那，但都被谢绝了。吊堡子村一个姓李的木匠，得知彭德怀司令员连夜为群众找马的故事后，深受感动，为了表示对彭德怀司令员的爱戴，他精心制作了一张木床赠送给司令员。红军队伍离开同心的时候，彭德怀司令员又把这张床转送给当地的一位老人。

在固原七营川、清水河一带，有些村庄村民要到十几里以外的山下去挑饮用水，红军战士就帮助村民挑水，开展"满缸水"活动。豫旺一带常年干旱，水贵如油。城内有口水井叫"官井"，因年久失修，水量很小，群众用水极其困难。回民独立师征得周围回族群众的同意，按照回族的风俗，派了一个班的战士，把井淘洗了一遍，又新修了井口，还专门设岗哨看护。淘洗过的井水又清又甜，群众非常高兴，说红军为他们引来了幸福水。中华人民共和国成立后，同心县又

在此修了井亭,取名"红军井"。

为了在少数民族地区顺利开展工作和有效帮助回族人民谋求解放,红军各部队都以团为单位成立了回民工作团。红十五军团经红军西征总部批准,于1936年5月下旬在宁条梁成立了回民独立师,直属军团指挥,回族干部马青年任师长,欧阳武任政委,李铁民任参谋长,有100余人、100余条枪、50匹马。回民独立师在战斗中不断成长壮大,在宣传党的抗日主张和民族政策、发动群众、剿灭土匪、巩固革命政权等方面发挥了独特的作用,深得各族人民的支持和拥护。红一方面军则建立了回民连,到1936年8月,回民连由成立时的四五十人发展到一百七八十人。回民连虽然成立的时间不长,但在艰苦的革命斗争中,回族战士克服困难,转战南北,为革命作出了贡献。大部分回族战士加入了中国共产党。

1936年10月20日,陕甘宁省豫海县回民自治政府在党中央的领导和红军的大力支持下成立。《红色中华》报报道了豫海县回民自治政府成立的盛况:"十月二十日，豫海县回民自治代表大会在一个庞大的清真寺（今同心清真大寺）里开幕了，4个区代表共有100余人，各界送匾有10多幅，在3天的会议中通过了回民政府的一切议案。全同心城的空气万分地紧张起来，到二十二日回民自治政府宣布成立！"报道还说："星火剧社表演新剧两天，二十一日又逢集，又演戏，人山人海真是拥挤不堪，……二十二日是白天开演，虽然不逢集，可是来看的群众也不下数百人，并且秩序很好。"这篇报道真实地反映了当时同心城热烈欢腾的景象和广大回汉人民群情振奋、喜气洋洋的动人场面。豫海县回民自治政府成立后，广泛宣传党的抗日救国主张，建立地方游击队，发动群众捐粮捐款支援红军。

红军西征期间，回族人民给了很大的支持。红军长征的胜利，离不开各民族人民的拥护和帮助。民族友爱、民族团结是红军战胜敌人的巨大力量，也必将成为中华民族复兴的伟大力量。

红军三过单家集

单家集，位于六盘山麓宁夏西吉县东南葫芦河与好水川交会处，甘宁两省区交界地带，交通方便，是方圆有名的"旱码头"，是一个回族聚居村，其中单姓约占70%。1935年5月至1936年10月，中国工农红军曾三次路过并驻扎于此，以单南清真寺为中心开展了一系列革命活动。

1935年8月15日，为策应主力红军北上行动，在军长程子华、政委吴焕先和副军长徐海东等人的率领下，红二十五军3000多人转战至西吉县单家集、兴隆镇。红二十五军是第一支进入宁夏少数民族地区的红军队伍。红军到达单家集、兴隆镇一带时，街上没有行人，一片冷落景象。原来，国民党在这些地区常年征兵征粮，还对百姓进行共产党"共产共妻"等反动宣传，不明真相的百姓都害怕地躲了起来。见此情景，指战员们积极行动起来，登门拜访群众，宣传红军对待回族的政策,宣传党的抗日救国主张。很多战士还拿起扫把,把街头巷尾打扫得干干净净。群众很快消除了恐惧和疑虑,与红军战士逐渐亲热起来。红二十五军对全军指战员进行了党的民族政策教育,严格执行"三大禁条、四大注意",格外尊重回族群众的各种风俗习惯。为了团结回族代表人士进一步打开工作局面,红军还派人把一些有名望的回族老人和阿訇请到军部做客,这些人以为红军同国民党官兵一样,无非是向他们要粮要款,一个个愁眉苦脸,坐立不安。红军按照回族的风俗习惯,让供给部购买了一些新茶具,在每个茶碗里放上冰糖,热情而真诚地招待了他们。吴焕先政委亲切地对他们说:"中国工农红军是穷人的军队,也是回族人民的子弟兵,我们这次进驻贵地,一不向你们派捐款,二不向你们催粮草,三不抓壮丁。我军只是稍作停留,很快就走,请你们放心,红军绝不骚扰百姓。"一席话打消了客人们的疑虑,他们脸上露出了笑容。吴焕先政委接着说:"为了表示对回族人民的敬意,我们决定明天拜访清真寺

并赠送礼品。"他们听了又惊又喜,连忙道谢。一个回族老人捋着胡子说:"我活了这么大岁数,还是头一回见到这样的仁义之师!"第二天早晨,街道上的大小店铺全部开张,照常营业,人来人往,非常热闹。吴焕先、徐海东等带领红军抬着一块绣有"回汉兄弟亲如一家"的锦匾,牵着羊,去拜访清真寺。阿訇及其他回族群众被红军的所作所为深深感动,随后阿訇也领着回族群众带上礼品,赶着羊,前往红二十五军军部隆重回拜。当时红二十五军医院院长钱信忠,听说村上有一个村民患腹胀性疾病,生命垂危,毫不犹豫地拿出了比金子还珍贵的药品,并亲自给他做了手术,村民转危为安。红二十五军的行动,使当地回族群众第一次知道世界上还有这样一支为穷人打天下的军队。一些回族群众主动为红军探听消息,争当向导,还有的回族青年当即报名参加了红军。红二十五军在单家集虽然只停留了三天,但以实际行动打破了敌人反动宣传在百姓心中形成的印象,赢得了回族群众的拥护。8月17日,红军离开时,回族群众纷纷聚集在街头为红军送行。

1935年10月5日,单家集村里人听说又有红军要来,整个村子都沸腾了。人们自发地打扫街道,早早在街上摆了许多桌子,上面放满各种吃的东西。当天下午毛泽东主席率领红军进村时,村民以最隆重的礼仪欢迎红军,并用回族人丰盛的"九碗席"招待红军。毛泽东、张闻天、王稼祥、博古等中央领导人到清真大寺拜访阿訇。阿訇连声说:"您好!您好!"对此,毛泽东主席感到意外,待得知是红二十五军先前经过这里后,连声称赞:"红二十五军政策水平高,民族政策执行得好。"毛泽东主席按照回族习俗,将10份见面礼装在一个皮箱里赠送给阿訇。阿訇向毛泽东主席等致以最诚挚的欢迎和敬意。毛泽东主席向阿訇和在场的回族群众介绍了共产党和红军尊重回族群众风俗习惯、保护清真寺、主张民族平等等政策。回族群众邀请毛泽东主席等红军领导人到"陕义堂"清真寺参观。红军再次发出三条指示,要求全军不许在清真寺周围扎营,不许在单家集吃汉民饭菜,保护

清真寺。这些举动使红军进一步赢得了回族群众的支持和拥戴。当天晚上,毛泽东主席与回族阿訇马德海坐在"陕义堂"清真寺北厢房的炕头上交谈。在昏暗的煤油灯下,毛泽东主席向马德海讲述了国际国内的发展形势、革命的道理、北上抗日和各民族一律平等的主张等,并共叙军民情意,重申了红军"三大禁条、四大注意",阐明了中国共产党和中国工农红军奉行各民族团结、平等及尊重回族群众习俗等政策。马德海向毛泽东主席讲述了当地的风土人情、宗教信仰、风俗习惯等。两人促膝夜谈,交谈甚欢,留下了著名的"单家集夜话"的故事。当晚,因毛泽东主席睡不惯北方人家的土炕,清真寺的阿訇就卸下一块门板,放在土炕上让毛泽东主席休息。第二天早上,战士们按照老规矩,把借来的木板等如数还清,损坏了的按价赔偿,而且把屋子打扫得干干净净。部队离开村子时,回族群众在桌子上摆出了茶水、糕饼、水果等,有的老人还流着热泪,真是难分难舍。红军刚走不久,国民党的飞机就往村子里扔炸弹,清真寺差点儿被炸毁。红军走后,留下两个受伤的战士。国民党军队进村搜查时,村里两户村民硬说是自家孩子,他们才躲过了敌人的残杀。中央红军路过单家集进一步升华了回汉民族团结,为一年后一、二方面军在将台堡会师奠定了基础。

1936年9月,为迎接红二、四方面军北上,保证三大主力会师的左翼安全,西方野战军以红一师陈赓、杨勇部和红一军团直属骑兵团组成特别支队,由军团政委聂荣臻率领直插静宁、隆德地区。特别支队9月9日出发,经过数次战斗后于14日占领西吉县将台堡,先头部队到达兴隆镇、单家集一带。西征红军在单家集驻扎40多天,在当地建立了静宁县苏维埃政府,还建立了10个区级苏维埃政府和农民组织及35个乡级苏维埃政府,组建了120多人的游击队,打土豪、分果实。单家集人亲自体会到了人民当家做主的权力。红军热爱人民,人民拥护红军。红军离开后,单家集有10多名青年参加了红军,走上了革命道路。红军走后,海固工委在单家集设立了联络站,先后选派一

些同志到单家集开展革命工作,他们宣传抗日,收集情报,发动群众,筹集粮款,为革命作出了贡献。抗日战争期间,单家集有30多名回族青年,奔赴抗日前线,与日寇浴血奋战。

红军三过单家集,让中国共产党红色的基因和血脉深深地扎根于此,单家集见证了中国革命的胜利,当地群众与早期中国共产党人、中国工农红军心连心、共命运。2020年6月,习近平总书记视察宁夏时再次提到"单家集夜话"。他强调,红军长征在宁夏留下了弥足珍贵的红色记忆,你们要用这些红色资源教育党员、干部传承红色基因、走好新时代长征路。

"禁房"智救军代表

1936年6月,红军驻守同心一带时,为了做好洪寿林的工作,曾几次派代表去敌占区的洪家岗子找洪寿林宣传党的宗教政策和民族政策。有一次,红军代表又来找洪寿林,被当地国民党民团发现了,但因他们没有掌握真凭实据,不敢贸然闯进洪寿林家中抓人,就派人在周围偷偷监视。

洪寿林怕国民党民团把红军代表抓去,就将红军代表藏在自己的禁房(洪寿林修心盘道的地方,任何人不得进去)内,住了七天七夜。白天洪寿林的老伴儿给他们送茶送饭、倒大小便,晚上洪寿林就和两位代表亲切交谈。七天七夜的相处,使洪寿林对党的民族政策和抗日主张有了更深入的了解,和红军代表相互之间建立了深厚的感情。为了两位代表的安全,洪寿林将他们打扮成阿訇模样,派人安全护送到同心。此后,洪寿林就在回族群众中广泛宣传党的民族政策,经常讲:"红军是仁义之师,必定胜利!"他还动员回族群众给红军送粮送草,做了许多有益的工作。

不久,洪家岗子的国民党被红军赶跑了,红十五军团为了感谢洪寿林对红军的支持,派军团政治部敌工部长唐天际和回民独立师师长马青年带领60多名

战士给洪寿林送来了150只羊和一面长方形的大红锦幛。锦幛中间题"爱民如天"四个大字,落款为"汉族同胞陈宗寿、唐天际赠"。

洪寿林接受了红军送来的礼物后,心情难以平静,立即宰了5只羊招待红军,还给每个战士赠送了3块银元。几天后,洪寿林找人赶制了一面绿缎锦幛,亲手在锦幛上题词,大意是,红军好比是太阳的光辉,将来要照亮大地的各个地方。并派人将锦幛和两箱蜡烛送到红军指挥部。

中华人民共和国成立后,洪寿林的儿子按照父亲的遗嘱,将红军赠送的锦幛捐献给了国家。

回汉支队

◎郭小涛

回汉支队的成立

1947年1月,经中共三边地委和三边军分区批准,在定边成立了一支宁夏人民的革命武装——回汉支队。这支部队由宁夏工委领导的盐池县余庄子、红井子等游击队和定边回民支队合编而成,主要骨干和绝大多数战士是来自宁夏不堪忍受马鸿逵残酷统治的回汉青年和国民党逃兵。1月10日,在定边城西关召开了回汉支队成立誓师大会,中共三边地委、三边军分区的主要负责人朱敏、曹友参、郭宝珊、赵忠国等出席并讲话。回汉支队在政治上归宁绥工委（后为宁夏工委）领导，军事上属三边军分区指挥，为团级建制，共有干部、战士234人，其中回族65人。刘振玉任支队长，梁大均任政委，金三寿任副支队长。

回汉支队的建立，标志着宁夏人民武装的诞生。它肩负起了保卫边区、解放宁夏的重任。中共中央西北局要求：宁夏工委应把回汉支队看成是自己的干部训练队，持续不断地将其中的积极分子派到宁夏去工作。军事上回汉支队由三边军分区领导，供给方面由三边警备司令部（即军分区司令部）统一筹划。

1947年2月，根据中共三边地委决定，回汉支队开赴盐池县雷家沟进行整训，并进行扩兵，壮大队伍。这次整训，以政治教育为主，兼顾文化教育和军事训练。通过三课（政治课、文化课、军事课）教育，提高了指战员的阶级觉悟，增长了文化、军事知识，加强了组织纪律性。另外，在当地和周边地区广泛进行扩兵宣传和组织工作，扩充新兵数十人。

"石榴籽"故事

回汉支队成立后，在部队各级成立了支部、总支、党委，一切主要活动都是在党的领导下进行的。部队十分重视整治工作，为了把这支部队建设好，宁夏工委、中共三边地委和军分区司令部、政治部给予了强有力的支持和指导，除了方针、政策、战术指导外，还先后派郝耀、刘思孝、马麟、张建武、梁栋岳等一批有部队工作经验的同志来加强回汉支队工作。一再强调武装力量必须在党的绝对领导下工作。

回汉支队成立后，十分重视民族团结工作。长期以来，宁夏处在马鸿逵势力的统治之下，为了巩固反动统治，麻痹人民群众，反动势力经常对回族群众进行欺骗宣传，说共产党"共产共妻"，来了要"杀回灭教"，甚至派人伪装成解放军肆意胡作非为，从而造成了回民的恐惧心理，产生了对共产党、解放军的疏远、不信任态度。宁夏工委和回汉支队的领导同志，十分清楚在宁夏做好团结少数民族工作的重要性。早在1936年红军西征时就曾制定有关回族工作的许多政策，例如"三大禁条、四大注意"，为回族群众所

欢迎，因而团结了广大回族群众。宁夏工委和回汉支队许多领导参加过西征，深有感触，因此教育部队中的汉族同志要尊重回族的风俗习惯，集体灶不做猪肉。汉族同志吃猪肉时，借汉族群众的灶具另做。回汉支队针对部分汉族战士不了解回族风俗习惯的实际情况，把相关规定编制成册子，并列为部队文化学习教材。战士们绝大多数人能逐条背下来，行军中出现了自觉遵守民族政策、尊重回族风俗习惯、帮助回族群众的热潮。部队每到一处，从不向回族群众借用炊具。清真寺是回族群众进行宗教活动的场所，对汉族战士来讲具有一种神秘感和新鲜感。但战士们谁也不打听一句，谁也不进去看看，并在清真寺门口站岗，贴上"此处是清真寺，严禁入内"的标记。

回汉支队成立后，由于严格执行了党的民族宗教政策，回族战士和汉族战士之间增加了相互了解，关系有了显著好转，团结互助的传统得到了进一步发扬，历史上剥削阶级造成的各民族人民之间的隔阂逐渐消除。这种民族团结的增强，坚定了彻底推翻反动统治的革命信念，也使回汉支队成为各民族亲密团结的大家庭，部队战斗力、凝聚力得到了进一步提高。有的回族战士参军前不了解党的民族平等政策，通过回汉支队的反复教育引导，逐步认识到了党的各民族一律平等的政策，用具体事实澄清了马鸿逵统治集团对中国共产党的污蔑。许多回族战士深有感触地说："我们回民受尽了国民党的欺辱和压迫，只有共产党尊重我们，把我们回民当人看。"同时，回汉支队经常对回族战士进行阶级教育，使大家认识到回汉人民必须团结一心，才能解放宁夏各族人民。通过种种努力，回汉支队短时间内就成为了一支回汉关系融洽、军民团结亲如一家的队伍。

改称"宁夏人民解放军"

1947年3月，马鸿逵部队侵占三边后，中共三边地委决定扩大回汉支队编制,成立"宁夏人民解放军",以便造成声势,与敌斗争。4月上旬,宁夏工委及各据点干部共500人,以回汉支队为基础,组成"宁夏人民解放军",赵忠国任司令员,邓国忠任政委,梁大均任副司令员,刘振玉任参谋长,何广宽任政治部主任。下辖第一支队(回汉支队)和第八挺进支队。

部队改编后,决定由第一支队、第八挺进支队分别在环县甜水堡一带游击。当部队到达王彪台时,与马鸿宾部103、104团骑炮兵各一个连遭遇,双方展开激战。敌人集中炮火向第一支队阵地猛烈轰击,敌骑兵顺着山势往下冲,第一支队在被敌人三面包围背崖作战的险恶情况下进行英勇抵抗,加之人员装备相差悬殊,战斗一直打到下午5时。支队长刘振玉在作战中身受重伤,部队被打散,许多战士跳崖撤退,刘振玉在第二天敌人搜山时被俘。

次日,宁夏人民解放军在老爷山崾岘召开会议,研究了部队行动方向。经过分析研究决定把部队撤到吴旗整训。经过几天急行军,部队到达吴旗与中共三边地委和军分区会合。王彪台战斗虽然使部队受到一些损失，但"宁夏人民解放军"基本保持了原建制，保存了革命力量，因而受到三边军分区的表彰。

吴旗整训是在回汉支队对敌作战失利的情况下进行的。针对部队中存在的悲观情绪，着重加强了对战争形势的教育，用人民解放军在陕北蟠龙、青化砭、羊马河等战役的胜利鼓舞士气，引导干部、战士从全国的形势看三边的失守问题，只是局部的、暂时的，从而树立了必胜的信念。同时开展较正规的军事训练，发动干部、战士认真总结以往的经验与教训。部队在整训中取消了第一支队和第八挺进支队的番号，将原来的两个支队的6个分队合编为4个队，仍恢复回汉支队的建制，支队与军部合为一个指挥单位，对外保留"宁夏人民解放军"的名称。经过一个月的整训，稳定了部队情绪，提高了战士们的思想认识和战术水平。

7月底，根据形势的发展，中共三边地委决定取消"宁夏人民解放军"的番号，恢复回汉支队建制和

名称，并对干部作了调整，刘思孝任支队长，梁大均任政委，金三寿任副支队长。

"彭总赠枪"和新式整军运动

1947年6月，中国人民解放军西北野战军在陕北取得三大战役的胜利之后，挥师向陇东挺进。回汉支队经过吴旗整训，士气高涨，纷纷请战，要求收复失地。但是，枪弹缺乏仍是大问题，子弹袋里装的多半是高粱秆秆。回汉支队决定派金三寿和何广宽带4名战士，去环县找西北野战军请求支援武器。金三寿、何广宽等来到西北野战军前线指挥部，彭德怀司令员亲切接见了他们，得知他们是宁夏人民武装的代表后非常高兴，并给予鼓励，痛快地答应等打下环县后对他们进行大力支援。几天后，西北野战军攻克环县，将缴获的一部分武器分配给"宁夏人民解放军"。

金三寿、何广宽二人又先后从西北野战军二纵队和新四旅接受了几百条步枪，还有轻机枪、掷弹筒、子弹，使部队的武器得到充实，战斗力得到极大提升。6月23日，梁大均等带部队也赶到环县，每个战士都领到了枪，每个连都配备了机关枪、掷弹筒，战士们高兴得连蹦带跳，唱起了《换枪歌》："换枪换枪快换枪，快把老枪换新枪。美国枪，新又亮，上起刺刀明晃晃。人民战士拿在手，噢，天天打胜仗！"部队情绪活跃，士气高涨，回汉支队战士把这次到环县领枪叫作"彭总赠枪"。之后，还应西北野战军二纵队领导的要求，将杨吉德、马天忠等6名回族干部输送给了西北野战军。

回汉支队自"彭总赠枪"后，跟随西北野战军转战定边、盐池一带，在大部队浩荡声威的振奋下，部队受到极大的鼓舞，素质明显提高，战斗力空前增强，面貌大为改观。1948年8月，根据党中央的统一部署，回汉支队在吴旗开始进行新式整军运动。运动以诉苦和"三查"（查思想、查阶级、查斗志）为主要内容。

学习土改文件,进行阶级教育,以引苦、诉苦、挖苦根的方法,启发战士的阶级觉悟,然后转入查思想、查阶级、查斗志的"三查"阶段,联系实际,揭发和批评不良倾向,进行党的政策和纪律教育。

当时回汉支队在数量上发展较快,人数达到400人左右。部队成分也有了很大变化,有的连队中过来的马鸿逵部队士兵较多,人员来自不同地区、不同民族,思想状况和生活习惯各异,加上支队建军时间较短,又处在艰苦环境和频繁战斗之中,缺乏严格训练和系统的革命思想教育,因此,各种不良思想作风有所滋长。如在部分战士中出现"拜把子"、贪图安逸、怕苦怕累怕牺牲等不良现象。因此,运动中通过挖苦根找苦源,提高阶级觉悟。支队领导干部带头给战士讲自己参加革命所经历的曲折道路和革命前辈为解放事业而献身的英雄事迹,以提高战士的革命觉悟和斗争意志。通过诉苦和"三查"运动,指战员们进一步懂得了为谁当兵、为谁打仗的道理,阶级斗争觉悟普遍提高。大家一致认识到,只有团结一心,跟着共产党走，才能砸烂万恶的旧社会，穷人才能彻底翻身解放做新社会的主人，过上和平幸福的新生活。运动中，支队领导还根据部队成员来自不同地区、不同民族，宗教信仰、生活习惯不同等特点，进行针对性的思想教育，要求回、汉族指战员要互相尊重对方的生活习惯，互相关心，互相帮助，为消灭共同敌人而团结一致，并肩战斗。通过以上教育，回、汉族战士之间逐步建立起了深厚的阶级情谊，部队出现了空前的团结局面。此外，为了整顿部队纪律，三边军分区司令员郭秉坤还亲临回汉支队，组织干部战士学习《中国人民解放军宣言》和中国人民解放军总部的《关于重新颁布三大纪律八项注意的训令》，开展了批评与自我批评，改善了上下级关系，进一步加强了部队团结，各种不良现象明显减少。这次新式整军，民主气氛很浓，宣传教育形式多种多样，墙上有墙报，山崖上有标语，文化课不间断，文娱生活活跃，军事训练严格认真，呈现出一派新气象，整个部队发生了由量变到质变的根本性变化，政治素质和军事素质明显提高。

为解放宁夏英勇斗争

1948年春，全国解放战争转入反攻阶段，中共三边地委决定由中共宁绥工委率领回汉支队，乘势而起，迎难而上，全力开展宁夏工作，并积极主动地向宁夏辖区开展游击战争，打击和消灭团匪。4月2日，回汉支队离开吴旗，与三边军分区警备二、八团在定边会合，向西转入外线作战，首要目标是攻克盐池西部重镇惠安堡。

惠安堡地处盐池、同心、灵武、金积四县交界地带，是马鸿逵在陕甘宁边区西大门设置的重要据点。1936年，西征红军解放盐池县后，马鸿逵部队一直据守此地，是其重要军事据点之一，并将伪盐池县政府迁设于此。因此，攻打惠安堡可以扩大我军影响，扩大政治宣传作用，便于开展宁夏工作。三边军分区领导当即决定利用敌人撤防之机实行突袭。三边军分区主力警备二、八团在回汉支队和盐池县游击队的配合下，冒雨连夜行军120里,将惠安堡包围。战斗打响后,回汉支队负责扫清外围,主攻部队逐渐缩小包围圈,将敌人逼进一座三丈多高的炮楼。我军虽然进行猛烈炮击,敌人仍负隅顽抗。三边军分区司令员郭秉坤得悉敌人有一个骑兵团在附近活动,决定尽快解决战斗,以防敌人援军到来,对我军不利,遂召集各部队领导商议对策。回汉支队副支队长金三寿考虑,守敌清乡团头目姓杜,是灵武杜家滩人,他认识此人,建议用他的名义写信劝其投降。郭秉坤司令员同意后,派人将信送去,然后金三寿只身到炮楼前劝降,保证杜的生命安全,发给士兵路费,放他们回家,最后敌人全部缴械投降。敌副县长兼警察局局长赵耀西及国民兵司令等数十人被俘,并缴获了一批武器弹药。战斗结束后,召开了群众大会,宣传了党的政策,对损坏群众的物品进行了赔偿,还当场释放了俘虏,给群众留下了很好的印象。然后部队主动撤离该地。

1948年4月15日,中共三边地委在盐池县马甘掌召开会议,决定中共宁绥工委与回汉支队组成以赵

忠国为总指挥、刘思孝负军事责任的西进指挥部，继续向盐（池）同（心）环（县）地区西进，消灭土匪，开辟游击区，建立巩固区。回汉支队奉命进驻甘肃环县，开始了艰苦的剿匪斗争。

盐同环交界一带，盘踞着大小股匪十余股，较大的有赵清彦、敬明君、李阳珍、刘世颜、李林武、施彦芳、赵怀章、张瑞兰等匪部，号称"八大山王"。这几股土匪出没无常，时分时合，攻击基层政府，杀害区乡干部，抢劫财物，残害群众，危害甚烈，是陕甘宁边区的心腹之患，也是解放宁夏前进道路上的绊脚石。其中，以马鸿逵委任的"盐环游击队大队长"赵清彦最为凶残，也是回汉支队首先要打击的对象。5月2日，回汉支队由环县太丰堡出发，急行军一夜，3日拂晓，袭击了甜水堡，将盘踞在那里的"盐环游击队大队长"赵清彦团匪击溃，并在李家口子活捉部分赵匪，收复了甜水堡区。然后，又连夜出击，在同心县下马关白家滩，活捉团匪刘世颜。5月10日至18日，回汉支队接连追击敬明君团匪，活捉敬匪分队长等人，并在环县李家湾子等地将李阳珍团匪击溃。6月，经中共中央西北局批准，成立了甜水堡中心区委及区人民政府。这个中心区从此成为中共宁绥工委和回汉支队向宁夏国统区开展工作的依托地区。8月，敬明君团匪趁回汉支队回唐平庄休息之际，偷袭甜水堡区政府，回汉支队会同盐池县保安大队在刘家口子痛击敬匪，于八里堡将团匪击散，敬匪狼狈逃窜，从此元气大伤，潜逃他方。至此，盘踞在盐同环一带的"八大山王"基本被消灭。这期间，回汉支队帮助恢复了盐池县里山堡区政权。回汉支队剿匪斗争取得一次又一次胜利，当时三边军分区办的《三边报》报道："听说回汉支队来了，土匪就吓跑了。"这正是回汉支队勇猛剿匪战斗生活的真实写照。

1949年9月，回汉支队随同中国人民解放军进军宁夏。回汉支队先抵吴忠杨马湖，补充了重武器，组成了骑兵队，遂开往同心县下马关一带剿匪。数月后，回汉支队又进驻永宁县塔桥一带。1950年1月，回汉支队进驻银川，与定边县游击队合编为宁夏独立团，

刘思孝任团长，王兴帮任团政委，许学道任副团长。中共宁夏省委书记潘自力亲自授予团旗。1950年1月12日，独立团驻防磴口县。6月，调永宁县塔桥整编。其中一个营调拨陕西省榆林县，其余编入各县保安大队，部分干部转业到地方工作。至此，回汉支队完成了"保卫边区、解放宁夏"的历史任务。

回汉支队在其成立的几年中，转战于宁夏的盐池、同心，陕北的定边、安边、靖边、吴旗，甘肃的环县及与陕甘宁边区接壤的内蒙古鄂托克旗等边沿地带。他们抵御马鸿逵部队的进犯，清剿土匪，英勇作战，屡建战功，为保卫边区、解放宁夏作出了重要贡献。回汉支队从诞生起，就在党的领导下投入解放战争，在异常艰苦的条件下，发扬勇往直前、不怕牺牲的革命精神，英勇对敌作战，打击骚扰、进攻边区的马鸿逵部队，保卫和巩固了后方政权。同时，他们在剿匪、瓦解敌军、开辟游击区和新区、恢复建立人民政权等方面做了许多艰苦的工作，发挥了既是战斗队，又是工作队、宣传队的作用。

回汉支队是一个大学校,培养了一批具有无产阶级觉悟、能全心全意为人民服务的战士。回汉支队的创建是回、汉人民在党的领导下寻求光明与争取解放的必然结果。回汉支队不仅为主力部队输送了一批优秀的回族干部,还为中共宁夏工委训练培养了一批党的干部。宁夏解放后,从回汉支队成长起来的县团级以上干部达数十人,其中省军级干部5人,地师级干部8人。转业到地方的干部积极参加宁夏的建设,在社会主义建设事业中发挥了积极作用。

把党的甘露
送到各族人民的心田

◎ 薛志达

党的使者送雨露　血脉相连映初心

在宁夏说起给水团，人们不会陌生。宁夏军区某给水团是西北战区唯一一支担负野战给水保障任务的部队，也是一支有着光荣传统的英雄部队，曾经参加过抗美援朝战争，后改编为原沈阳军区工程兵某团二营，赴越南、老挝担负过筑路任务。1974年，组建给水团，1983年1月，改编为原兰州军区某给水工程团，1992年10月转隶宁夏军区。

找水打井、服务军民，是党中央和中央军委赋予给水团的神圣使命。近半个世纪，给水团官兵自觉把践行我军根本宗旨与党的战略目标紧密结合起来，服从服务于经济社会建设大局，始终用"特殊使命""特定环境""特别荣誉"培育塑造当代革命军人核心价值观，不断强化官兵想人民爱人民为人民的政治责任，切实打牢官兵高举旗帜、听党指挥、履行使命的思想政治基础，有力促进了党心军心民心的高度聚合。

多年来，给水团官兵克服重重困难，征战四大沙漠，辗转西北大地，在民族地区广泛播撒党的恩情，不断强化先进性意识，既当战斗队，又当工作队、宣传队。每次打井，都首先表明是受党的指派，尽心尽力当好党的使者；每到一地，都主动宣讲党的民族政策和惠民举措，随时随地传播党的声音。官兵用实际行动为党旗添彩、为军旗增辉，不断增进各族人民对党的信赖和拥护，使各族群众深切感受到"共产党好、解放军亲"，使民族团结之花在甘甜雨露滋润下盛开。

1996年3月，给水团官兵奉命开赴宁夏南部山区，

实施经他们提出并论证的"百井扶贫"工程。

郎家湾村位于固原一个偏僻的山村。全村人靠国家拨款和群众集资,先后在庄子周围打了4眼水井。然而,这4眼井不是干窟窿,就是水源不足。"打出的井水没有流下的汗水多",郎家湾被认定是"无水区"。

怀着对党的忠诚之心、对贫困山区人民的赤诚之心,共产党员、工程师王学印和战友们跑遍了郎家湾的沟沟坎坎,看山的走向、洪水的流向,数九寒天,一个个跑得汗流浃背。终于,他们在被称为无水区的郎家湾打出了日涌水量达1030立方米的甜水井。老乡们打心底里佩服给水团的官兵,称他们为"水神",称这口井为"救命井""连心井"。

中宁县喊叫水乡洪岗子村,回汉群众祖祖辈辈都在盼水、喊水、叫水中煎熬。为了解决当地群众的生活用水,2003年7月,给水团对洪岗子周围数十平方公里范围的水资源情况进行全面勘察、精心选位。在打井过程中,三连连长张永桥因长时间进行电焊作业,眼睛被灼伤,一名正在哺乳期的回族妇女听到后主动提供奶水为张连长治眼伤，使他很快痊愈。最终该团打出了一眼深260米、日出水量720立方米的甜水井，这口井被群众称为"红军井"。70岁的回族老人洪卫中喝着从"红军井"里打出的甜水，笑得白花花的胡子直颤抖："军民鱼水情谊深，感谢亲人解放军。"

2007年末至2010年，给水团官兵牢记党中央嘱托，大力实施"百井支农富民"工程，转战宁夏18个县区的117个自然村，为缺水群众打出159口井，送去了甘甜的清水。2010年3月，时任中共中央总书记胡锦涛视察宁夏时专程前往永宁县胜利乡园林村给水工程团打井施工点，看望慰问正在紧张施工的给水团官兵。部队负责人向总书记报告，正在施工的这口井已经打了4天，马上可以抽水。总书记走到井位旁，启动按钮开闸抽水。很快，白花花的清水从井管流了出来。总书记和现场群众一起，用手捧起水来尝。一些群众激动地对总书记说："感谢党！感谢解放军！"总书记鼓励部队官兵："你们要为宁夏缺水贫困地区多打井、打好井。"

人民至上立宗旨　民族团结树丰碑

爱民如天、为民服务,是给水团践行宗旨的生动写照。"看人民高于自己、为人民舍得自己、学人民改造自己",这已经成为了给水团官兵长期以来养成的习惯。

西海固是宁夏南部山区的代称,既是革命老区、贫困山区,又是少数民族聚居区,是国家确定的14个集中连片特困地区之一,也是宁夏脱贫攻坚的主战场和核心区。

为了让这里的各族群众早日喝上甘甜水,1996年3月,给水团官兵们迎着凛冽刺骨的寒风,顶着零下三十多摄氏度的严寒在这里立塔开钻。由于与冰冷的泥浆和钻杆打交道,钻井分队官兵的棉衣被泥水浸湿后冻成了坚硬的冰铠甲,双手稍不注意就冻粘在冰冷的钻杆上。不少官兵的耳朵、四肢被冻伤,但仍然咬着牙坚持不下钻台,确保了钻机24小时连续运转。

进入 7 月，持续 5 年大旱之后的固原地区却出现了罕见的暴雨，造成山体滑坡，道路中断，给钻井施工带来了极大困难。官兵们没有被暴雨洪水的肆虐所吓倒，而是以大无畏的革命精神与洪水暴雨展开了顽强的搏斗。暴雨将通往井场的唯一通道冲开了深 10 米、宽 16 米的大豁口，道路中断，施工用料难以送达现场。等下去，不但会延误工程进度，前期的各项准备工作也会泡汤。怎么办？面对灾害，官兵们一声吼：上！硬是用竹筐、背篓肩扛人背，把 16 立方米砂石料抬到 3 公里外的井场。一根 200 多公斤重的井管，战士们牙一咬，几人抬一根，硬是把 11 根井管全部抬到了井场。

官兵不分白天黑夜地拼命干，共产党员、四连班长尹传峰一人带两个班，每天平均工作 10 个小时以上，全团 100 多名官兵带病坚持打井工作。共产党员、二营教导员高书敦患有严重的皮肤病，由于长期在野外打井，几个月洗不成澡，身上多处溃烂流脓，医生多次催促他住院治疗，但他说啥也不下井场坚持在第

一线。钻井三连在西吉县白崖乡余家套子打井时,由于天天吃苦咸水,全连17人拉肚子脱水发高烧,但三连的钻机仍24小时轰鸣不停。

钻井三连在西吉县白城乡甘沟口村打井时,由于地层复杂,工程难度大,打到150米时,电测井显示地下无水。乡领导和村民十分焦急。参谋长高恒海同工程技术人员一起分析地质资料,研讨技术难题,亲自操作关键工序,终于在黏土裂隙中找到了富水带,在这个被称为"无水区"的村庄,打出了昼夜涌水量达212立方米的优质井。在毛泽东主席长征途中曾住过的西吉县兴隆镇单家集清真寺,给水团打出了一口日涌水1296立方米的甜水井。正是这样凭着对党、对人民的无限忠诚和无私奉献、顽强拼搏的精神,给水团官兵依靠严谨求实的科学态度,克服了地质条件复杂、自然环境恶劣等重重困难,艰苦奋战10个月,转战宁夏南部地区97个缺水村,提前一年完成了"百井扶贫"工程任务,共成井100眼,日总出水量10.4万立方米,初步解决了20万人和200万头牲畜的饮

"石榴籽"故事

水问题，使农田灌溉面积一下猛增了3万多亩。

单家集88岁的回族老人单人孝说，给水团为我们打的是"救命井""连心井"。他们把俺们与党中央和人民政府的心拉得更近了！给水团为我们送来的是"幸福水"，使我们越来越感受到社会主义民族大家庭的温暖。

为了感激党和人民军队，固原人民树起了一座镌刻着"六盘山高，不如党的恩情高；黄河水长，不如军民情谊长"的丰碑。给水团也被群众称为"严守纪律的铁军""西北水神"。

支农富民甘奉献　军民鱼水情更浓

自20世纪90年代起，给水团主动请缨，先后实施了"百井扶贫""百井支农富民""百井抗旱"等闻名全国的民生工程，开掘成井1800余眼，被老百

姓誉为"大漠水神""给水劲旅"。给水团先后有8名官兵在找水打井的特殊战场上献出了宝贵生命，19人伤残。在支援西部大开发、助力脱贫奔小康、参加新农村建设、保护生态环境、构建和谐社会中干到实处、走在前列，用青春热血诠释了牺牲奉献的革命精神，得到了广大人民群众的爱戴和拥护。

彭阳县白阳镇陡坡村，是一个坡连坡、沟连沟的小山村。陡坡村小学有200多名学生、9名教师，院内一个残破的水窖和一眼露了底的土井，是师生们吃用的全部水源。大旱时，窖水枯竭，一个昼夜最多能打上来小半桶水，住校的教师做饭用都很紧张，学生们只能从家里带水喝。

2007年，给水团官兵开赴陡坡村看到这种情景时，心情非常沉重，下定决心，一定要为陡坡村打出甜水井，造福村民。

在为该村打井的前前后后，发生了许多感人的故事。士官尹兵华已服役满8年，当时正在休婚假，得知连队要在陡坡村为群众打井，便打电话主动要求终止假期，前往一线。连长、指导员商议后决定还是让他把假休完，可尹兵华说："我快要复员了，为群众打井的机会不多了，还是让我多干一些吧。"他毅然告别新婚妻子，直接赶到陡坡村上了钻台。凌晨3点，3号井进入下管施工的关键阶段，险情也接连出现。井管下到136米时被卡住了，正在交接班的三班、四班，合力干了两个半小时，才将井管松动下移，没想到卷扬机刹车失灵，井管突然下滑，跌入井口60厘米。由于井口狭窄，井管难以焊接，若再扩挖井口，将影响整个井管稳固，唯一的办法是采用地表下紧急焊接。为了够着焊接点，焊工王志良、卢大鹏脱掉大衣，趴在冰冷的地上，在井口小、焊帽伸不进去的情况下，他们直接用眼睛观察焊接点。为了使上面400公斤的井管稳固，其他同志半个多小时保持一种牵扶姿势不变，手脚冻得失去了知觉。完成焊接后，小王和小卢更是站立不起来，眼睛两周后才消了红肿。10月的山区气候多变，雨雪交加，一下就是半个多月，官兵食宿的帐篷又冷又潮。村民张耀儒老人看在眼里，

疼在心上,将自家和两个儿子家的 3 个火炉搬到帐篷里让战士取暖,还把战士潮湿的衣服拿回家里在热炕上烘干。成井那天,张老汉全家为连队赠送了一面"情系百姓、造福一方"的锦旗。

钻井三连就是这样克服重重困难,历时 52 天,为陡坡村打了 3 眼甜水井,一举解决了村民多年的饮水难题,并为陡坡村小学捐赠了 7 台太阳能热水器和多个水壶。

"谢谢解放军叔叔。"这是孩子们发自内心的声音,陡坡村和给水团官兵结下了割舍不断的情谊。

在此后的日子里,陡坡村成为给水团的牵挂。

为了使村里的孩子们能够有一个良好的学习环境,给水团官兵将学校北侧的山体护坡砌护成砖墙,操场修成了水泥地面。宁夏军区从紧张的办公经费中挤出资金,先后为学校加盖教师办公室 6 间、网络教室 1 间,捐赠电脑 31 台、投影仪 1 部、DVD 影碟机 1 台、功放机 1 台、音箱 1 对、电脑桌椅 31 套以及部分教学器材,将陡坡村小学援建成了白阳镇一流的小学。

为了使乡亲们尽快走上致富路，2008年3月，宁夏军区在陡坡村扶持9户民兵开展肉牛养殖，1户民兵养兔。10户民兵养殖示范户，从窑洞养殖、圈舍养殖，发展成为温棚养殖。村支书徐文魁乐得合不拢嘴，"村里的变化，离不开宁夏军区领导和官兵的关心与帮助"。

现在陡坡村群众早已摘掉了贫穷的帽子，温棚养殖已具规模，成为群众致富奔小康的新产业。

其实，为陡坡村打井、帮学校建房、助村民致富，仅仅是给水团30多年来服务人民的一个缩影。

银北地区220多万亩中低产田改造、灵武狼皮子梁生态移民新区等许多地方都留下了给水团官兵英勇奋战的身影。

月牙湖的名字很美，然而这里却是一个非常缺水的地方。没有水，群众就待不下去。面对群众疾苦，给水团以科研促施工，打破常规成井3眼，满足了吊庄移民人畜饮用水需求。为了解决二级扬水，团里与

地方政府合作，土法施工建渡槽300米（每节长10米，重10吨，超吊高度15米）。随着"扬水浇灌"工程的实施，沙漠中有了绿洲，一个个自然村才逐步建成，移民群众昔日的梦想变为现实。

2016年7月，红寺堡区甘泉村等地旱情严重，给水团紧急驰援。战士们一到井场就立即施工，饿了吃在井旁，累了睡在工房，三班四倒，昼夜不停，用最短的时间，打出甜水井。

走进闻名全国的闽宁镇，村民们早已吃上了自来水，尽管给水团当年打的深井已成为"古董"闲置，但在昔日干沙滩变成如今"金沙滩"的历史演进中，给水团的感人故事和闲置的深井仍被人们所传颂。

随着宁夏经济社会的发展进步，水资源保护管理水平不断提高，如今城乡打井需求大幅减少，但给水团发挥人才和装备优势，为民服务的行动从未终止，在基础设施重点工程建设中，仍会常常看到他们无私奉献的身影、浓墨重彩的杰作。精心勘查银川河东机场、银西万亩荒地开垦等重点项目的水文地质，积极参加贺兰山东麓、银川滨河新区等多项生态治理工程，在荒漠变绿洲、腐朽化神奇的生态文明建设中，给水团仍是"生态卫士""绿化前锋"。

将军百战披金甲，英雄沥胆留青史。给水团听党指挥、无私奉献为各族群众找水打"红井"的先进事迹，是我们党的初心和使命的真实写照，是人民子弟兵服务人民、践行宗旨的生动体现，得到了党和国家及社会各界的赞誉。给水团先后荣立集体一等功一次、二等功两次、三等功一次，受到国务院、中央军委、解放军总部及兰州军区、宁夏军区和宁夏回族自治区的表彰奖励一百余次，先后涌现出了献身井台的英烈魏小龙、"宁夏民族团结十大模范人物"路宝玉、全国"向上向善好青年"韩卫东等先进典型。给水团钻井三连获得"感动宁夏2012年度集体"荣誉。给水团这面军民共建、民族团结的旗帜将永载史册。

宁夏的"民族团结月"

◎ 刘 志

民族工作重回正轨

1978年党的十一届三中全会以来,宁夏各族人民在党的领导下共同开拓前进,迈向了民族团结进步的新阶段。党的十二大之后,为了进一步贯彻落实十一届三中全会以来党的民族政策,巩固和发展各民族群众平等、团结、互助、和谐的新型民族关系,自治区党委和政府根据中央精神,相继召开了全区民族工作会议、全区边防统战工作会议、全区统战工作会议,从指导思想上拨乱反正，纠正"文化大革命"期间在民族问题上"左"的错误，民族工作重回正轨。

1983年，自治区第五届人民代表大会召开，自治区党委第一书记李学智在会上讲话，他指出，要按照党的十二大精神要求，继续进行党的民族政策和新时期民族工作的宣传教育，发展社会主义民族关系，增强民族团结。各民族要互相信任、互相尊重、互相支持，紧密团结，坚决反对一切影响民族团结的言行。会议提出，要尊重少数民族的风俗习惯，在全区范围内开展一次"民族团结月"活动，大力表彰民族团结的先进单位和好人好事，进一步巩固和发展民族平等、团结、互助关系。大会确定此后将每年的9月确定为"民族团结月"，形成民族团结进步表彰活动机制，广泛开展民族团结进步活动。

1983年5月，自治区政府主席黑伯理，自治区党委副书记申效曾等同志召集自治区党委办公厅、政府办公厅、统战部、宣传部、民委、文化厅、财政厅和银川市负责同志座谈了"民族团结月"活动的安排意

见,大家畅所欲言,讨论了宁夏第一个"民族团结月"的活动安排。自治区党委下发了《关于批转安排"民族团结月"活动座谈会纪要的通知》(以下简称《通知》),宣布9月为宁夏"民族团结月",成立了以自治区政府主席黑伯理为组长的"民族团结月"活动领导小组。领导小组下设办公室,具体部署和指导各地区各部门进行"民族团结月"准备活动。各行署、市、县按照《通知》要求,成立了相应机构。9月下旬,各市、县先后在基层进行民族团结教育和民族政策执行情况检查,"民族团结月"活动拉开帷幕。

这次"民族团结月"的主题是:广泛开展以"两个离不开"为中心内容的民族政策和民族团结宣传教育活动,检查民族政策执行情况,进行山川互访,举办民族团结表彰大会。活动的具体内容有四个方面。第一,深入开展民族政策再教育。结合学习,广泛宣传自治区成立以来特别是党的十一届三中全会以来全区各条战线的变化和取得的成就,用生动的具体事实,深入进行爱国主义、社会主义、共产主义远大理想和民族政策教育。第二，全区各地区、各部门、各单位认真检查民族政策的执行情况，切实解决一些实际问题，消除一些不利于民族团结的因素。第三，组织川区和山区互访参观团，增进川区和山区人民的相互了解，以求山川共济、共同发展。第四，以开展"民族团结月"活动来庆祝自治区成立 25 周年。

宁夏第一个"民族团结月"活动的高潮

1983 年 10 月 23 日，自治区民族团结先进集体和先进个人表彰大会在银川隆重开幕，掀起了第一个"民族团结月"活动的高潮。出席表彰大会的有：民族团结先进集体和先进个人代表，各市、县山川互访团同志，区直机关各部门和各市、县负责同志，各民主党派、各人民团体负责同志，各条战线的科技工作者代表。党中央、国务院委派中央书记处候补书记、中央办公

厅主任乔石为团长的中央代表团参加大会,还邀请了中央有关部门、兰州军区的领导和北京、天津、浙江、陕西、甘肃、新疆、内蒙古、青海等兄弟省、市、自治区的代表。自治区党委书记李学智致开幕词,中央代表团团长乔石作了《在党的十二大精神指引下建设团结、富裕、文明的新宁夏》的讲话,赞扬宁夏民族团结的优良传统和自治区成立以来,特别是党的十一届三中全会以来宁夏人民建设宁夏的光辉实践和取得的伟大成就。中共中央统战部副部长、全国人大民族委员会副主任李贵,兰州军区司令员郑维山也讲了话。

时任自治区政府主席黑伯理在大会上作了题为《进一步增强民族大团结,建设文明富强的新宁夏》的报告,阐述了自治区成立 25 年来的成就,着重肯定了在党的十一届三中全会精神的指引下,各级党组织和人民政府在广大干部和各族人民的支持下取得的成绩:一是拨乱反正,清理和纠正"左"的错误,认真落实了党的各项政策;二是从实际出发,实现了工作重点转移,促进了民族经济的迅速发展;三是进行社会主义精神文明建设，恢复和发展了教育科学文化事业；四是培养了一大批少数民族干部，在各项事业中发挥了重要作用。报告也对今后要做好的几项工作提出了明确要求：第一，要继续深入进行民族政策和民族团结教育，树立正确的民族观；第二，大力发展各项经济文化事业，促进各民族的共同繁荣；第三，要继续清除"左"的思想，防止"左"的倾向，全面正确贯彻党的民族政策和宗教政策；第四，不断巩固和发展各族人民的大团结,同心同德建设"四化"；第五，加强党的建设，充分发挥党的核心领导作用。

会上，中央代表团团长乔石和自治区领导给银川军分区、泾源县白面小学、石炭井矿务局卫东矿等5个民族团结先进集体和200名民族团结先进个人发了奖。这一时期，涌现出了许多民族团结先进集体和民族团结先进个人。20世纪80年代，宁夏民族团结进步增添了新内容，各族人民围绕经济建设这一中心，共同团结奋斗，谱写了民族团结进步新篇章。

开展各族人民"山川互访"活动

"民族团结月"活动的另一个重要内容是山川互访。这是自治区根据宁夏民族分布和经济文化发展情况提出的。通过互访,使山区的同志大开眼界,增加信心,使川区的同志看到山区的困难,增强帮助山区建设的责任感,动员各行业、各条战线从财力、物力方面帮助山区人民,改变落后面貌。进一步开展民族政策的再教育,增强各民族的平等、团结、互助、和谐关系,以达到比、学、赶、帮的好风气,实现山川共济,建设新宁夏。

互访团组织规模较大,分山、川两个访问团。山区访问团以固原行署专员张乃铮为总团长,下设固原地区4个分团和银南地区组织的同心、盐池2个分团共6个分团,每个分团35人,共210人;川区以自治区政府副主席马英亮为总团长,有区级机关、银川市、石嘴山市、银南地区(不包括盐池、同心县)4

个分团,每团35人,共140人。互访团成员以回族为主,基层干部、群众占70%以上,主要是社队骨干。山区到川区访问,重点是参观川区的重点工矿企业、农场、林场、农业科研单位和农村先进社队的专业户、重点户,为民族团结作出贡献的各条战线的先进模范代表,也有按各行业对口参观的。川区到山区访问主要是宣传中央领导同志关于大力开展种草植树的指示,听取各县的情况反映,发现、总结典型经验,参观访问两个文明建设中涌现出的为民族团结作出贡献的先进单位、模范人物,开展座谈讨论,还带去一定数量的草籽、树种送给山区,促进山区的种草种树工作。这两个互访团结束互访后,在银川集中学习了有关中央文件和民族政策,互相交换意见,提出建议。

　　互访活动中,还议定了川区对口支援山区的基本方案:银川市重点支援固原、海原、盐池3县,石嘴山市支援西吉、同心、彭阳3县,银南地区支援泾源、隆德2县。区直机关各部门主要组织协调各市、县的对口支援工作,帮助解决南部山区的交通、教育、生产、生活等困难，互访活动有力地推动了山川共济、协作支援的新发展。根据自治区政府有关文件中提出的动员川区各行各业为山区人民"送温暖，办好事"的号召，川区许多干部、工人、农民、教师、学生、部队战士捐赠了各类物品，委托川区各分团送给山区人民。据统计，捐赠粮票16714斤，现金9万多元，树种草籽36800多斤，还有衣服、小麦良种、小农具、体育用品、书籍等。很多同志参观山区后，看到贫困户，心情极为沉重，他们表示：我们应加倍努力工作，为国家创造更多的财富，支援山区建设。

互访活动宣传了党的十一届三中全会以来的路线、方针、政策和大好形势，使大家看到了全区民族团结的安定局面，也看到了工农业各条战线欣欣向荣的繁荣景象，激发了全区各族人民爱祖国、爱家乡的情感。互访活动更是一次民族政策的再教育和民族政策执行情况的大检查，促进了山川、城乡、工农、民族之间的了解和友谊。互访团所到之处，受到当地各族人民的热烈欢迎，他们耳闻目睹了党的十一届三中全会后宁夏在平反冤假错案，尊重少数民族风俗习惯，供应少数民族特需商品，发展少数民族地区经济、文化、教育、卫生，培养少数民族干部，落实党的宗教政策等方面做了大量的工作。

为搞好民族政策和民族团结宣传教育，自治区党委统战部和自治区民委编印了《三中全会以来民族理论和民族政策文件选编》，自治区党委宣传部编写了《民族团结月宣传提纲》。宁夏日报、宁夏广播电台、宁夏电视台分别开辟了《民族团结》专栏和专题节目，报道自治区成立20多年来民族工作的成就和民族团结先进事迹。自治区"民族团结月"活动领导小组办公室与自治区民委、文化厅、宁夏日报联合举办了"民族团结，建设宁夏"百题竞赛等活动。竞赛共收到答卷2000多份，答卷者年龄最大的72岁，最小的10岁。

宁夏第一个"民族团结月"活动是宁夏民族团结进步的新起点，活动的规模是空前的。活动使各族干部群众受到了生动、深刻的民族政策和民族团结教育，进一步增强了各民族之间的了解和理解，促成了各民族之间互相尊重、互相帮助、互相支持、互相学习的新风气。使党的民族政策深入人心，进一步巩固和发展了民族平等、团结、互助关系，为开创自治区各项工作的新局面创造了条件，对此后宁夏的民族工作和民族团结进步产生了深远影响。

从1983年开始，自治区党委和政府决定，9月为全区"民族团结月"，每年确定一个主题，开展有利于加强民族团结进步的各类活动，每5年进行一次民族团结进步表彰活动，表彰为民族团结进步事业作出突出贡献的先进集体和先进个人。之后，群众性民族团结进步创建活动在全区广泛开展起来，营造了各民族团结和睦的良好氛围。截至2020年初，宁夏已连续举办了37个民族团结月活动，召开了8次民族团结进步表彰大会，各民族群众在宁夏这片土地上和睦相处、共同奋斗，开发了宁夏的大好河山，创造了令人敬佩的发展成就，丰富了民族团结的内涵。

"石榴籽"故事

守好民族团结生命线

30多年来,在党的民族政策指导下,自治区党委和政府坚持走中国特色解决民族问题的正确道路,坚定不移坚持和完善民族区域自治制度,牢牢把握"两个共同"主题,以铸牢中华民族共同体意识为主线,坚决守好促进民族团结生命线,进一步巩固和发展了民族团结的大好局面。宁夏各族干部群众团结一心、艰苦奋斗,解决了许多长期想解决而没有解决的难题,办成了许多过去想办而没有办成的大事,各项事业蒸蒸日上、全面进步、蓬勃发展。

党的十八大以来,在以习近平同志为核心的党中央坚强领导下,宁夏各族人民大力弘扬民族团结的优良传统,手足相亲、守望相助,留下了一个个民族团结的感人故事,书写了一篇篇民族团结的动人乐章,奏响了一曲曲民族团结的伟大赞歌。宁夏民族团结的光辉历程、大好局面,成为我国民族团结进步事业的生动缩影和实践典范。近年来,宁夏围绕深入学习贯彻党的民族政策,特别是习近平总书记关于民族工作的重要论述,有针对性地开展民族法治、民族认知、民族平等、民族互信、民族互助"五项特色教育",扎实开展马克思主义祖国观、民族观、文化观、历史观、宗教观"百场万人"大宣讲,持续推进习近平新时代中国特色社会主义思想、国旗、宪法和法律法规、社会主义核心价值观、中华优秀传统文化"五进"宗教场所,及时把习近平总书记重要论述和党中央精神传播给宗教人士、传递到千家万户,使"三个离不开""五个认同"深深扎根各族干部、群众心中。

自治区党委十二届八次全会提出"守好三条生命线,走出一条高质量发展新路子"的战略任务,将促进民族团结作为"三条生命线"的首要任务,精准抓住做好新时代民族地区各项工作的关键和重点。建设美丽新宁夏,一定离不开民族团结的有力支撑。守好促进民族团结生命线,就是要始终高举民族大团结旗帜,铸牢中华民族共同体意识,坚持走中国特色解决民族问题的正确道路，坚持民族区域自治制度，以党和国家事业为重，以造福各族群众为念，激发全区各族人民团结奋斗的磅礴伟力，坚决维护团结，全力促进团结，让民族团结之花常开长盛。

后 记

中华民族共同体意识是国家认同、民族交融的情感纽带,是祖国统一、民族团结的思想基石,是中华民族延绵不绝、永续发展的力量源泉。

开展常态化民族团结进步教育,是铸牢中华民族共同体意识的重要途径。为推动民族团结进步教育融入日常、抓在经常,自治区政协建议编创《"石榴籽"故事》丛书(以下简称《丛书》)。自治区党委高度重视,成立了以自治区党委统战部、宣传部、党史研究室,自治区民委、文联,自治区政协民宗委等有关部门(单位)负责同志为成员的《丛书》编写工作领导小组(编委会)。自 2020 年 6 月开始,《丛书》编写分素材征集、创作编辑、出版发行、成果转化四个阶段,经多方协作配合、各界鼎力相助,终于付梓。

翻开散发着淡淡墨香的《丛书》,我们在感慨之余,也衷心地向故事线索的提供者和参与编创工作的单位及个人表示感谢!

由于编者水平有限,遗珠之憾在所难免,敬请各界人士及广大读者指正并提出宝贵意见。

编 者

2021 年 4 月

我们要全面贯彻党的民族理论和民族政策，坚持共同团结奋斗、共同繁荣发展，促进各民族像石榴籽一样紧紧拥抱在一起，推动中华民族走向包容性更强、凝聚力更大的命运共同体。

——习近平

"石榴籽"故事

血脉相连

《"石榴籽"故事》编委会 编

黄河出版传媒集团
阳光出版社

图书在版编目（CIP）数据

"石榴籽"故事. 血脉相连 /《"石榴籽"故事》编委会编. -- 银川：阳光出版社, 2021.6
ISBN 978-7-5525-6014-5

Ⅰ.①石… Ⅱ.①石… Ⅲ.①故事-作品集-中国-当代 Ⅳ.①I247.81

中国版本图书馆CIP数据核字(2021)第136586号

"石榴籽"故事 血脉相连　　　　《"石榴籽"故事》编委会 编

责任编辑　赵维娟　胡　鹏
封面设计　赵　倩
责任印制　岳建宁

黄河出版传媒集团　阳光出版社　出版发行

出 版 人	薛文斌
地　　址	宁夏银川市北京东路139号出版大厦（750001）
网　　址	http://www.ygchbs.com
网上书店	http://shop129132959.taobao.com
电子信箱	yangguangchubanshe@163.com
邮购电话	0951-5014139
经　　销	全国新华书店
印刷装订	宁夏凤鸣彩印广告有限公司
印刷委托书号	（宁）0021307

开　　本	787 mm×1092 mm　1/16
印　　张	5.75
字　　数	45千字
版　　次	2021年7月第1版
印　　次	2021年7月第1次印刷
书　　号	ISBN 978-7-5525-6014-5
定　　价	50.00元（全5册）

版权所有　翻印必究

序　言

我国是统一的多民族国家，中华民族多元一体是先人留给我们的丰厚遗产，也是我国发展的巨大优势。我们辽阔的疆域是各民族共同开拓的，我们悠久的历史是各民族共同书写的，我们灿烂的文化是各民族共同创造的，我们伟大的精神也是各民族共同培育的。中国共产党历来高度重视民族工作，创造性地把马克思主义民族理论同中国民族问题具体实际相结合，走出了一条中国特色解决民族问题的正确道路。把民族平等作为立国的根本原则之一，确立了民族区域自治制度，各族人民在历史上第一次真正获得了平等的政治权利，共同当家做主，终结了旧中国民族压迫、纷争的痛苦历史，开辟了发展各民族平等团结互助和谐

关系的新纪元。党的十八大以来，以习近平同志为核心的党中央就事关民族工作、民族团结等重大问题，提出了一系列新思想新论断，作出了一系列新部署新要求，推动我国民族团结进步事业进入新时代，各族人民的获得感幸福感显著提高，更加坚定了对伟大祖国的认同，对中华民族的认同，对中华文化的认同，对中国共产党的认同，对中国特色社会主义的认同。

宁夏是民族地区，历来有着民族团结的优良传统。1935年8月，红二十五军进入宁夏西吉县，就制定了"三大禁条、四大注意"；1935年10月，毛泽东率领中央红军主力来到西吉县单家集，在"陕义堂"清真寺与马德海促膝长谈，留下了红军和回族群众友好相处的佳话，是我们党在革命战争年代重视民族团结的生动写照；1936年10月，西征红军在宁夏同心县和海原县东部建立了我党历史上第一个回族自治政权——豫海县回民自治政府，这是我们党民族自治政策的最初实践，为宁夏这片土地播下了民族团结的"金种子"。宁夏回族自治区成立以来，各族儿女在宁夏

这片土地上和睦相处、共同奋斗，开发了我们宁夏的大好河山，创造了巨大的发展成就，丰富了民族团结的深刻内涵。特别是党的十八大以来，在以习近平同志为核心的党中央坚强领导下，宁夏各族人民大力弘扬民族团结的优良传统，手足相亲、守望相助，留下了一个个民族团结的感人故事，书写了一篇篇民族团结的动人乐章，奏响了一曲曲民族团结的伟大赞歌。宁夏民族团结的光辉历程、大好局面，成为我国民族团结进步事业的生动缩影和实践典范。

知古鉴今。为更好推动新时代民族团结进步事业，建设全国民族团结进步示范区，我们编写了《"石榴籽"故事》丛书。丛书分《血脉相连》《亲如一家》《同心共筑》《同舟共济》《守护团结》5册。《血脉相连》收集整理历史上，特别是革命战争年代宁夏各族人民以中华民族独立、解放、复兴为己任，团结一心、一致对外的红色历史，讲述一损俱损、一荣俱荣的同脉故事，深化全区各族人民对中华民族共同体意识的思想认识。《亲如一家》收集整理宁夏各族群众共居共

学共事共乐的生活点滴，特别是生态移民安置、农村少数民族人口融入城市过程中和乐而居的典型事例，讲述平时相互关心、有事相互关照的守望故事，引导各族群众充分认清中华民族和各民族是一个大家庭和家庭成员的关系，推动民族融合由空间嵌入向情感和心理融合深化。《同心共筑》收集整理宁夏各个历史时期特别是进入新时代，各族群众"结对子""手拉手""心连心"，共同实现脱贫梦、小康梦、中国梦的奋斗实践，讲述"共同团结奋斗，共同繁荣发展"的同心故事，树立国家好个人才会好、中华民族好各民族才更好的鲜明导向。《同舟共济》收集整理宁夏各族群众面对重大自然灾害、重大突发事件时相互帮助、一起走过的感人事迹，讲述共迎风雨、共克时艰的团结故事，激励各族群众心往一处想、劲往一处使，共同面对前所未有的复杂形势，齐心协力守好"三条生命线"，走出一条高质量发展的新路子。《守护团结》收集整理各行业各系统各领域普通劳动者立足本职工作岗位，发挥助力器作用，为维护和促进民族团

结积极作贡献的典型事迹，讲述民族团结进步创建人人有责的担当故事，凝聚起共同做民族团结进步工作、共同维护民族团结大好局面的磅礴力量。

丛书旨在生动展示自治区60多年来各民族团结奋斗、守望相助等"一起走过"的实践经验，全面呈现各民族交往交流交融、共生共乐共享等"一起生活"的现实经历，广泛宣传各民族共同繁荣发展，"一起实现"中华民族伟大复兴中国梦的美好愿景，让各族群众从中切身感受水乳交融、唇齿相依、休戚相关、荣辱与共的强大凝聚力，牢固树立"三个离不开"思想，不断增强"五个认同"，把维护民族团结作为自觉价值追求，汇聚起建设美丽新宁夏的磅礴力量。

《"石榴籽"故事》编委会

2021年3月

目录
CONTENTS

◎ **回民骑兵团** / 刘　志

　　回民骑兵团的成立 / 001

　　在党的抚育下成长 / 007

　　出击六盘山 / 011

　　参加保卫边区战斗 / 014

　　艰苦的剿匪战斗 / 017

　　走上新岗位 / 019

◎ **融入血脉——红军长征西征中的民族团结故事** / 郭小涛

　　军民团结见真情 / 022

　　红军三过单家集 / 027

　　"禁房"智救军代表 / 033

◎ 回汉支队 / 郭小涛

回汉支队的成立 / 036

改称"宁夏人民解放军" / 040

"彭总赠枪"和新式整军运动 / 043

为解放宁夏英勇斗争 / 047

◎ 把党的甘露送到各族人民的心田 / 薛志达

党的使者送雨露　血脉相连映初心 / 053

人民至上立宗旨　民族团结树丰碑 / 057

支农富民甘奉献　军民鱼水情更浓 / 060

◎ 宁夏的"民族团结月" / 刘　志

民族工作重回正轨 / 067

宁夏第一个"民族团结月"活动的高潮 / 070

开展各族人民"山川互访"活动 / 073

守好民族团结生命线 / 078

◎ 后记 / 081

回民骑兵团

◎ 刘 志

回民骑兵团的成立

1939年至1941年,海固地区的回族人民不堪国民党的黑暗统治与压迫,先后举行了3次大规模的武装起义。诱发起义的导火索是国民党政府横征暴敛,侮辱回民,起义领导人有宗教上层人士马国瑞、马国璘等人,也有贫苦农民出身的马喜春及其子马思义、马思贞、马思聪等人。马思义自幼从事农业生产,没有上过学,但为人性情直爽,嫉恶如仇,见义勇为。

1938年冬，国民党海原县政府以"抗粮抗丁"罪名，逮捕了石坡底村柯老五等人，扬言"要想活着出去，每人交一千块银元"。马喜春得知此事后，带领愤怒的群众冲进国民党海原县政府将人救出。这时，国民党海原县县长贾从成带领保安队前来"清乡"，四处搜捕"闹事"的群众。1939年1月15日，当地回族群众在海原县红套村举行起义，海固回民爆发了第一次起义。当时起义队伍宣布：反蒋抗日，寻找民族出路；打倒欺回灭教的国民党政府，保护家人；杀贪官，灭土豪，打富济贫。之后，起义被国民党政府残酷镇压。马国瑞、马国璘、马喜春、马思义等人辗转于陇东、固原等地，继续发动了海固回民第二次和第三次起义，但在国民党实行更加残酷的镇压下，起义均告失败。在与国民党正规军及保安队的战斗中，马国瑞、马喜春等相继阵亡，马思义成为起义军领导人。

1941年6月，海固回民第三次起义失败后，国民党政府调动6个师及保安团7万多人围剿回民起义部队。为了避免更大伤亡，起义军向海原县东撤退。一

路上起义军吃野菜、野草充饥，身上衣服也成了破布片。马思义和起义军部分指挥人员反复考虑，决定去边区投奔八路军。一天晚上，马思义站在一个大土墩上对大家说："兄弟们，我们现在已经没有别的路可走了，我们决定去边区投奔红军，愿意去的跟我走，不愿去的，各讨方便。"马思义说完之后，土墩下许多人失声痛哭，马思义也流下了眼泪。后来马思义回忆当时的情形说："我们三次起义，共患难、同甘苦，牺牲了多少人的生命，流了多少鲜血，现在眼看又失败了，难道我们永远只有做奴隶的命？难道我们对敌人的仇恨还不够深？作战还不够勇敢？为什么一次、两次、三次举起刀斧，却总砍不倒暴君们的宝座？"部分眷恋乡土、对八路军没有正确认识、有疑虑不愿去边区的人离开了起义队伍。起义领导人之一的马国璘也不愿意走了，他对马思义说："你先走吧，如果那边好，再派人来接我吧。"马思义只剩下200多人马，决定突破国民党封锁线，前往边区去找八路军。

个别起义军于1941年6月11日找到了中共环县保安大队大队长王世保。王世保问明情况后，立即派保安大队书记毛至善偕同正在那里工作的中共环县县委统战部副部长张镜如，赶到龙家阳洼面见马思义等人。张镜如、毛至善对起义军进入边区表示欢迎，安排他们住在砖城子、龙家阳洼和席芨滩三个村庄，供给他们粮食，并请他们派代表到苦水掌详谈。12日，王世保偕同马思义等人前往庆阳。14日，陇东保安司令部白受康副司令员接见他们，并详细询问了起义的经过和进入边区的人员情况。之后，白受康副司令员和陇东地委统战部干部苏采云又同他们商谈，确定起义军仍用原来建制，不加整编，给养按八路军标准由保安司令部供给。当晚，后勤部门给他们送去了军装。15日，陇东军分区设宴欢迎，并请他们观看了文艺演出。

马思义等把他们受到热情接待的情况和商定的安置办法，向起义军传达后，群情激奋，激动不已。三八五旅旅长、陇东军分区司令员王维舟、副旅长耿飙和陇东分区专员马锡武等,在庆阳三十里铺接见了起义军全体人员。党组织还选派熟悉回族风俗的卫一吾同志随队搞后勤供应,给每人发了军装及日用品。数日后,王维舟司令员又带着来庆阳演出的延安文工团到柳沟慰问。王维舟司令员对大家说:"我们坚决支持你们回族人民的革命斗争,但急于求成是不行的。""你们是少数民族的革命力量,党需要你们,要把你们每个同志都培养成干部。"接着,党中央派陕甘宁边区联防司令部司令员萧劲光从延安专程到柳沟看望起义军,并赠给他们一面写着"浩气长存"四个大字的锦旗,表达党对海固回民起义的高度评价和对死难者的深切悼念。

  1941年7月,党组织安排马思义等去延安参观学习。到延安后,马思义等住在边区回民文化协会,他们参观了中央民族学院、抗日军政大学、鲁迅艺术学院等单位。中央民族学院还邀请马思义作报告,他含着热泪介绍了三次起义的经过,控诉国民党反动派血腥镇压的暴行,引起巨大反响。随后,中共中央西北局派杨静仁到起义队伍担任党代表和团政委，他带来的干部严格遵守回族风俗习惯，与官兵群众同吃同住、以诚相待，很快就获得了大家的信任。7月下旬的一天，毛泽东主席、朱德总司令和边区政府主席林伯渠在边区政府礼堂接见马思义和马智宽。当他们在杨静仁同志的陪同下进入礼堂时，毛主席笑着迎上来与他们一一握手，然后让他们坐下，与他们进行了亲切交谈。

马思义在延安期间，边区联防司令部与他们商议决定，将这支当时200多人的起义军命名为"陕甘宁边区联防司令部回民抗日骑兵团"，驻扎陇东，由八路军三八五旅代管，任命马思义为团长，马智宽等为副官，下设三个连。为了帮助回民骑兵团指战员进行学习和训练，派杨静仁担任政治教官、马克担任文化教员做政治工作。之后，中国"回教协会陕甘宁边区分会"派鲜维俊到回民骑兵团，协同杨静仁、马克工作。

在党的抚育下成长

回民骑兵团的200多人,出身、思想比较复杂。当初是在敌人重兵围剿、走投无路之际,抱着请八路军帮助他们打国民党的愿望进入边区的,没有长期从事革命斗争的思想准备。进入边区后,听领导干部解释说,现在是国共合作抗日时期,八路军不能出去打国民党,未免有些失望。过了一段时间,许多人想念家乡和亲人,又过不惯革命军队里被严格纪律约束的生活,加之当时国民党对边区实行经济封锁,军民生活都非常困难,党组织虽然尽量照顾,但供应仍不够充分,时间一长,许多人思想产生了波动。曾在国民党军队当过团部副官的苏山和当过土匪的马负图等人乘机捣鬼,教唆战士以要给养为借口,擅自从嵩嘴铺移驻庆阳三十里铺,后又提出回海固,甚至煽动说:"如果马思义不走,就把他绑住拉着走。"马思义此时也因两次派回家打探消息的人杳无音信,惦念马国璘和家属的安全，也想回去看一趟，并再带一些人过来。陇东分区得悉这一情况，十分为难。一方面，预料他们出边区肯定会遭到严重摧残；另一方面，这支队伍已正式命名为"回民抗日骑兵团"，进入国民党统治区，就会给国民党造成诬蔑共产党的口实，遂派人反复阐明利害，进行劝阻，但他们执意要走。

1942年1月2日，中共陇东地委统战部部长段德彰和卫一吾同志又一次和回民骑兵团全体人员座谈，进行劝阻，仍无效果。段德彰说："你们一定要回去看看，我们就只得欢送；遇到危险再回来，我们仍然欢迎。"卫一吾建议把老弱留下，免得行军作战拖累，这个意见得到了同意，决定让马鸣桂带30多位老弱和伤病员住在曲子县。第二天，杨静仁同志给他们送来一笔路费，并且一直陪送到苦水掌。回民骑兵团180多人回到白崖、沙沟，得知：马国璘被押解兰州，生死不明；马思义家11人惨遭杀害；参加起义的人受到残酷镇压，有的人头落地，有的家产充公，许多人仍藏匿山野不敢回家。部队探知大寨一带驻有国民

党四十二军部队不时出动巡逻,不敢停留,急忙撤到固原麻地湾。立脚未稳,国民党追来一个营,后增两个团,将他们团团包围。敌军派人前来劝降,马思义见不好硬拼,答应回沙沟去谈判。在去沙沟的路上,趁黑夜甩开敌人,急返边区。走到海原王家塬,苏山和马负图带一部分人离队而去。马思义痛悔不迭,带领剩下的30多人,经海原红涝坝、韩府湾和同心羊路、梨花嘴,于1月16日回到苦水掌。

受挫回来,大家都觉得无颜见边区首长,情绪低落。但是陇东党组织和军分区仍然满腔热情地欢迎他们,安排他们驻守在合水县。一些离队回家的战士受不住国民党反动派的摧残,又陆陆续续返回部队,人数增至80余人。经过这次严重挫折,回民骑兵团的干部、战士才从思想上认识到,只有共产党才是他们的靠山,只有跟着共产党干革命才是他们唯一的出路,从心底里萌发出"我们需要学习,我们需要改造"的要求。为了解除回民骑兵团干部、战士的后顾之忧,党组织又设法把他们在国民党统治区遭迫害的30多位家属接到边区，随军居住。

为了使回民骑兵团成长为一支坚强的人民武装，并造就一批民族干部，党组织做了大量的工作，费尽心血。1942年春，回民骑兵团由于人员减少而编为一个连，秋天由合水县移驻延川县永坪镇。途经延安时，边区联防司令部张经武参谋长在七里铺设宴招待了排长以上干部，萧劲光司令员亲自宣布，任命杨静仁为参谋长，马思贞为连长，马克为政治指导员。不久，党组织安排马思义、马希杰、马生荣、马保珍、马文海等进入中央民族学院，学习政治和文化知识。1943年3月，马思义、冶福荣、周尚义、锁云龙、王弼真等又转入抗日军政大学学习。

1945年秋，马思义从抗大毕业后，按照党中央安排，继续到回民骑兵团担任团长。1946年3月，他光荣加入中国共产党。1947年，回民骑兵团已发展党员6名，成立了党支部。这标志着回民骑兵团的大多数战士已经从仅有反抗意识、复仇思想的起义农民成长为谋求民族解放和人民幸福的革命战士。

出击六盘山

1946年6月,国民党反动派发动内战。王震将军率三五九旅在中原突围,向陕甘宁边区进发,8月到达陕南、陇南一带,党中央派西北人民解放军迎接。中共中央西北局指示中共甘肃工委,由中共陇南特委和海固、华平工委组织武装工作队出击敌占区,牵制敌军兵力,配合三五九旅创建革命根据地。

按照中共甘肃工委的安排,回民骑兵团选派马克、沙里士、马生荣、马智宽等60余人随中共海固工委行动,组成第一大队,马思义任司令员,王有功任副司令员,陈致忠任工委书记、一大队政委马长林、杨诚忠等13人随陇南特委行动,属第二大队,刘余生任司令员,马福吉任副司令员,中共甘肃工委副书记孙作宾任特委书记、二大队政委。

9月3日,两个大队的干部、战士共297人,从庙儿掌出边区,在固原白家塬击溃一支敌自卫队,在头营缴获敌另一支自卫队的枪械39支,部队穿越平(凉)银(川)公路,捣毁了敌大营乡公所。部队经硝口到达西吉偏城后,两个大队分作两路,分别沿六盘山东、西麓南下,第一大队在隆德杨家店突破甘肃省保安第三团的阻截,然后越过西(安)兰(州)公路与第二大队会合,翻过六盘山进入化平(泾源)县西峡。

9月11日,两个大队在化平县老龙潭附近的冶家大庄被敌新一旅、骑一旅与保三团3000余人包围。全体同志英勇反击,激战一整天,终于突出重围,从密林中登上十八盘高山。战斗中海固工委委员魏志义、回民骑兵团排长马智俭、司务长马玉德、班长马玉祺等11人英勇牺牲,14人负伤,47人失散,丢失了军用地图,携带的电台也被敌人枪弹打坏,与上级失去了联络。当时,虽然还在秋季,但六盘山上寒气逼人,又遇雨雪,气温骤降。两个大队的同志都服装单薄,马思义、马长林受冻昏迷,经紧急抢救才苏醒过来。在如此严峻的形势下,全体干部、战士团结一致,毫不动摇,继续向南挺进。到达隆德县苏台,才得知王

震将军已率队离开陇南,进入边区。两个大队的领导同志经过认真研究,认为继续南下已失去作用,留下打游击,条件还不成熟,于是决定马上撤回边区。次日,全部人员再翻越关山,经化平二道卡子、平凉北塬、芦儿湾、固原嵩店、石家沟口,到达碾盘掌,击溃了赶来堵截的敌新一旅一个步兵连,胜利回到边区。

回民骑兵团撤回边区不长时间,一些在突围时失散而掉队的战士几经周折,相继归队。回到边区时,他们虽已疲惫不堪,但所带枪支无一缺损。马占荣在突围时失散,被化平县自卫队搜山抓去,敌人严刑审问,他拒不吐露实情,被解送兰州监禁一年,获释后立即返队。

这次出击,正如中共中央西北局统战部在总结报告中所说:串了七八个县,打了几个胜仗,给敌人精神上以压力,给群众以鼓舞,在政治上锻炼了干部。对回民骑兵团来说,更是对几年学习、训练成果的检验。绝大多数同志意志坚定,英勇顽强,团结互助,吃苦耐劳,胜利完成了任务。

"石榴籽"故事

参加保卫边区战斗

1947年3月,国民党反动派调集胡宗南、马步芳、马鸿逵等部34个旅,共23万余人,分别由南、西、北三面向陕甘宁边区发动重点进攻。面对敌强我弱的形势,中共陇东军分区遵照党中央"力求在运动中歼灭敌人"的精神,主动放弃了环县、曲子、庆阳、华池、合水等县的一些城镇,转入农村,开展游击战争。

4月30日,国民党向华池县元城子扑来。回民骑兵团英勇阻击,掩护群众和基层干部安全转移。敌军占领元城子后,企图越过子午岭,与进犯陕北的胡宗南军队相策应。中共陇东军分区决定组织一次战斗,粉碎敌人的阴谋。经过周密研究,认为:红土崾岘是越子午岭必经之地,地形复杂,羊肠小道仅容一骑通过,是打伏击战的理想地方。遂命令回民骑兵团配合十三团打好陇东自卫反击战的第一仗。

5月17日夜,马思义率回民骑兵团与十三团一起

出发，于次日拂晓进入阵地。回民骑兵团部署第一连埋伏在红土崾岘东侧担任主攻，第二连随十三团埋伏在佛堂山两侧策应。10时左右，敌骑二旅四团约300人，由怀安城出发，行至红土崾岘西面王背梁，狡猾的敌人见地形复杂便停了下来，派出40多个尖兵下马搜索前进。敌尖兵进入伏击圈后，第一连的战士奋勇杀敌，刀枪相加，后面的敌军被十三团火力压住难以前进，不到15分钟，40多个敌人大部分当了俘虏，缴获步枪40余支，机枪1挺。这一仗，使盘踞元城子的敌人再不敢轻举妄动，不久慌忙撤走。

1948年2月，西北野战军取得宜川战役胜利，向国民党军队展开全面反攻。2月19日，回民骑兵团协同十三团和十四团，将驻守在高家滩的马鸿宾八十一军一八〇团包围，歼灭一个排，俘虏20人，缴六〇炮一门。4月中旬，西北野战军转向外线作战，在"西府、陇东战役"中，陇东、三边军分区组成联合指挥部共同作战，收复庆阳失地，牵制陇东之敌，进行策应。当时庆阳城内驻有敌保安第一团，西峰镇驻有敌八十一军骑五团。陇东军分区徐国珍司令员率回民骑兵团、十三团与十四团,三边军分区司令员郭秉坤率"铁八团"、一团、骑兵团进逼庆阳。30日,西峰镇之敌闻讯后倾巢出动,昼夜兼程,向陇东部队司令部驻地猛扑,企图逼我军离开,解除西线的威胁。5月1日,敌骑五团在大炮、重机枪掩护下,组织黑马队、红马队、白马队轮番向我军阵地发起冲锋,企图越过一个崾岘逼进我军阵地。回民骑兵团和兄弟部队坚守阵地,寸土不让。八挺机枪中有两挺打坏,六挺枪管打得发红。最后,敌少将团长马少康被我军击毙,共打死打伤敌军100余人,取得胜利。在战斗中,回民骑兵团第一连连长马思贞英勇牺牲。

5月底,回民骑兵团和兄弟部队开始收复解放战争初期我军主动放弃的地方。回民骑兵团与十三团、合水县游击队一起,将合水县店子吕益三带的一支保安队包围于陈家园子,战斗半小时,打死打伤和俘虏敌兵60多人,缴获轻机枪8挺。

1949年7月,回民骑兵团击溃固原东部何家岘、

孟家塬之敌自卫队后，参加了解放镇原的战斗。8月1日，随同十九兵团六十五军一九三师突破马鸿逵一二八军三关口防线，跨越六盘山，解放隆德，接着又解放静宁。9日，配合一八八师解放西吉。回民骑兵团的指战员回到了久别的家乡与亲人团聚，共庆革命的胜利。为适应革命形势的发展，陇东军分区将环县游击队150名干部、战士调入回民骑兵团，编为第三连和第四连，月底驻防会宁。兰州解放后，回民骑兵团属中国人民解放军甘肃省军区建制，由会宁军分区代管。马思义调任会宁军分区副司令员，艾青山接任团长、副政委，马克调任临夏军分区政治部主任，高有才接任政委。

艰苦的剿匪战斗

西海固地区解放初期，残存的国民党特务和反动军集一小撮惯匪、兵痞，利用国民党军队溃逃时遗散下的枪支弹药，聚股成匪。仅流窜在西吉、海原、固原一带的土匪就有大小20余股800余人。其中，马绍武为首的土匪自称"仁义军"，以海原县高崖子庙山为巢穴，号称"小台湾"。1950年1月，回民骑兵团开赴海原，配合驻宁夏部队独一师一团，于1月27日，夜急行90里，将马绍武股匪包围在庙山，发起强攻。马绍武拼死突围带伤而逃。部队追至杨山庄，歼匪6人，并协助一团将马绍武擒获正法，马绍武股匪全部被歼灭。接着，在甘盐池歼灭田子善股匪。1950年5月8日，反革命分子马成龙在平凉发动了武装叛乱，被我军击败后，匪首马成龙窜到海原，聚集匪徒，分散窜扰，继续进行反革命活动。回民骑兵团组成两个武装工作队，配合基层干部，发动群众，肃清散匪，终于在油坊院将匪首马成龙捕获，平息了匪患。

1950年12月，回民骑兵团奉命调往甘肃定西、会宁、榆中一带，继续执行剿匪任务。这时，残存当地的土匪特务利用封建迷信，发展反动会道门，进行隐蔽活动。回民骑兵团以连为建制，深入农村，宣传政策，发动群众，在群众的紧密配合下，先后消灭了马荣、王五田股匪及其残余，平息了榆中县"无极道"反革命叛乱。1951年7月，甘肃省军区给回民骑兵团补充新战士720人，增设了机炮连、特务连，全团发展至6个连队1063人。团部设政治、参谋、后勤3个处和卫生队。

走上新岗位

1952年6月，全军整编，回民骑兵团缩编为3个连，有197名干部、战士转业到地方，不少人担任了基层领导。10月，调200名汉族战士去西北军区军牧部，补入253名回族战士充实各连。1953年8月，甘肃省西海固回族自治区成立，以回民骑兵团团部为基础，组建西海固军分区（后改为固原军分区），马思义任司令员，艾青山任副政委；连队改为西海固公安大队（后改为固原公安大队），一部分干部充实到各县人民武装部，回民骑兵团的建制从此撤销。

回民骑兵团从组建成立到建制撤销12年的战斗历程中，不仅驰骋疆场，立下了赫赫战功，而且培养了一大批回族干部。据统计，从回民骑兵团成长起来的和曾在回民骑兵团工作过的县、团级以上干部有32人，其中马思义、马思忠、马启新后来都走上了省级领导岗位。转入地方工作的回族干部、战士，绝大多数也都担任了基层领导工作，在党、政、军、群、工交、农林、财贸、卫生等各条战线上，为社会主义革命和建设作出了贡献，成为解放后各行各业第一批回族干部，在密切党和回族群众的关系，促进地方的政治、经济建设等方面，发挥了重要作用。

回民骑兵团的历史画卷，闪耀着党建军路线和民族政策的光辉，凝结着党对少数民族革命战士的关怀、爱护和抚育。回民骑兵团的指战员没有辜负党对他们

的期望，完成了党交给他们的历史使命。回民骑兵团的光荣历史将永载于中国人民解放军军史，永载于西北回族人民的革命斗争史。

融入血脉
——红军长征西征中的民族团结故事

◎ 郭小涛

军民团结见真情

红军西征甘宁作战的主要区域是回族聚居区。西征红军出发前，中华苏维埃共和国中央政府主席毛泽东就发表了《对回族人民的宣言》。红一方面军总政治部颁发了《关于回民工作的指示》，详细规定了回族地区工作的"三大禁条、四大注意"。红军在各部队中深入进行党的民族政策的教育，大大提高了广大

指战员宣传和执行党的民族政策的自觉性。

西征红军进入宁夏后,从首长到每个战士,都认真地执行党的民族政策,以实际行动团结回族群众,消除民族隔阂。西征红军和当地回族人民建立了水乳交融的血肉联系,红军的军事行动得到了广大回族群众的全力支持,为西征的胜利奠定了深厚的群众基础。红军爱人民,人民爱红军,在开展民族、宗教工作中涌现出了许多感人的故事,如"彭德怀司令员帮农民找马""红军井"等都被当地群众传为佳话。

彭德怀司令员曾在同心县吊堡子住了一段时间。一天晚上,他正在屋里考虑工作,忽听外面有动静,他放下手头的工作,掀起门帘问战士出什么事了?刚从外边回来的一个战士说,马占才家的大红马丢了,家里人正着急地四处寻呢。彭德怀司令员二话没说,立即转身回屋,穿上大衣,拿起手电筒,大手一挥:"大家都随我来。"在彭德怀司令员的带领下,十几个战士摸黑和群众一起找马。山路坑坑洼洼,彭德怀司令员跑了五六十里路,一直到天快亮的时候,终于和大家一起把大红马找回来送到了马占才家。马占才一家看到彭德怀司令员，感激万分。马占才紧紧地握着司令员的手说："谢谢司令员，谢谢司令员！"说着，就要给彭德怀司令员送这送那，但都被谢绝了。吊堡子村一个姓李的木匠，得知彭德怀司令员连夜为群众找马的故事后，深受感动，为了表示对彭德怀司令员的爱戴，他精心制作了一张木床赠送给司令员。红军队伍离开同心的时候，彭德怀司令员又把这张床转送给当地的一位老人。

在固原七营川、清水河一带，有些村庄村民要到十几里以外的山下去挑饮用水，红军战士就帮助村民挑水，开展"满缸水"活动。豫旺一带常年干旱，水贵如油。城内有口水井叫"官井"，因年久失修，水量很小，群众用水极其困难。回民独立师征得周围回族群众的同意，按照回族的风俗，派了一个班的战士，把井淘洗了一遍，又新修了井口，还专门设岗哨看护。淘洗过的井水又清又甜，群众非常高兴，说红军为他们引来了幸福水。中华人民共和国成立后，同心县又

在此修了井亭,取名"红军井"。

为了在少数民族地区顺利开展工作和有效帮助回族人民谋求解放,红军各部队都以团为单位成立了回民工作团。红十五军团经红军西征总部批准,于1936年5月下旬在宁条梁成立了回民独立师,直属军团指挥,回族干部马青年任师长,欧阳武任政委,李铁民任参谋长,有100余人、100余条枪、50匹马。回民独立师在战斗中不断成长壮大,在宣传党的抗日主张和民族政策、发动群众、剿灭土匪、巩固革命政权等方面发挥了独特的作用,深得各族人民的支持和拥护。红一方面军则建立了回民连,到1936年8月,回民连由成立时的四五十人发展到一百七八十人。回民连虽然成立的时间不长,但在艰苦的革命斗争中,回族战士克服困难,转战南北,为革命作出了贡献。大部分回族战士加入了中国共产党。

1936年10月20日,陕甘宁省豫海县回民自治政府在党中央的领导和红军的大力支持下成立。《红色中华》报报道了豫海县回民自治政府成立的盛况:"十月二十日,豫海县回民自治代表大会在一个庞大的清真寺(今同心清真大寺)里开幕了,4个区代表共有100余人,各界送匾有10多幅,在3天的会议中通过了回民政府的一切议案。全同心城的空气万分地紧张起来,到二十二日回民自治政府宣布成立!"报道还说:"星火剧社表演新剧两天,二十一日又逢集,又演戏,人山人海真是拥挤不堪,……二十二日是白天开演,虽然不逢集,可是来看的群众也不下数百人,并且秩序很好。"这篇报道真实地反映了当时同心城热烈欢腾的景象和广大回汉人民群情振奋、喜气洋洋的动人场面。豫海县回民自治政府成立后,广泛宣传党的抗日救国主张,建立地方游击队,发动群众捐粮捐款支援红军。

红军西征期间,回族人民给了很大的支持。红军长征的胜利,离不开各民族人民的拥护和帮助。民族友爱、民族团结是红军战胜敌人的巨大力量,也必将成为中华民族复兴的伟大力量。

红军三过单家集

单家集,位于六盘山麓宁夏西吉县东南葫芦河与好水川交会处,甘宁两省区交界地带,交通方便,是方圆有名的"旱码头",是一个回族聚居村,其中单姓约占70%。1935年5月至1936年10月,中国工农红军曾三次路过并驻扎于此,以单南清真寺为中心开展了一系列革命活动。

1935年8月15日,为策应主力红军北上行动,在军长程子华、政委吴焕先和副军长徐海东等人的率领下,红二十五军3000多人转战至西吉县单家集、兴隆镇。红二十五军是第一支进入宁夏少数民族地区的红军队伍。红军到达单家集、兴隆镇一带时,街上没有行人,一片冷落景象。原来,国民党在这些地区常年征兵征粮,还对百姓进行共产党"共产共妻"等反动宣传,不明真相的百姓都害怕地躲了起来。见此情景,指战员们积极行动起来,登门拜访群众,宣传红军对待回族的政策，宣传党的抗日救国主张。很多战士还拿起扫把，把街头巷尾打扫得干干净净。群众很快消除了恐惧和疑虑，与红军战士逐渐亲热起来。红二十五军对全军指战员进行了党的民族政策教育，严格执行"三大禁条、四大注意"，格外尊重回族群众的各种风俗习惯。为了团结回族代表人士进一步打开工作局面，红军还派人把一些有名望的回族老人和阿訇请到军部做客，这些人以为红军同国民党官兵一样，无非是向他们要粮要款，一个个愁眉苦脸，坐立不安。红军按照回族的风俗习惯，让供给部购买了一些新茶具，在每个茶碗里放上冰糖，热情而真诚地招待了他们。吴焕先政委亲切地对他们说："中国工农红军是穷人的军队，也是回族人民的子弟兵，我们这次进驻贵地，一不向你们派捐款，二不向你们催粮草，三不抓壮丁。我军只是稍作停留，很快就走，请你们放心，红军绝不骚扰百姓。"一席话打消了客人们的疑虑，他们脸上露出了笑容。吴焕先政委接着说："为了表示对回族人民的敬意，我们决定明天拜访清真寺

并赠送礼品。"他们听了又惊又喜,连忙道谢。一个回族老人捋着胡子说:"我活了这么大岁数,还是头一回见到这样的仁义之师!"第二天早晨,街道上的大小店铺全部开张,照常营业,人来人往,非常热闹。吴焕先、徐海东等带领红军抬着一块绣有"回汉兄弟亲如一家"的锦匾,牵着羊,去拜访清真寺。阿訇及其他回族群众被红军的所作所为深深感动,随后阿訇也领着回族群众带上礼品,赶着羊,前往红二十五军军部隆重回拜。当时红二十五军医院院长钱信忠,听说村上有一个村民患腹胀性疾病,生命垂危,毫不犹豫地拿出了比金子还珍贵的药品,并亲自给他做了手术,村民转危为安。红二十五军的行动,使当地回族群众第一次知道世界上还有这样一支为穷人打天下的军队。一些回族群众主动为红军探听消息,争当向导,还有的回族青年当即报名参加了红军。红二十五军在单家集虽然只停留了三天,但以实际行动打破了敌人反动宣传在百姓心中形成的印象,赢得了回族群众的拥护。8月17日,红军离开时,回族群众纷纷聚集

"石榴籽"故事

在街头为红军送行。

1935年10月5日,单家集村里人听说又有红军要来,整个村子都沸腾了。人们自发地打扫街道,早早在街上摆了许多桌子,上面放满各种吃的东西。当天下午毛泽东主席率领红军进村时,村民以最隆重的礼仪欢迎红军,并用回族人丰盛的"九碗席"招待红军。毛泽东、张闻天、王稼祥、博古等中央领导人到清真大寺拜访阿訇。阿訇连声说:"您好!您好!"对此,毛泽东主席感到意外,待得知是红二十五军先前经过这里后,连声称赞:"红二十五军政策水平高,民族政策执行得好。"毛泽东主席按照回族习俗,将10份见面礼装在一个皮箱里赠送给阿訇。阿訇向毛泽东主席等致以最诚挚的欢迎和敬意。毛泽东主席向阿訇和在场的回族群众介绍了共产党和红军尊重回族群众风俗习惯、保护清真寺、主张民族平等等政策。回族群众邀请毛泽东主席等红军领导人到"陕义堂"清真寺参观。红军再次发出三条指示,要求全军不许在清真寺周围扎营,不许在单家集吃汉民饭菜,保护

清真寺。这些举动使红军进一步赢得了回族群众的支持和拥戴。当天晚上,毛泽东主席与回族阿訇马德海坐在"陕义堂"清真寺北厢房的炕头上交谈。在昏暗的煤油灯下,毛泽东主席向马德海讲述了国际国内的发展形势、革命的道理、北上抗日和各民族一律平等的主张等,并共叙军民情意,重申了红军"三大禁条、四大注意",阐明了中国共产党和中国工农红军奉行各民族团结、平等及尊重回族群众习俗等政策。马德海向毛泽东主席讲述了当地的风土人情、宗教信仰、风俗习惯等。两人促膝夜谈,交谈甚欢,留下了著名的"单家集夜话"的故事。当晚,因毛泽东主席睡不惯北方人家的土炕,清真寺的阿訇就卸下一块门板,放在土炕上让毛泽东主席休息。第二天早上,战士们按照老规矩,把借来的木板等如数还清,损坏了的按价赔偿,而且把屋子打扫得干干净净。部队离开村子时,回族群众在桌子上摆出了茶水、糕饼、水果等,有的老人还流着热泪,真是难分难舍。红军刚走不久,国民党的飞机就往村子里扔炸弹,清真寺差点儿被炸毁。红军走后,留下两个受伤的战士。国民党军队进村搜查时,村里两户村民硬说是自家孩子,他们才躲过了敌人的残杀。中央红军路过单家集进一步升华了回汉民族团结,为一年后一、二方面军在将台堡会师奠定了基础。

1936年9月,为迎接红二、四方面军北上,保证三大主力会师的左翼安全,西方野战军以红一师陈赓、杨勇部和红一军团直属骑兵团组成特别支队,由军团政委聂荣臻率领直插静宁、隆德地区。特别支队9月9日出发,经过数次战斗后于14日占领西吉县将台堡,先头部队到达兴隆镇、单家集一带。西征红军在单家集驻扎40多天,在当地建立了静宁县苏维埃政府,还建立了10个区级苏维埃政府和农民组织及35个乡级苏维埃政府,组建了120多人的游击队,打土豪、分果实。单家集人亲自体会到了人民当家做主的权力。红军热爱人民,人民拥护红军。红军离开后,单家集有10多名青年参加了红军,走上了革命道路。红军走后,海固工委在单家集设立了联络站,先后选派一

些同志到单家集开展革命工作,他们宣传抗日,收集情报,发动群众,筹集粮款,为革命作出了贡献。抗日战争期间,单家集有30多名回族青年,奔赴抗日前线,与日寇浴血奋战。

红军三过单家集,让中国共产党红色的基因和血脉深深地扎根于此,单家集见证了中国革命的胜利,当地群众与早期中国共产党人、中国工农红军心连心、共命运。2020年6月,习近平总书记视察宁夏时再次提到"单家集夜话"。他强调,红军长征在宁夏留下了弥足珍贵的红色记忆,你们要用这些红色资源教育党员、干部传承红色基因、走好新时代长征路。

"禁房"智救军代表

1936年6月,红军驻守同心一带时,为了做好洪寿林的工作,曾几次派代表去敌占区的洪家岗子找洪寿林宣传党的宗教政策和民族政策。有一次，红军代表又来找洪寿林，被当地国民党民团发现了，但因他们没有掌握真凭实据，不敢贸然闯进洪寿林家中抓人，就派人在周围偷偷监视。

洪寿林怕国民党民团把红军代表抓去，就将红军代表藏在自己的禁房（洪寿林修心盘道的地方，任何人不得进去）内，住了七天七夜。白天洪寿林的老伴儿给他们送茶送饭、倒大小便，晚上洪寿林就和两位代表亲切交谈。七天七夜的相处，使洪寿林对党的民族政策和抗日主张有了更深入的了解，和红军代表相互之间建立了深厚的感情。为了两位代表的安全，洪寿林将他们打扮成阿訇模样，派人安全护送到同心。此后，洪寿林就在回族群众中广泛宣传党的民族政策，经常讲："红军是仁义之师，必定胜利！"他还动员回族群众给红军送粮送草，做了许多有益的工作。

不久，洪家岗子的国民党被红军赶跑了，红十五军团为了感谢洪寿林对红军的支持，派军团政治部敌工部长唐天际和回民独立师师长马青年带领60多名

战士给洪寿林送来了150只羊和一面长方形的大红锦幛。锦幛中间题"爱民如天"四个大字，落款为"汉族同胞陈宗寿、唐天际赠"。

洪寿林接受了红军送来的礼物后，心情难以平静，立即宰了5只羊招待红军，还给每个战士赠送了3块银元。几天后，洪寿林找人赶制了一面绿缎锦幛，亲手在锦幛上题词，大意是，红军好比是太阳的光辉，将来要照亮大地的各个地方。并派人将锦幛和两箱蜡烛送到红军指挥部。

中华人民共和国成立后，洪寿林的儿子按照父亲的遗嘱，将红军赠送的锦幛捐献给了国家。

回汉支队

◎郭小涛

回汉支队的成立

1947年1月,经中共三边地委和三边军分区批准,在定边成立了一支宁夏人民的革命武装——回汉支队。这支部队由宁夏工委领导的盐池县余庄子、红井子等游击队和定边回民支队合编而成,主要骨干和绝大多数战士是来自宁夏不堪忍受马鸿逵残酷统治的回汉青年和国民党逃兵。1月10日,在定边城西关召开了回汉支队成立誓师大会,中共三边地委、三边军分区的主要负责人朱敏、曹友参、郭宝珊、赵忠国等出席并讲话。回汉支队在政治上归宁绥工委（后为宁夏工委）领导，军事上属三边军分区指挥，为团级建制，共有干部、战士234人，其中回族65人。刘振玉任支队长，梁大均任政委，金三寿任副支队长。

回汉支队的建立，标志着宁夏人民武装的诞生。它肩负起了保卫边区、解放宁夏的重任。中共中央西北局要求：宁夏工委应把回汉支队看成是自己的干部训练队，持续不断地将其中的积极分子派到宁夏去工作。军事上回汉支队由三边军分区领导，供给方面由三边警备司令部（即军分区司令部）统一筹划。

1947年2月，根据中共三边地委决定，回汉支队开赴盐池县雷家沟进行整训，并进行扩兵，壮大队伍。这次整训，以政治教育为主，兼顾文化教育和军事训练。通过三课（政治课、文化课、军事课）教育，提高了指战员的阶级觉悟，增长了文化、军事知识，加强了组织纪律性。另外，在当地和周边地区广泛进行扩兵宣传和组织工作，扩充新兵数十人。

回汉支队成立后,在部队各级成立了支部、总支、党委,一切主要活动都是在党的领导下进行的。部队十分重视整治工作,为了把这支部队建设好,宁夏工委、中共三边地委和军分区司令部、政治部给予了强有力的支持和指导,除了方针、政策、战术指导外,还先后派郝耀、刘思孝、马麟、张建武、梁栋岳等一批有部队工作经验的同志来加强回汉支队工作。一再强调武装力量必须在党的绝对领导下工作。

回汉支队成立后,十分重视民族团结工作。长期以来,宁夏处在马鸿逵势力的统治之下,为了巩固反动统治,麻痹人民群众,反动势力经常对回族群众进行欺骗宣传,说共产党"共产共妻",来了要"杀回灭教",甚至派人伪装成解放军肆意胡作非为,从而造成了回民的恐惧心理,产生了对共产党、解放军的疏远、不信任态度。宁夏工委和回汉支队的领导同志,十分清楚在宁夏做好团结少数民族工作的重要性。早在1936年红军西征时就曾制定有关回族工作的许多政策,例如"三大禁条、四大注意",为回族群众所欢迎，因而团结了广大回族群众。宁夏工委和回汉支队许多领导参加过西征，深有感触，因此教育部队中的汉族同志要尊重回族的风俗习惯，集体灶不做猪肉。汉族同志吃猪肉时，借汉族群众的灶具另做。回汉支队针对部分汉族战士不了解回族风俗习惯的实际情况，把相关规定编制成册子，并列为部队文化学习教材。战士们绝大多数人能逐条背下来，行军中出现了自觉遵守民族政策、尊重回族风俗习惯、帮助回族群众的热潮。部队每到一处，从不向回族群众借用炊具。清真寺是回族群众进行宗教活动的场所，对汉族战士来讲具有一种神秘感和新鲜感。但战士们谁也不打听一句，谁也不进去看看，并在清真寺门口站岗，贴上"此处是清真寺，严禁入内"的标记。

回汉支队成立后，由于严格执行了党的民族宗教政策，回族战士和汉族战士之间增加了相互了解，关系有了显著好转，团结互助的传统得到了进一步发扬，历史上剥削阶级造成的各民族人民之间的隔阂逐渐消除。这种民族团结的增强，坚定了彻底推翻反动统治

"石榴籽"故事

的革命信念，也使回汉支队成为各民族亲密团结的大家庭，部队战斗力、凝聚力得到了进一步提高。有的回族战士参军前不了解党的民族平等政策，通过回汉支队的反复教育引导，逐步认识到了党的各民族一律平等的政策，用具体事实澄清了马鸿逵统治集团对中国共产党的污蔑。许多回族战士深有感触地说："我们回民受尽了国民党的欺辱和压迫，只有共产党尊重我们，把我们回民当人看。"同时，回汉支队经常对回族战士进行阶级教育，使大家认识到回汉人民必须团结一心，才能解放宁夏各族人民。通过种种努力，回汉支队短时间内就成为了一支回汉关系融洽、军民团结亲如一家的队伍。

改称"宁夏人民解放军"

1947年3月，马鸿逵部队侵占三边后，中共三边

地委决定扩大回汉支队编制，成立"宁夏人民解放军"，以便造成声势，与敌斗争。4月上旬，宁夏工委及各据点干部共500人，以回汉支队为基础，组成"宁夏人民解放军"，赵忠国任司令员，邓国忠任政委，梁大均任副司令员，刘振玉任参谋长，何广宽任政治部主任。下辖第一支队（回汉支队）和第八挺进支队。

部队改编后，决定由第一支队、第八挺进支队分别在环县甜水堡一带游击。当部队到达王彪台时，与马鸿宾部103、104团骑炮兵各一个连遭遇，双方展开激战。敌人集中炮火向第一支队阵地猛烈轰击，敌骑兵顺着山势往下冲，第一支队在被敌人三面包围背崖作战的险恶情况下进行英勇抵抗，加之人员装备相差悬殊，战斗一直打到下午5时。支队长刘振玉在作战中身受重伤，部队被打散，许多战士跳崖撤退，刘振玉在第二天敌人搜山时被俘。

次日，宁夏人民解放军在老爷山崾岘召开会议，研究了部队行动方向。经过分析研究决定把部队撤到吴旗整训。经过几天急行军，部队到达吴旗与中共三

"石榴籽"故事

边地委和军分区会合。王彪台战斗虽然使部队受到一些损失,但"宁夏人民解放军"基本保持了原建制,保存了革命力量,因而受到三边军分区的表彰。

吴旗整训是在回汉支队对敌作战失利的情况下进行的。针对部队中存在的悲观情绪,着重加强了对战争形势的教育,用人民解放军在陕北蟠龙、青化砭、羊马河等战役的胜利鼓舞士气,引导干部、战士从全国的形势看三边的失守问题,只是局部的、暂时的,从而树立了必胜的信念。同时开展较正规的军事训练,发动干部、战士认真总结以往的经验与教训。部队在整训中取消了第一支队和第八挺进支队的番号,将原来的两个支队的6个分队合编为4个队,仍恢复回汉支队的建制,支队与军部合为一个指挥单位,对外保留"宁夏人民解放军"的名称。经过一个月的整训,稳定了部队情绪,提高了战士们的思想认识和战术水平。

7月底,根据形势的发展,中共三边地委决定取消"宁夏人民解放军"的番号,恢复回汉支队建制和

名称，并对干部作了调整，刘思孝任支队长，梁大均任政委，金三寿任副支队长。

"彭总赠枪"和新式整军运动

1947年6月，中国人民解放军西北野战军在陕北取得三大战役的胜利之后，挥师向陇东挺进。回汉支队经过吴旗整训，士气高涨，纷纷请战，要求收复失地。但是，枪弹缺乏仍是大问题，子弹袋里装的多半是高粱秆秆。回汉支队决定派金三寿和何广宽带4名战士，去环县找西北野战军请求支援武器。金三寿、何广宽等来到西北野战军前线指挥部，彭德怀司令员亲切接见了他们，得知他们是宁夏人民武装的代表后非常高兴，并给予鼓励，痛快地答应等打下环县后对他们进行大力支援。几天后，西北野战军攻克环县，将缴获的一部分武器分配给"宁夏人民解放军"。

金三寿、何广宽二人又先后从西北野战军二纵队和新四旅接受了几百条步枪，还有轻机枪、掷弹筒、子弹，使部队的武器得到充实，战斗力得到极大提升。6月23日，梁大均等带部队也赶到环县，每个战士都领到了枪，每个连都配备了机关枪、掷弹筒，战士们高兴得连蹦带跳，唱起了《换枪歌》："换枪换枪快换枪，快把老枪换新枪。美国枪，新又亮，上起刺刀明晃晃。人民战士拿在手，噢，天天打胜仗！"部队情绪活跃，士气高涨，回汉支队战士把这次到环县领枪叫作"彭总赠枪"。之后，还应西北野战军二纵队领导的要求，将杨吉德、马天忠等6名回族干部输送给了西北野战军。

回汉支队自"彭总赠枪"后，跟随西北野战军转战定边、盐池一带，在大部队浩荡声威的振奋下，部队受到极大的鼓舞，素质明显提高，战斗力空前增强，面貌大为改观。1948年8月，根据党中央的统一部署，回汉支队在吴旗开始进行新式整军运动。运动以诉苦和"三查"（查思想、查阶级、查斗志）为主要内容。

学习土改文件，进行阶级教育，以引苦、诉苦、挖苦根的方法，启发战士的阶级觉悟，然后转入查思想、查阶级、查斗志的"三查"阶段，联系实际，揭发和批评不良倾向，进行党的政策和纪律教育。

当时回汉支队在数量上发展较快，人数达到400人左右。部队成分也有了很大变化，有的连队中过来的马鸿逵部队士兵较多，人员来自不同地区、不同民族，思想状况和生活习惯各异，加上支队建军时间较短，又处在艰苦环境和频繁战斗之中，缺乏严格训练和系统的革命思想教育，因此，各种不良思想作风有所滋长。如在部分战士中出现"拜把子"、贪图安逸、怕苦怕累怕牺牲等不良现象。因此，运动中通过挖苦根找苦源，提高阶级觉悟。支队领导干部带头给战士讲自己参加革命所经历的曲折道路和革命前辈为解放事业而献身的英雄事迹，以提高战士的革命觉悟和斗争意志。通过诉苦和"三查"运动，指战员们进一步懂得了为谁当兵、为谁打仗的道理，阶级斗争觉悟普遍提高。大家一致认识到，只有团结一心，跟着共产党走，才能砸烂万恶的旧社会，穷人才能彻底翻身解放做新社会的主人，过上和平幸福的新生活。运动中，支队领导还根据部队成员来自不同地区、不同民族，宗教信仰、生活习惯不同等特点，进行针对性的思想教育，要求回、汉族指战员要互相尊重对方的生活习惯，互相关心，互相帮助，为消灭共同敌人而团结一致，并肩战斗。通过以上教育，回、汉族战士之间逐步建立起了深厚的阶级情谊，部队出现了空前的团结局面。此外，为了整顿部队纪律，三边军分区司令员郭秉坤还亲临回汉支队，组织干部战士学习《中国人民解放军宣言》和中国人民解放军总部的《关于重新颁布三大纪律八项注意的训令》，开展了批评与自我批评，改善了上下级关系，进一步加强了部队团结，各种不良现象明显减少。这次新式整军，民主气氛很浓，宣传教育形式多种多样，墙上有墙报，山崖上有标语，文化课不间断，文娱生活活跃，军事训练严格认真，呈现出一派新气象，整个部队发生了由量变到质变的根本性变化，政治素质和军事素质明显提高。

为解放宁夏英勇斗争

1948年春,全国解放战争转入反攻阶段,中共三边地委决定由中共宁绥工委率领回汉支队,乘势而起,迎难而上,全力开展宁夏工作,并积极主动地向宁夏辖区开展游击战争,打击和消灭团匪。4月2日,回汉支队离开吴旗,与三边军分区警备二、八团在定边会合,向西转入外线作战,首要目标是攻克盐池西部重镇惠安堡。

惠安堡地处盐池、同心、灵武、金积四县交界地带,是马鸿逵在陕甘宁边区西大门设置的重要据点。1936年,西征红军解放盐池县后,马鸿逵部队一直据守此地,是其重要军事据点之一,并将伪盐池县政府迁设于此。因此,攻打惠安堡可以扩大我军影响,扩大政治宣传作用,便于开展宁夏工作。三边军分区领导当即决定利用敌人撤防之机实行突袭。三边军分区主力警备二、八团在回汉支队和盐池县游击队的配合下,

"石榴籽"故事

冒雨连夜行军120里,将惠安堡包围。战斗打响后,回汉支队负责扫清外围,主攻部队逐渐缩小包围圈,将敌人逼进一座三丈多高的炮楼。我军虽然进行猛烈炮击,敌人仍负隅顽抗。三边军分区司令员郭秉坤得悉敌人有一个骑兵团在附近活动,决定尽快解决战斗,以防敌人援军到来,对我军不利,遂召集各部队领导商议对策。回汉支队副支队长金三寿考虑,守敌清乡团头目姓杜,是灵武杜家滩人,他认识此人,建议用他的名义写信劝其投降。郭秉坤司令员同意后,派人将信送去,然后金三寿只身到炮楼前劝降,保证杜的生命安全,发给士兵路费,放他们回家,最后敌人全部缴械投降。敌副县长兼警察局局长赵耀西及国民兵司令等数十人被俘,并缴获了一批武器弹药。战斗结束后,召开了群众大会,宣传了党的政策,对损坏群众的物品进行了赔偿,还当场释放了俘虏,给群众留下了很好的印象。然后部队主动撤离该地。

1948年4月15日,中共三边地委在盐池县马甘掌召开会议,决定中共宁绥工委与回汉支队组成以赵

忠国为总指挥、刘思孝负军事责任的西进指挥部，继续向盐（池）同（心）环（县）地区西进，消灭土匪，开辟游击区，建立巩固区。回汉支队奉命进驻甘肃环县，开始了艰苦的剿匪斗争。

盐同环交界一带，盘踞着大小股匪十余股，较大的有赵清彦、敬明君、李阳珍、刘世颜、李林武、施彦芳、赵怀章、张瑞兰等匪部，号称"八大山王"。这几股土匪出没无常，时分时合，攻击基层政府，杀害区乡干部，抢劫财物，残害群众，危害甚烈，是陕甘宁边区的心腹之患，也是解放宁夏前进道路上的绊脚石。其中，以马鸿逵委任的"盐环游击队大队长"赵清彦最为凶残，也是回汉支队首先要打击的对象。5月2日，回汉支队由环县太丰堡出发，急行军一夜，3日拂晓，袭击了甜水堡，将盘踞在那里的"盐环游击队大队长"赵清彦团匪击溃，并在李家口子活捉部分赵匪，收复了甜水堡区。然后，又连夜出击，在同心县下马关白家滩，活捉团匪刘世颜。5月10日至18日，回汉支队接连追击敬明君团匪，活捉敬匪分队长等人，并在环县李家湾子等地将李阳珍团匪击溃。6月，经中共中央西北局批准，成立了甜水堡中心区委及区人民政府。这个中心区从此成为中共宁绥工委和回汉支队向宁夏国统区开展工作的依托地区。8月，敬明君团匪趁回汉支队回唐平庄休息之际，偷袭甜水堡区政府，回汉支队会同盐池县保安大队在刘家口子痛击敬匪，于八里堡将团匪击散，敬匪狼狈逃窜，从此元气大伤，潜逃他方。至此，盘踞在盐同环一带的"八大山王"基本被消灭。这期间，回汉支队帮助恢复了盐池县里山堡区政权。回汉支队剿匪斗争取得一次又一次胜利，当时三边军分区办的《三边报》报道："听说回汉支队来了，土匪就吓跑了。"这正是回汉支队勇猛剿匪战斗生活的真实写照。

1949年9月，回汉支队随同中国人民解放军进军宁夏。回汉支队先抵吴忠杨马湖，补充了重武器，组成了骑兵队，遂开往同心县下马关一带剿匪。数月后，回汉支队又进驻永宁县塔桥一带。1950年1月，回汉支队进驻银川，与定边县游击队合编为宁夏独立团，

刘思孝任团长，王兴帮任团政委，许学道任副团长。中共宁夏省委书记潘自力亲自授予团旗。1950年1月12日，独立团驻防磴口县。6月，调永宁县塔桥整编。其中一个营调拨陕西省榆林县，其余编入各县保安大队，部分干部转业到地方工作。至此，回汉支队完成了"保卫边区、解放宁夏"的历史任务。

回汉支队在其成立的几年中，转战于宁夏的盐池、同心，陕北的定边、安边、靖边、吴旗，甘肃的环县及与陕甘宁边区接壤的内蒙古鄂托克旗等边沿地带。他们抵御马鸿逵部队的进犯，清剿土匪，英勇作战，屡建战功，为保卫边区、解放宁夏作出了重要贡献。回汉支队从诞生起，就在党的领导下投入解放战争，在异常艰苦的条件下，发扬勇往直前、不怕牺牲的革命精神，英勇对敌作战，打击骚扰、进攻边区的马鸿逵部队，保卫和巩固了后方政权。同时，他们在剿匪、瓦解敌军、开辟游击区和新区、恢复建立人民政权等方面做了许多艰苦的工作，发挥了既是战斗队，又是工作队、宣传队的作用。

回汉支队是一个大学校，培养了一批具有无产阶级觉悟、能全心全意为人民服务的战士。回汉支队的创建是回、汉人民在党的领导下寻求光明与争取解放的必然结果。回汉支队不仅为主力部队输送了一批优秀的回族干部，还为中共宁夏工委训练培养了一批党的干部。宁夏解放后，从回汉支队成长起来的县团级以上干部达数十人，其中省军级干部5人，地师级干部8人。转业到地方的干部积极参加宁夏的建设，在社会主义建设事业中发挥了积极作用。

把党的甘露
送到各族人民的心田

◎ 薛志达

党的使者送雨露　血脉相连映初心

在宁夏说起给水团，人们不会陌生。宁夏军区某给水团是西北战区唯一一支担负野战给水保障任务的部队，也是一支有着光荣传统的英雄部队，曾经参加过抗美援朝战争，后改编为原沈阳军区工程兵某团二营，赴越南、老挝担负过筑路任务。1974年，组建给水团，1983年1月，改编为原兰州军区某给水工程团，1992年10月转隶宁夏军区。

找水打井、服务军民，是党中央和中央军委赋予给水团的神圣使命。近半个世纪，给水团官兵自觉把践行我军根本宗旨与党的战略目标紧密结合起来，服从服务于经济社会建设大局，始终用"特殊使命""特定环境""特别荣誉"培育塑造当代革命军人核心价值观，不断强化官兵想人民爱人民为人民的政治责任，切实打牢官兵高举旗帜、听党指挥、履行使命的思想政治基础，有力促进了党心军心民心的高度聚合。

多年来，给水团官兵克服重重困难，征战四大沙漠，辗转西北大地，在民族地区广泛播撒党的恩情，不断强化先进性意识，既当战斗队，又当工作队、宣传队。每次打井，都首先表明是受党的指派，尽心尽力当好党的使者；每到一地，都主动宣讲党的民族政策和惠民举措，随时随地传播党的声音。官兵用实际行动为党旗添彩、为军旗增辉，不断增进各族人民对党的信赖和拥护，使各族群众深切感受到"共产党好、解放军亲"，使民族团结之花在甘甜雨露滋润下盛开。

1996年3月，给水团官兵奉命开赴宁夏南部山区，实施经他们提出并论证的"百井扶贫"工程。

郎家湾村位于固原一个偏僻的山村。全村人靠国家拨款和群众集资，先后在庄子周围打了4眼水井。然而，这4眼井不是干窟窿，就是水源不足。"打出的井水没有流下的汗水多"，郎家湾被认定是"无水区"。

怀着对党的忠诚之心、对贫困山区人民的赤诚之心，共产党员、工程师王学印和战友们跑遍了郎家湾的沟沟坎坎，看山的走向、洪水的流向，数九寒天，一个个跑得汗流浃背。终于，他们在被称为无水区的郎家湾打出了日涌水量达1030立方米的甜水井。老乡们打心底里佩服给水团的官兵，称他们为"水神"，称这口井为"救命井""连心井"。

中宁县喊叫水乡洪岗子村，回汉群众祖祖辈辈都在盼水、喊水、叫水中煎熬。为了解决当地群众的生活用水，2003年7月，给水团对洪岗子周围数十平方公里范围的水资源情况进行全面勘察、精心选位。在打井过程中，三连连长张永桥因长时间进行电焊作业，眼睛被灼伤，一名正在哺乳期的回族妇女听到后主动

"石榴籽"故事

提供奶水为张连长治眼伤,使他很快痊愈。最终该团打出了一眼深260米、日出水量720立方米的甜水井,这口井被群众称为"红军井"。70岁的回族老人洪卫中喝着从"红军井"里打出的甜水,笑得白花花的胡子直颤抖:"军民鱼水情谊深,感谢亲人解放军。"

2007年末至2010年,给水团官兵牢记党中央嘱托,大力实施"百井支农富民"工程,转战宁夏18个县区的117个自然村,为缺水群众打出159口井,送去了甘甜的清水。2010年3月,时任中共中央总书记胡锦涛视察宁夏时专程前往永宁县胜利乡园林村给水工程团打井施工点,看望慰问正在紧张施工的给水团官兵。部队负责人向总书记报告,正在施工的这口井已经打了4天,马上可以抽水。总书记走到井位旁,启动按钮开闸抽水。很快,白花花的清水从井管流了出来。总书记和现场群众一起,用手捧起水来尝。一些群众激动地对总书记说:"感谢党!感谢解放军!"总书记鼓励部队官兵:"你们要为宁夏缺水贫困地区多打井、打好井。"

人民至上立宗旨　民族团结树丰碑

爱民如天、为民服务，是给水团践行宗旨的生动写照。"看人民高于自己、为人民舍得自己、学人民改造自己"，这已经成为了给水团官兵长期以来养成的习惯。

西海固是宁夏南部山区的代称，既是革命老区、贫困山区，又是少数民族聚居区，是国家确定的14个集中连片特困地区之一，也是宁夏脱贫攻坚的主战场和核心区。

为了让这里的各族群众早日喝上甘甜水，1996年3月，给水团官兵们迎着凛冽刺骨的寒风，顶着零下三十多摄氏度的严寒在这里立塔开钻。由于与冰冷的泥浆和钻杆打交道，钻井分队官兵的棉衣被泥水浸湿后冻成了坚硬的冰铠甲，双手稍不注意就冻粘在冰冷的钻杆上。不少官兵的耳朵、四肢被冻伤，但仍然咬着牙坚持不下钻台，确保了钻机24小时连续运转。

"石榴籽"故事

进入7月，持续5年大旱之后的固原地区却出现了罕见的暴雨，造成山体滑坡，道路中断，给钻井施工带来了极大困难。官兵们没有被暴雨洪水的肆虐所吓倒，而是以大无畏的革命精神与洪水暴雨展开了顽强的搏斗。暴雨将通往井场的唯一通道冲开了深10米、宽16米的大豁口，道路中断，施工用料难以送达现场。等下去，不但会延误工程进度，前期的各项准备工作也会泡汤。怎么办？面对灾害，官兵们一声吼：上！硬是用竹筐、背篓肩扛人背，把16立方米砂石料抬到3公里外的井场。一根200多公斤重的井管，战士们牙一咬，几人抬一根，硬是把11根井管全部抬到了井场。

官兵不分白天黑夜地拼命干，共产党员、四连班长尹传峰一人带两个班，每天平均工作10个小时以上，全团100多名官兵带病坚持打井工作。共产党员、二营教导员高书敦患有严重的皮肤病，由于长期在野外打井，几个月洗不成澡，身上多处溃烂流脓，医生多次催促他住院治疗，但他说啥也不下井场坚持在第

一线。钻井三连在西吉县白崖乡余家套子打井时,由于天天吃苦咸水,全连17人拉肚子脱水发高烧,但三连的钻机仍24小时轰鸣不停。

钻井三连在西吉县白城乡甘沟口村打井时,由于地层复杂,工程难度大,打到150米时,电测井显示地下无水。乡领导和村民十分焦急。参谋长高恒海同工程技术人员一起分析地质资料,研讨技术难题,亲自操作关键工序,终于在黏土裂隙中找到了富水带,在这个被称为"无水区"的村庄,打出了昼夜涌水量达212立方米的优质井。在毛泽东主席长征途中曾住过的西吉县兴隆镇单家集清真寺,给水团打出了一口日涌水1296立方米的甜水井。正是这样凭着对党、对人民的无限忠诚和无私奉献、顽强拼搏的精神,给水团官兵依靠严谨求实的科学态度,克服了地质条件复杂、自然环境恶劣等重重困难,艰苦奋战10个月,转战宁夏南部地区97个缺水村,提前一年完成了"百井扶贫"工程任务,共成井100眼,日总出水量10.4万立方米,初步解决了20万人和200万头牲畜的饮

"石榴籽"故事

水问题,使农田灌溉面积一下猛增了3万多亩。

单家集88岁的回族老人单人孝说,给水团为我们打的是"救命井""连心井"。他们把俺们与党中央和人民政府的心拉得更近了!给水团为我们送来的是"幸福水",使我们越来越感受到社会主义民族大家庭的温暖。

为了感激党和人民军队,固原人民树起了一座镌刻着"六盘山高,不如党的恩情高;黄河水长,不如军民情谊长"的丰碑。给水团也被群众称为"严守纪律的铁军""西北水神"。

支农富民甘奉献　军民鱼水情更浓

自20世纪90年代起,给水团主动请缨,先后实施了"百井扶贫""百井支农富民""百井抗旱"等闻名全国的民生工程,开掘成井1800余眼,被老百

姓誉为"大漠水神""给水劲旅"。给水团先后有8名官兵在找水打井的特殊战场上献出了宝贵生命，19人伤残。在支援西部大开发、助力脱贫奔小康、参加新农村建设、保护生态环境、构建和谐社会中干到实处、走在前列，用青春热血诠释了牺牲奉献的革命精神，得到了广大人民群众的爱戴和拥护。

彭阳县白阳镇陡坡村，是一个坡连坡、沟连沟的小山村。陡坡村小学有200多名学生、9名教师，院内一个残破的水窖和一眼露了底的土井，是师生们吃用的全部水源。大旱时，窖水枯竭，一个昼夜最多能打上来小半桶水，住校的教师做饭用都很紧张，学生们只能从家里带水喝。

2007年，给水团官兵开赴陡坡村看到这种情景时，心情非常沉重，下定决心，一定要为陡坡村打出甜水井，造福村民。

在为该村打井的前前后后，发生了许多感人的故事。士官尹兵华已服役满8年，当时正在休婚假，得知连队要在陡坡村为群众打井，便打电话主动要求终止假期，前往一线。连长、指导员商议后决定还是让他把假休完，可尹兵华说："我快要复员了，为群众打井的机会不多了，还是让我多干一些吧。"他毅然告别新婚妻子，直接赶到陡坡村上了钻台。凌晨3点，3号井进入下管施工的关键阶段，险情也接连出现。井管下到136米时被卡住了，正在交接班的三班、四班，合力干了两个半小时，才将井管松动下移，没想到卷扬机刹车失灵，井管突然下滑，跌入井口60厘米。由于井口狭窄，井管难以焊接，若再扩挖井口，将影响整个井管稳固，唯一的办法是采用地表下紧急焊接。为了够着焊接点，焊工王志良、卢大鹏脱掉大衣，趴在冰冷的地上，在井口小、焊帽伸不进去的情况下，他们直接用眼睛观察焊接点。为了使上面400公斤的井管稳固，其他同志半个多小时保持一种牵扶姿势不变，手脚冻得失去了知觉。完成焊接后，小王和小卢更是站立不起来，眼睛两周后才消了红肿。10月的山区气候多变，雨雪交加，一下就是半个多月，官兵食宿的帐篷又冷又潮。村民张耀儒老人看在眼里，

疼在心上，将自家和两个儿子家的3个火炉搬到帐篷里让战士取暖，还把战士潮湿的衣服拿回家里在热炕上烘干。成井那天，张老汉全家为连队赠送了一面"情系百姓、造福一方"的锦旗。

钻井三连就是这样克服重重困难，历时52天，为陡坡村打了3眼甜水井，一举解决了村民多年的饮水难题，并为陡坡村小学捐赠了7台太阳能热水器和多个水壶。

"谢谢解放军叔叔。"这是孩子们发自内心的声音，陡坡村和给水团官兵结下了割舍不断的情谊。

在此后的日子里，陡坡村成为给水团的牵挂。

为了使村里的孩子们能够有一个良好的学习环境，给水团官兵将学校北侧的山体护坡砌护成砖墙，操场修成了水泥地面。宁夏军区从紧张的办公经费中挤出资金，先后为学校加盖教师办公室6间、网络教室1间，捐赠电脑31台、投影仪1部、DVD影碟机1台、功放机1台、音箱1对、电脑桌椅31套以及部分教学器材，将陡坡村小学援建成了白阳镇一流的小学。

为了使乡亲们尽快走上致富路，2008年3月，宁夏军区在陡坡村扶持9户民兵开展肉牛养殖，1户民兵养兔。10户民兵养殖示范户，从窑洞养殖、圈舍养殖，发展成为温棚养殖。村支书徐文魁乐得合不拢嘴，"村里的变化，离不开宁夏军区领导和官兵的关心与帮助"。

现在陡坡村群众早已摘掉了贫穷的帽子，温棚养殖已具规模，成为群众致富奔小康的新产业。

其实，为陡坡村打井、帮学校建房、助村民致富，仅仅是给水团30多年来服务人民的一个缩影。

银北地区220多万亩中低产田改造、灵武狼皮子梁生态移民新区等许多地方都留下了给水团官兵英勇奋战的身影。

月牙湖的名字很美，然而这里却是一个非常缺水的地方。没有水，群众就待不下去。面对群众疾苦，给水团以科研促施工，打破常规成井3眼，满足了吊庄移民人畜饮用水需求。为了解决二级扬水，团里与

地方政府合作，土法施工建渡槽300米（每节长10米，重10吨，超吊高度15米）。随着"扬水浇灌"工程的实施，沙漠中有了绿洲，一个个自然村才逐步建成，移民群众昔日的梦想变为现实。

2016年7月，红寺堡区甘泉村等地旱情严重，给水团紧急驰援。战士们一到井场就立即施工，饿了吃在井旁，累了睡在工房，三班四倒，昼夜不停，用最短的时间，打出甜水井。

走进闻名全国的闽宁镇，村民们早已吃上了自来水，尽管给水团当年打的深井已成为"古董"闲置，但在昔日干沙滩变成如今"金沙滩"的历史演进中，给水团的感人故事和闲置的深井仍被人们所传颂。

随着宁夏经济社会的发展进步，水资源保护管理水平不断提高，如今城乡打井需求大幅减少，但给水团发挥人才和装备优势，为民服务的行动从未终止，在基础设施重点工程建设中，仍会常常看到他们无私奉献的身影、浓墨重彩的杰作。精心勘查银川河东机场、银西万亩荒地开垦等重点项目的水文地质，积极参加贺兰山东麓、银川滨河新区等多项生态治理工程，在荒漠变绿洲、腐朽化神奇的生态文明建设中，给水团仍是"生态卫士""绿化前锋"。

将军百战披金甲，英雄沥胆留青史。给水团听党指挥、无私奉献为各族群众找水打"红井"的先进事迹，是我们党的初心和使命的真实写照，是人民子弟兵服务人民、践行宗旨的生动体现，得到了党和国家及社会各界的赞誉。给水团先后荣立集体一等功一次、二等功两次、三等功一次，受到国务院、中央军委、解放军总部及兰州军区、宁夏军区和宁夏回族自治区的表彰奖励一百余次，先后涌现出了献身井台的英烈魏小龙、"宁夏民族团结十大模范人物"路宝玉、全国"向上向善好青年"韩卫东等先进典型。给水团钻井三连获得"感动宁夏2012年度集体"荣誉。给水团这面军民共建、民族团结的旗帜将永载史册。

宁夏的"民族团结月"

◎ 刘 志

民族工作重回正轨

1978年党的十一届三中全会以来,宁夏各族人民在党的领导下共同开拓前进,迈向了民族团结进步的新阶段。党的十二大之后,为了进一步贯彻落实十一届三中全会以来党的民族政策,巩固和发展各民族群众平等、团结、互助、和谐的新型民族关系,自治区党委和政府根据中央精神,相继召开了全区民族工作会议、全区边防统战工作会议、全区统战工作会议、从指导思想上拨乱反正，纠正"文化大革命"期间在民族问题上"左"的错误，民族工作重回正轨。

1983年，自治区第五届人民代表大会召开，自治区党委第一书记李学智在会上讲话，他指出，要按照党的十二大精神要求，继续进行党的民族政策和新时期民族工作的宣传教育，发展社会主义民族关系，增强民族团结。各民族要互相信任、互相尊重、互相支持，紧密团结，坚决反对一切影响民族团结的言行。会议提出，要尊重少数民族的风俗习惯，在全区范围内开展一次"民族团结月"活动，大力表彰民族团结的先进单位和好人好事，进一步巩固和发展民族平等、团结、互助关系。大会确定此后将每年的9月确定为"民族团结月"，形成民族团结进步表彰活动机制，广泛开展民族团结进步活动。

1983年5月，自治区政府主席黑伯理，自治区党委副书记申效曾等同志召集自治区党委办公厅、政府办公厅、统战部、宣传部、民委、文化厅、财政厅和银川市负责同志座谈了"民族团结月"活动的安排意

见，大家畅所欲言，讨论了宁夏第一个"民族团结月"的活动安排。自治区党委下发了《关于批转安排"民族团结月"活动座谈会纪要的通知》（以下简称《通知》），宣布9月为宁夏"民族团结月"，成立了以自治区政府主席黑伯理为组长的"民族团结月"活动领导小组。领导小组下设办公室，具体部署和指导各地区各部门进行"民族团结月"准备活动。各行署、市、县按照《通知》要求，成立了相应机构。9月下旬，各市、县先后在基层进行民族团结教育和民族政策执行情况检查，"民族团结月"活动拉开帷幕。

这次"民族团结月"的主题是：广泛开展以"两个离不开"为中心内容的民族政策和民族团结宣传教育活动，检查民族政策执行情况，进行山川互访，举办民族团结表彰大会。活动的具体内容有四个方面。第一，深入开展民族政策再教育。结合学习，广泛宣传自治区成立以来特别是党的十一届三中全会以来全区各条战线的变化和取得的成就，用生动的具体事实，深入进行爱国主义、社会主义、共产主义远大理想和民族政策教育。第二，全区各地区、各部门、各单位认真检查民族政策的执行情况，切实解决一些实际问题，消除一些不利于民族团结的因素。第三，组织川区和山区互访参观团，增进川区和山区人民的相互了解，以求山川共济、共同发展。第四，以开展"民族团结月"活动来庆祝自治区成立 25 周年。

宁夏第一个"民族团结月"活动的高潮

1983 年 10 月 23 日，自治区民族团结先进集体和先进个人表彰大会在银川隆重开幕，掀起了第一个"民族团结月"活动的高潮。出席表彰大会的有：民族团结先进集体和先进个人代表，各市、县山川互访团同志,区直机关各部门和各市、县负责同志,各民主党派、各人民团体负责同志，各条战线的科技工作者代表。党中央、国务院委派中央书记处候补书记、中央办公

厅主任乔石为团长的中央代表团参加大会，还邀请了中央有关部门、兰州军区的领导和北京、天津、浙江、陕西、甘肃、新疆、内蒙古、青海等兄弟省、市、自治区的代表。自治区党委书记李学智致开幕词，中央代表团团长乔石作了《在党的十二大精神指引下建设团结、富裕、文明的新宁夏》的讲话，赞扬宁夏民族团结的优良传统和自治区成立以来，特别是党的十一届三中全会以来宁夏人民建设宁夏的光辉实践和取得的伟大成就。中共中央统战部副部长、全国人大民族委员会副主任李贵，兰州军区司令员郑维山也讲了话。

时任自治区政府主席黑伯理在大会上作了题为《进一步增强民族大团结，建设文明富强的新宁夏》的报告，阐述了自治区成立25年来的成就，着重肯定了在党的十一届三中全会精神的指引下，各级党组织和人民政府在广大干部和各族人民的支持下取得的成绩：一是拨乱反正，清理和纠正"左"的错误，认真落实了党的各项政策；二是从实际出发，实现了工作重点转移，促进了民族经济的迅速发展；三是进行社会主义精神文明建设，恢复和发展了教育科学文化事业；四是培养了一大批少数民族干部，在各项事业中发挥了重要作用。报告也对今后要做好的几项工作提出了明确要求：第一，要继续深入进行民族政策和民族团结教育，树立正确的民族观；第二，大力发展各项经济文化事业，促进各民族的共同繁荣；第三，要继续清除"左"的思想，防止"左"的倾向，全面正确贯彻党的民族政策和宗教政策；第四，不断巩固和发展各族人民的大团结,同心同德建设"四化"；第五，加强党的建设，充分发挥党的核心领导作用。

会上，中央代表团团长乔石和自治区领导给银川军分区、泾源县白面小学、石炭井矿务局卫东矿等5个民族团结先进集体和200名民族团结先进个人发了奖。这一时期，涌现出了许多民族团结先进集体和民族团结先进个人。20世纪80年代，宁夏民族团结进步增添了新内容，各族人民围绕经济建设这一中心，共同团结奋斗，谱写了民族团结进步新篇章。

开展各族人民"山川互访"活动

"民族团结月"活动的另一个重要内容是山川互访。这是自治区根据宁夏民族分布和经济文化发展情况提出的。通过互访,使山区的同志大开眼界,增加信心,使川区的同志看到山区的困难,增强帮助山区建设的责任感,动员各行业、各条战线从财力、物力方面帮助山区人民,改变落后面貌。进一步开展民族政策的再教育,增强各民族的平等、团结、互助、和谐关系,以达到比、学、赶、帮的好风气,实现山川共济,建设新宁夏。

互访团组织规模较大,分山、川两个访问团。山区访问团以固原行署专员张乃铮为总团长,下设固原地区4个分团和银南地区组织的同心、盐池2个分团共6个分团,每个分团35人,共210人;川区以自治区政府副主席马英亮为总团长,有区级机关、银川市、石嘴山市、银南地区(不包括盐池、同心县)4

个分团，每团35人，共140人。互访团成员以回族为主，基层干部、群众占70%以上，主要是社队骨干。山区到川区访问，重点是参观川区的重点工矿企业、农场、林场、农业科研单位和农村先进社队的专业户、重点户，为民族团结作出贡献的各条战线的先进模范代表，也有按各行业对口参观的。川区到山区访问主要是宣传中央领导同志关于大力开展种草植树的指示，听取各县的情况反映，发现、总结典型经验，参观访问两个文明建设中涌现出的为民族团结作出贡献的先进单位、模范人物，开展座谈讨论，还带去一定数量的草籽、树种送给山区，促进山区的种草种树工作。这两个互访团结束互访后，在银川集中学习了有关中央文件和民族政策，互相交换意见，提出建议。

互访活动中，还议定了川区对口支援山区的基本方案：银川市重点支援固原、海原、盐池3县，石嘴山市支援西吉、同心、彭阳3县，银南地区支援泾源、隆德2县。区直机关各部门主要组织协调各市、县的对口支援工作，帮助解决南部山区的交通、教育、生

产、生活等困难,互访活动有力地推动了山川共济、协作支援的新发展。根据自治区政府有关文件中提出的动员川区各行各业为山区人民"送温暖,办好事"的号召,川区许多干部、工人、农民、教师、学生、部队战士捐赠了各类物品,委托川区各分团送给山区人民。据统计,捐赠粮票16714斤,现金9万多元,树种草籽36800多斤,还有衣服、小麦良种、小农具、体育用品、书籍等。很多同志参观山区后,看到贫困户,心情极为沉重,他们表示:我们应加倍努力工作,为国家创造更多的财富,支援山区建设。

互访活动宣传了党的十一届三中全会以来的路线、方针、政策和大好形势,使大家看到了全区民族团结的安定局面,也看到了工农业各条战线欣欣向荣的繁荣景象,激发了全区各族人民爱祖国、爱家乡的情感。互访活动更是一次民族政策的再教育和民族政策执行情况的大检查,促进了山川、城乡、工农、民族之间的了解和友谊。互访团所到之处,受到当地各族人民的热烈欢迎,他们耳闻目睹了党的十一届三中全会后宁夏在平反冤假错案，尊重少数民族风俗习惯，供应少数民族特需商品，发展少数民族地区经济、文化、教育、卫生，培养少数民族干部，落实党的宗教政策等方面做了大量的工作。

为搞好民族政策和民族团结宣传教育，自治区党委统战部和自治区民委编印了《三中全会以来民族理论和民族政策文件选编》，自治区党委宣传部编写了《民族团结月宣传提纲》。宁夏日报、宁夏广播电台、宁夏电视台分别开辟了《民族团结》专栏和专题节目，报道自治区成立20多年来民族工作的成就和民族团结先进事迹。自治区"民族团结月"活动领导小组办公室与自治区民委、文化厅、宁夏日报联合举办了"民族团结，建设宁夏"百题竞赛等活动。竞赛共收到答卷2000多份，答卷者年龄最大的72岁，最小的10岁。

宁夏第一个"民族团结月"活动是宁夏民族团结进步的新起点，活动的规模是空前的。活动使各族干部群众受到了生动、深刻的民族政策和民族团结教育，进一步增强了各民族之间的了解和理解，促成了各民

族之间互相尊重、互相帮助、互相支持、互相学习的新风气。使党的民族政策深入人心，进一步巩固和发展了民族平等、团结、互助关系，为开创自治区各项工作的新局面创造了条件，对此后宁夏的民族工作和民族团结进步产生了深远影响。

从1983年开始，自治区党委和政府决定，9月为全区"民族团结月"，每年确定一个主题，开展有利于加强民族团结进步的各类活动，每5年进行一次民族团结进步表彰活动，表彰为民族团结进步事业作出突出贡献的先进集体和先进个人。之后，群众性民族团结进步创建活动在全区广泛开展起来，营造了各民族团结和睦的良好氛围。截至2020年初，宁夏已连续举办了37个民族团结月活动，召开了8次民族团结进步表彰大会，各民族群众在宁夏这片土地上和睦相处、共同奋斗，开发了宁夏的大好河山，创造了令人敬佩的发展成就，丰富了民族团结的内涵。

守好民族团结生命线

30多年来,在党的民族政策指导下,自治区党委和政府坚持走中国特色解决民族问题的正确道路,坚定不移坚持和完善民族区域自治制度,牢牢把握"两个共同"主题,以铸牢中华民族共同体意识为主线,坚决守好促进民族团结生命线,进一步巩固和发展了民族团结的大好局面。宁夏各族干部群众团结一心、艰苦奋斗,解决了许多长期想解决而没有解决的难题,办成了许多过去想办而没有办成的大事,各项事业蒸蒸日上、全面进步、蓬勃发展。

党的十八大以来,在以习近平同志为核心的党中央坚强领导下,宁夏各族人民大力弘扬民族团结的优良传统,手足相亲、守望相助,留下了一个个民族团结的感人故事,书写了一篇篇民族团结的动人乐章,奏响了一曲曲民族团结的伟大赞歌。宁夏民族团结的光辉历程、大好局面,成为我国民族团结进步事业的

生动缩影和实践典范。近年来，宁夏围绕深入学习贯彻党的民族政策，特别是习近平总书记关于民族工作的重要论述，有针对性地开展民族法治、民族认知、民族平等、民族互信、民族互助"五项特色教育"，扎实开展马克思主义祖国观、民族观、文化观、历史观、宗教观"百场万人"大宣讲，持续推进习近平新时代中国特色社会主义思想、国旗、宪法和法律法规、社会主义核心价值观、中华优秀传统文化"五进"宗教场所，及时把习近平总书记重要论述和党中央精神传播给宗教人士、传递到千家万户，使"三个离不开""五个认同"深深扎根各族干部、群众心中。

自治区党委十二届八次全会提出"守好三条生命线，走出一条高质量发展新路子"的战略任务，将促进民族团结作为"三条生命线"的首要任务，精准抓住做好新时代民族地区各项工作的关键和重点。建设美丽新宁夏，一定离不开民族团结的有力支撑。守好促进民族团结生命线，就是要始终高举民族大团结旗帜，铸牢中华民族共同体意识，坚持走中国特色解决民族问题的正确道路，坚持民族区域自治制度，以党和国家事业为重，以造福各族群众为念，激发全区各族人民团结奋斗的磅礴伟力，坚决维护团结，全力促进团结，让民族团结之花常开长盛。

后　记

中华民族共同体意识是国家认同、民族交融的情感纽带，是祖国统一、民族团结的思想基石，是中华民族延绵不绝、永续发展的力量源泉。

开展常态化民族团结进步教育，是铸牢中华民族共同体意识的重要途径。为推动民族团结进步教育融入日常、抓在经常，自治区政协建议编创《"石榴籽"故事》丛书（以下简称《丛书》）。自治区党委高度重视，成立了以自治区党委统战部、宣传部、党史研究室，自治区民委、文联，自治区政协民宗委等有关部门（单位）负责同志为成员的《丛书》编写工作领导小组（编委会）。自2020年6月开始，《丛书》编写分素材征集、创作编辑、出版发行、成果转化四个阶段,经多方协作配合、各界鼎力相助,终于付梓。

翻开散发着淡淡墨香的《丛书》,我们在感慨之余,也衷心地向故事线索的提供者和参与编创工作的单位及个人表示感谢!

由于编者水平有限,遗珠之憾在所难免,敬请各界人士及广大读者指正并提出宝贵意见。

编 者

2021 年 4 月

我们要全面贯彻党的民族理论和民族政策，坚持共同团结奋斗、共同繁荣发展，促进各民族像石榴籽一样紧紧拥抱在一起，推动中华民族走向包容性更强、凝聚力更大的命运共同体。

——习近平

"石榴籽"故事

守护团结

《"石榴籽"故事》编委会 编

黄河出版传媒集团
阳光出版社

图书在版编目（CIP）数据

"石榴籽"故事. 守护团结 /《"石榴籽"故事》编委会编. -- 银川：阳光出版社，2021.6
 ISBN 978-7-5525-6014-5

Ⅰ. ①石… Ⅱ. ①石… Ⅲ. ①故事－作品集－中国－当代 Ⅳ. ①I247.81

中国版本图书馆CIP数据核字(2021)第135485号

"石榴籽"故事　守护团结　　　　《"石榴籽"故事》编委会　编

责任编辑　陈建琼　林　薇
封面设计　赵　倩
责任印制　岳建宁

黄河出版传媒集团　阳光出版社　出版发行

出 版 人	薛文斌
地　　址	宁夏银川市北京东路139号出版大厦（750001）
网　　址	http://www.ygchbs.com
网上书店	http://shop129132959.taobao.com
电子信箱	yangguangchubanshe@163.com
邮购电话	0951-5014139
经　　销	全国新华书店
印刷装订	宁夏凤鸣彩印广告有限公司
印刷委托书号	（宁）0021307

开　　本	787 mm×1092 mm　1/16
印　　张	7.25
字　　数	58千字
版　　次	2021年7月第1版
印　　次	2021年7月第1次印刷
书　　号	ISBN 978-7-5525-6014-5
定　　价	50.00元（全5册）

版权所有　翻印必究

序 言

我国是统一的多民族国家，中华民族多元一体是先人留给我们的丰厚遗产，也是我国发展的巨大优势。我们辽阔的疆域是各民族共同开拓的，我们悠久的历史是各民族共同书写的，我们灿烂的文化是各民族共同创造的，我们伟大的精神也是各民族共同培育的。中国共产党历来高度重视民族工作，创造性地把马克思主义民族理论同中国民族问题具体实际相结合，走出了一条中国特色解决民族问题的正确道路。把民族平等作为立国的根本原则之一，确立了民族区域自治制度，各族人民在历史上第一次真正获得了平等的政治权利，共同当家做主，终结了旧中国民族压迫、纷争的痛苦历史，开辟了发展各民族平等团结互助和谐

关系的新纪元。党的十八大以来，以习近平同志为核心的党中央就事关民族工作、民族团结等重大问题，提出了一系列新思想新论断，作出了一系列新部署新要求，推动我国民族团结进步事业进入新时代，各族人民的获得感幸福感显著提高，更加坚定了对伟大祖国的认同，对中华民族的认同，对中华文化的认同，对中国共产党的认同，对中国特色社会主义的认同。

宁夏是民族地区，历来有着民族团结的优良传统。1935年8月，红二十五军进入宁夏西吉县，就制定了"三大禁条、四大注意"；1935年10月，毛泽东率领中央红军主力来到西吉县单家集，在"陕义堂"清真寺与马德海促膝长谈，留下了红军和回族群众友好相处的佳话，是我们党在革命战争年代重视民族团结的生动写照；1936年10月，西征红军在宁夏同心县和海原县东部建立了我党历史上第一个回族自治政权——豫海县回民自治政府，这是我们党民族自治政策的最初实践，为宁夏这片土地播下了民族团结的"金种子"。宁夏回族自治区成立以来，各族儿女在宁夏

这片土地上和睦相处、共同奋斗，开发了我们宁夏的大好河山，创造了巨大的发展成就，丰富了民族团结的深刻内涵。特别是党的十八大以来，在以习近平同志为核心的党中央坚强领导下，宁夏各族人民大力弘扬民族团结的优良传统，手足相亲、守望相助，留下了一个个民族团结的感人故事，书写了一篇篇民族团结的动人乐章，奏响了一曲曲民族团结的伟大赞歌。宁夏民族团结的光辉历程、大好局面，成为我国民族团结进步事业的生动缩影和实践典范。

知古鉴今。为更好推动新时代民族团结进步事业，建设全国民族团结进步示范区，我们编写了《"石榴籽"故事》丛书。丛书分《血脉相连》《亲如一家》《同心共筑》《同舟共济》《守护团结》5册。《血脉相连》收集整理历史上，特别是革命战争年代宁夏各族人民以中华民族独立、解放、复兴为己任，团结一心、一致对外的红色历史，讲述一损俱损、一荣俱荣的同脉故事，深化全区各族人民对中华民族共同体意识的思想认识。《亲如一家》收集整理宁夏各族群众共居共

学共事共乐的生活点滴，特别是生态移民安置、农村少数民族人口融入城市过程中和乐而居的典型事例，讲述平时相互关心、有事相互关照的守望故事，引导各族群众充分认清中华民族和各民族是一个大家庭和家庭成员的关系，推动民族融合由空间嵌入向情感和心理融合深化。《同心共筑》收集整理宁夏各个历史时期特别是进入新时代，各族群众"结对子""手拉手""心连心"，共同实现脱贫梦、小康梦、中国梦的奋斗实践，讲述"共同团结奋斗，共同繁荣发展"的同心故事，树立国家好个人才会好、中华民族好各民族才更好的鲜明导向。《同舟共济》收集整理宁夏各族群众面对重大自然灾害、重大突发事件时相互帮助、一起走过的感人事迹，讲述共迎风雨、共克时艰的团结故事，激励各族群众心往一处想、劲往一处使，共同面对前所未有的复杂形势，齐心协力守好"三条生命线"，走出一条高质量发展的新路子。《守护团结》收集整理各行业各系统各领域普通劳动者立足本职工作岗位，发挥助力器作用，为维护和促进民族团

结积极作贡献的典型事迹，讲述民族团结进步创建人人有责的担当故事，凝聚起共同做民族团结进步工作、共同维护民族团结大好局面的磅礴力量。

丛书旨在生动展示自治区60多年来各民族团结奋斗、守望相助等"一起走过"的实践经验，全面呈现各民族交往交流交融、共生共乐共享等"一起生活"的现实经历，广泛宣传各民族共同繁荣发展，"一起实现"中华民族伟大复兴中国梦的美好愿景，让各族群众从中切身感受水乳交融、唇齿相依、休戚相关、荣辱与共的强大凝聚力，牢固树立"三个离不开"思想，不断增强"五个认同"，把维护民族团结作为自觉价值追求，汇聚起建设美丽新宁夏的磅礴力量。

《"石榴籽"故事》编委会

2021年3月

目录
CONTENTS

◎ **老百姓最亲近的人** / 王琪川

　　创新留守儿童"帮扶帮教"的治理方式 / 001

　　急群众之所急，解群众之所难 / 005

　　心系居民生命安全，争当抗洪抢险先锋 / 009

◎ **让爱成为校园里一道亮丽的风景线** / 邓　蕾　张红霞

　　一封家书里的爱国情怀和初心使命 / 015

　　让孩子收获爱的礼物 / 019

　　把爱传递给身边每个人 / 022

◎ **"一家亲"的二三事** / 马　越

　　创立"结亲互助"机制，夯实民族团结基础 / 027

　　以真心换真情，做好社区工作 / 033

　　各族群众团结互助，社区变身温暖大家庭 / 035

◎ 忙 人 / 范晓儒　王琪川

　　社区治理无小事 / 039
　　困难群众记心上 / 042
　　帮扶群众有办法 / 044
　　民族团结一家亲 / 046

◎ 春风化雨 / 王淑萍

　　春风化雨般为社区居民排忧解难 / 051
　　让"两癌"救助真正惠及百姓 / 055
　　民族团结之花在九〇五社区盛开 / 057

◎ 凡人善举 / 王琪川

　　"献血雷锋"：以我热血，挽救他人生命 / 061
　　播撒爱心，守护民族团结 / 065
　　任劳任怨，助力疫情防控 / 068

◎ **王红霞**／杨晓燕

　　会讲故事的村妇联主任　/ 071

　　为村里孩子上学绞尽脑汁　/ 073

　　服务群众不落一人　/ 077

　　守护民族团结走心用情　/ 084

◎ **回族妈妈**／魏亚丽

　　复课第一天，爱心献给留守儿童　/ 089

　　走出自强之路，不忘帮助他人　/ 091

　　慈善之路越走越远　/ 095

◎ **特殊的孙女**／计 虹 / 098

◎ **后记** / 103

老百姓最亲近的人

◎ 王琪川

创新留守儿童"帮扶帮教"的治理方式

恪尽职守是一种责任，是一把尺子。执政者理应恪尽职守、公正严明、以身作则、尽职尽责，不忘初心，赢得民心。

镇北堡镇常住人口虽然只有5万余人，但由于大部分人文化水平偏低、法治意识淡薄，土地纠纷、邻里纠纷，甚至打架斗殴等案件仍时有发生。

2016年9月，郑建卫到镇北堡镇派出所担任教导员，当时所里只有所长1名、教导员1名、治安民警2名、治安辅警4名。镇北堡镇的治安状况令人忧心，这里的工作任务与城区的相比会繁重很多。在城区3小时就能处理完的治安案件，在这里得花费3天或者更长时间。为了辖区的长治久安，在郑建卫的倡议下，镇北堡镇派出所加大了对各类违法犯罪行为的打击力度，以维护治安形势的稳定。

为了将社会治安与民族团结有机结合，郑建卫创新了留守儿童"帮扶帮教"的治理方式。每个警员帮扶两户贫困村民，结合精准扶贫工作，找准一个致富项目，或帮助扶贫对象找到适合自己的务工工种。镇北堡镇留守儿童比较多，父母常年外出打工，孩子没人管，少年儿童失足案件经常发生，为社会带来了严重的安全隐患。郑建卫以身作则，对涉及青少年、未成年人犯罪的治安案件，他总是耐心了解事情产生的根源，把这些失足的孩子一一列入帮教范围，光他的帮教对象就有六七个。

有一次他正在办案，学校老师打来电话，让他去学校了解一位帮教对象的近期表现。这位少年才11岁，父母都在外打工，家里只有一位身体残疾的爷爷。孩子读四年级，以前跟随不三不四的孩子学坏了，总干些偷鸡摸狗的事情，学习不上进，三天打鱼，两天晒网，爷爷管不住，老师更头疼。郑建卫了解情况后主动将孩子纳入自己的帮教对象，掏钱给孩子买了学习用具，连续一个星期亲自送孩子到学校才放心，老师也满意地说这孩子收心了，学习也用心了。可过了没几天，孩子又恢复原样了。想到这里，他很着急，将手头的工作交代了一下，马上赶去学校听取老师反映的情况，并将孩子叫出来耐心细致地开导。最后孩子说了实话，原来是爷爷生病了，他在学校不放心，这才造成老师的误解。了解情况后，他又将孩子的爷爷送到医院治疗。

不少帮教孩子的家长动情地说："郑警官既是老百姓平安的守护人，更是孩子成长的守护人。"

一位回族老奶奶讲了这样一个故事。她的孙子小时候父母离异，母亲改嫁他乡，父亲游手好闲、不务正业。孙子上学没人管束,学习不上心,甚至还去偷人家的手机卖钱打游戏,结果没过几天,就被派出所的民警查到了。负责办案的郑建卫了解到孩子的不幸遭遇,心情十分复杂。郑建卫想了很多,人之初,性本善。他本是一位心地善良的孩子,为啥误入歧途了呢?一定是家庭的变故让孩子沾染上了恶习。虽然错事是孩子干的,但责任在父母。奶奶只能照顾他的吃饭、睡觉、穿衣,至于上学的事,70多岁的老人就显得心有余而力不足了。想到这里,郑建卫先安慰回族老奶奶说:"孩子还小不懂事,辨别能力差,容易受人教唆。对这样的孩子,还是以教育为主。"听了郑建卫的话,老奶奶放心地点了点头,说:"我怕把娃娃害了,还请民警同志好好劝说,别把娃娃吓着。"郑建卫转身摸了摸孩子的脑袋,然后语重心长地问:"你知道错了吗?"孩子战战兢兢地回答:"叔叔,我错了,今后再也不敢了。我要听奶奶和老师的话,好好学习。"孩子能勇敢地承认错误,又有改错的决心,郑建卫看着眼前天真烂漫的孩子,心中产生一股怜悯之情。第二天,他把孩子送到学校,叮嘱老师多关注孩子的学习,时刻注意孩子的动向,有事就给他打电话。临走时,孩子的班主任问了郑建卫一句:"警官同志,您是孩子的什么人?"郑建卫随即回答:"孩子的叔叔。"班主任说:"这样的好人不多,难得啊!"

急群众之所急,解群众之所难

保一方百姓的平安,是人民警察的光荣使命。这句话郑建卫不仅时常挂在嘴边,而且时刻牢记心中,毫不犹豫地践行。2016年11月10日,辖区10余辆车的玻璃被砸碎,受损车主情绪非常激动,案件也引发社会各界高度关注。所里立即成立由教导员郑建卫、副所长于磊、民警蔡庆生组成的精干警力,启动案件侦查。因陆续接到的报警电话都是在早上,并且受害人大多是前一天将车停在路边或者店面门口后被砸,郑建卫将嫌疑人的作案时间锁定在了11月9日晚上8时到次日凌晨5时之间。通过大量走访调查，郑建卫最终确定了嫌疑车辆——一辆陕A牌照白色轿车在11月9日晚上11时37分到11月10日0时03分有作案轨迹。获取嫌疑车辆信息后，郑建卫先后与西夏区交警二大队、银川市交警支队联系，调取案发现场、进出沿山公路各个卡口监控视频，发现该嫌疑车辆多次在丽子园北街附近出没。经过郑建卫分析研究，基本锁定犯罪嫌疑人大致藏匿方向后，侦破小组开始在嫌疑人必经路段蹲守。经过一周的耐心守候，侦破小组在11月23日下午3时许，在丽子园北街一家修理铺内将犯罪嫌疑人李某、袁某当场抓获，并查获作案工具。当日下午5时，在西夏区一家医院附近，侦破小组将另一名犯罪嫌疑人腊某抓获。至此，故意损毁10余辆车玻璃的案件成功告破，为辖区消除了安全隐患，给辖区居民筑牢了一道安全防护网。这次案件侦破后，郑建卫带领民警在易发生安全隐患的地点，除了提醒居民增加安全防范意识外，在硬件设备上也予以加强，增设了几处安全监控摄像头，征召了几位治安志愿者，从细微之处加固治安防范安全网。

群众的事情再小，郑建卫总当作大事；自己的事情再大，郑建卫也只当作小事。作为镇北堡镇派出所的教导员，郑建卫经常说："打击犯罪，匡扶正义，是我们人民警察义不容辞的责任；急群众之所急，解群众之所难，也是我们人民警察应尽的义务。"

2017年11月18日下午，一位罗姓外地商人急匆匆地跑到镇北堡镇派出所报警求助："警察同志，我的背包落在一辆私家车上了，包里有4000元钱和我所有的证件。"看着气喘吁吁又着急万分的罗某，郑建卫让他先坐下平复情绪，并热情地给他倒了一杯水，然后详细询问了事情经过。罗姓商人像竹筒倒豆子一般讲述了事情的原委：他早上急匆匆出门，乘坐一辆私家车赶往贺兰县金山乡谈生意。在途中，生意伙伴不停地打电话催促，加上他又急于做成这桩生意，一着急只顾赶路，把身上带的东西忘在了脑后。在下车的时候，他将背包落在了车上。听完罗姓商人的背包丢失经过后，郑建卫立即带领2名辅警，赶往罗某乘坐私家车经过的镇北堡华西村十字路口。由于上午正是车辆经过该路段的高峰时段，因此一时无法获取有价值的线索。郑建卫又立即赶往西夏区交警二大队，调取了华西村十字路口及街面监控，经过再三确认，锁定了一辆车的车牌号，并立刻与司机取得了联系。随后，车主把落在车上的背包原封不动地送到罗某手中。证件和现金失而复得，罗某激动得不知说啥好，紧紧握着郑建卫的手，连声说"谢谢"。

由于郑建卫他们倡导了"防范在前"的治安新理念，镇北堡辖区的治安状况明显好转，偷鸡摸狗的少了，打架斗殴的也少了。邻里间产生纠纷，都能私下和和气气地化解。辖区居民提起现在的治安，总是对郑建卫赞不绝口，说郑建卫是人民群众的平安卫士。

心系居民生命安全,争当抗洪抢险先锋

2018年7月22日晚,银川市突降罕见的特大暴雨,镇北堡辖区镇苏路、滚苏路、振兴路两侧及贺兰山东麓沿山一带灾情十分严重。这场洪水威胁着居住在这里近3000回汉居民的生命安全和财产安全。危急关头,镇北堡镇派出所教导员郑建卫带领辅警王永良充当救援先锋。当他们驾驶的车辆行驶至距离滚苏路和镇苏路交叉路口不到一公里时,由于地势低洼,洪水猛增,从山上奔涌下来的洪水已有两米多深,水流速度胜似飞箭,警车已经无法通过。郑建卫将警车停在路边制高点,在洪水几乎涌上路基的危险时刻,他不顾个人安危,准备步行前往救援,但此时洪水流速加快,且夹杂大量泥沙,还有硕大的石块,稍有不慎便会被卷入洪流,车内携带的救援设备又有限,怎么办?郑建卫连续几次下水都没有成功,无奈之下,只好将危急情况上报分局指挥中心,同时上报镇政府,并与

等待救援的大型挖掘机和救援部队会合。瓢泼大雨又一次倾泻下来，洪水更是肆意泛滥，求助信息一条接着一条发来……大约有6辆车、20多名受困群众等待救援，情况万分危急。按照分局领导指示，郑建卫和王永良随即赶赴重灾区。20时49分，在向东行驶4公里左右时，暴雨夹杂着直径大约两厘米的冰雹从天而降，砸在车顶上、挡风玻璃上，整个路面瞬间被洪水淹没，洪水夹杂大量泥沙、石块不断冲向警车，郑建卫将现场视频发送到分局工作群。看到视频后，主管副局长拨通郑建卫电话，关切地问道："情况怎么样？你们有没有危险？"电话另一边传来郑建卫断断续续的回复："王局，我们……暂时安全。"接完电话的郑建卫，通过远光灯注意到前方东侧四五十米处有一辆皮卡车灯亮着。此时此刻，山洪水位不断上升，洪峰水位已经到达车窗高度，皮卡车缓慢前移，而前方不远处就是山沟。危急关头，郑建卫和王永良迅速穿好救生衣逆流而上查探情况。但随着降水量的不断增多，裹着泥沙的山洪水位越来越高。在洪水中，

郑建卫和王永良想站稳脚跟都十分困难，身子东摇西晃，随时都有被洪水卷走的可能。在这生与死的危急关头，郑建卫经过几次努力，终于靠近皮卡车，他不顾危险，爬上车厢查看情况，王永良负责接应。"教导员，小心！洪水……来了……"王永良的话音没落，一股猛烈的山洪瞬间而至，郑建卫连同皮卡车被卷入山洪，被洪水卷袭漂流两个多小时、十余公里后，山洪逐渐平缓，精疲力尽的郑建卫才爬上不远处的山丘。3个小时后，郑建卫被消防官兵解救，送至自治区人民医院西夏区分院救治。经诊断，郑建卫多处软组织挫伤，膝盖积液，肌腱断裂，腰部受损。而他的好战友王永良却献出了自己宝贵的生命！

22日22时至23日1时许，镇北堡镇派出所全体民警配合分局巡防大队，从镇北堡镇德林村4组紧急疏散撤离群众近2500人。

获救的群众得知派出所的郑教导员身负重伤住院，甚至还有工作人员牺牲，为了表达感激之情，村民有的自己绣锦旗，有的拿出家里的土鸡蛋等营养品

"石榴籽"故事

到医院看望。众乡亲的情,众乡亲的意,让郑建卫备受感动。

2019年,郑建卫被国务院授予"全国民族团结进步模范个人"称号。

让爱成为校园里一道亮丽的风景线

◎ 邓　蕾　张红霞

被爱心呵护的孩子最幸福，用真挚的感情守护的民族团结最可贵。李萍是一位妈妈，也是一位小学校长，这位有着坚定理想信念的校长，26年来坚持做了教书育人这一件事，她不仅教育好了自己的孩子，也用爱心浇灌着她的学生们。她用爱心和智慧构建起了团结友爱、互帮互助、互学互促、互相关爱的和谐校园。

"这是我们新建的操场，今年我们学校的运动会就是在这里举办的。"

"这边的路灯刚装好不久，民族团结文化墙也是6月份画的，学生们都愿意来这里学习。"

"对于学校里一些建档立卡学生，我们拿出部分工作经费，买一些学习、生活用品，偷偷给学生家长送去，保护孩子们小小的自尊心。"

2020年12月1日，一大早，天很冷，但银川市兴庆区第五小学校园里处处充满温馨。下课铃声一响，各年级学生从教室鱼贯而出，涌向操场，孩子们组队踢足球、打排球、跳长绳、玩游戏……教学楼走廊里，该校党支部书记、校长李萍正兴奋地说着校园的变化："给孩子们创造一个充满爱的学习环境，是我们的本职工作，也是教学的关键。"

"像石榴籽一样紧紧抱在一起，这是宁夏人民各民族共居、共学、共事、共乐的生动写照，也寄托了各族人民密切交往、相互依存、休戚与共的良好愿望。"提及民族团结工作，李萍如数家珍。凭着对教育事业的热爱，李萍把自己的青春、理想和抱负全部倾注在她所热爱的教学工作中。

一封家书里的爱国情怀和初心使命

"朵朵，一场疫情让更多的人把目光聚焦在青年一代身上。经此疫情，你能快速成长，更能让你坚定要做独立思考、有使命担当的新青年的信心……"

2020年7月，李萍组织学校党支部开展"传诵红色家书"主题党日活动，她诵读了一篇给正在读研究生的女儿写的家书，讨论人生的得与失、德与行，引导全体党员爱岗敬业、团结协作，积极向上、互帮互学。

"我的女儿从小立志要出国留学，希望学成归来后能报效祖国。她一直很好学，本科期间就为毕业后出国留学做了充分的准备。但一场疫情让她改变了原有的想法。"李萍说，女儿朱晨瑜2016年从银川一中毕业后考入北京化工大学文法学院。疫情防控期间，她用心感受着举国上下共同抗疫的壮举，毅然放弃去国际名校学习的机会，选择到中国政法大学攻读法学硕士。

"这次特殊的主题党日活动,让全体党员接受了一次精神上的洗礼。也让我们看到了新一代青年的担当。"学校老党员叶竹英欣慰地说。据她介绍,在紧张繁忙的工作中,李萍一如既往地组织开展各项党建活动。在2020年的"七一建党节"主题党日活动中,李萍加班为每位党员老师书写寄语,积极协调宁夏京剧院和学校党支部结对子,学习中华优秀传统文化;在"网上祭英烈"爱国主题实践活动中,她带领全体师生在网上为党和国家捐躯的英雄们点赞,并送上对英雄们的祝福、对祖国的祝福;在民族团结进步工作中,她经常同各族师生进行沟通、交流,时刻营造一种相互信任、相互支持、精诚团结的氛围。

2020年注定是难忘的一年。"迟日江山丽,春风花草香。""今年春季开学,一堂与众不同的《开学第一课》让我受益匪浅,我第一次切身感受到祖国的伟大。"虽然时隔大半年,但银川市兴庆区第五小学四年级的王睿提起那堂课,仍记忆犹新。2020年春季,学校开展了"停课不停学"的线上学习。开学第一天,

所有家长、学生一起聆听了李萍的《为抗疫中的逆行者点赞》的录屏讲话。

"如何在开学第一天,给孩子们进行爱国主义教育,鼓励他们用担当、团结、科学的力量,迈出实现梦想的步伐,让他们意识到'少年强,则中国强'的重要性,成了我思考最多的问题。"李萍说。

"孩子们是稚嫩的,我希望能够把抗疫英雄身上的高尚情操通过生动的故事展现出来,最终成为孩子们'日用而不觉的行为准则'。"带着这样的想法,李萍开始认真备课,为讲好《开学第一课》,文案修改了一遍又一遍,好几个晚上她都辗转反侧。课堂中,李萍用丰富的图片、生动的语言,讲述了抗疫英雄的故事。复课后,她还给同学们讲解了疫情防控知识,传授"七步洗手法"及疫情防控期间在校的安全防护措施,引导学生勤洗手、戴口罩、测体温、不聚集、讲卫生、多通风等,全面做好自我防护,并做好学生复学心理调适,科学抗疫。

用心筹备迎来丰硕成果,《开学第一课》十分精彩，孩子们更是仔细倾听，认真记录。"我要好好学习，以后也要当医生给人治病。"这节课也在王睿的心底种下了一颗梦想的种子。

"将这样的内容放在开学第一天，目的是给孩子们厚植爱国主义情怀，让教育更有仪式感。"李萍说，疫情防控期间，她让学校党支部成员分享微信美篇《北苑榜样引领成长》，让家长和孩子们看到，面对疫情，党员教师冲锋在前，将返银师生接回社区的感人画面，也将北苑社区精神传递给每一位师生与家长。

除此之外，在开学的升旗仪式前，李萍在微信群里发出"着装整齐，佩戴红领巾，在屏幕前——敬礼！注视冉冉升起的五星红旗，请父母为孩子拍下这庄严的一幕"的号召，她用行动阐释了一名共产党员的初心和使命。

让孩子收获爱的礼物

"不管是自己班级里的学生,还是交流、教导的孩子,要想走进他们的心田,首先就要懂得爱他们。"作为一名老师,李萍认为,首先,要有爱心;其次,要不断琢磨、研究新的教学方法,让学生在学习的过程中形成良好的思维方式,学会创新。

银川市兴庆区第五小学有778名学生,其中少数民族学生137人,占全校学生总数的17.6%;教师52人,少数民族16人,占比近30.8%;少数民族师生在全校师生中占比达到18.4%。"各民族师生和睦相处,团结友爱,互帮互助,互学互促,彼此的信赖与默契构建了我们的和谐校园,真正体现了我中有你、你中有我、休戚与共、风雨同舟的民族关系。"李萍说。

每天早晨,校园里传出的琅琅读书声总会打破清晨的寂静。孩子们端坐在书桌前,认真吟诵。

"这吟诵背后,还有一个温暖的小故事。"李萍回忆道,"吟诵教学的重难点在于对近体诗的平起、仄起,入声字短而快的读法,这也是对教师教学的挑战。"

为了将课前十分钟利用好,让孩子们汲取中华优秀传统文化知识,李萍带领语文课题组老师利用微信、钉钉等应用程序,采用网课教学的方式,在线互动交流,突破了教学难点。

教学难点突破后,如何让所有学生领悟作品的艺术魅力,达到教学的预期效果?李萍想到了一个周全的方法:每天下午放学后,将高年级学生和低年级学生分成两队,结成对子,让孩子们互相学习,互相监督。同时,上课期间,教师通过线下音频文件的推送、线上吟诵视频的示范,有效培养了学生吟诵的语感,也让老师和孩子们成为并肩同行的诗友,使各民族师生通过吟诵,实现了不同民族师生间的交往、交流、交融。

身为校长,李萍也将弘扬中华优秀传统文化作为学校文化建设的出发点和着力点。近年来,银川市兴

庆区第五小学以民间游戏、民间艺术、民风民俗等为载体，结合春节、元宵节等6大传统节日开展了主题教育和节庆展演活动，校园花灯节、风筝节、民间艺术节、民间文学节等系列活动精彩纷呈。

李萍介绍，每周三下午，学校开展集京剧、中华经典诗词吟诵、空竹、武术、象棋、书法、陶泥、皮影等多种中华优秀传统文化社团活动。目前，京剧社团已成功将《红梅赞》《智取威虎山》等爱国主义主题教育曲目推广为全校学生学习的内容，并创编曲目《京剧大联欢》《戏曲娃娃乐》《快乐少年唱大戏》《京剧俏妞妞》《京韵五小》等。

"这些曲目每次公演完，我们还会用微信公众平台等新媒体广泛宣传，借助信息技术平台扩大我校影响力，吸引全区各界人士观看，孩子们也以此为骄傲。"李萍说。

此外，学校还把民族团结进步教育体现在校园文化建设上，内容丰富的各民族文化艺术长廊成为学校一抹亮丽的风景。由师生一起设计制作的专题展示台、

"石榴籽"故事

主题展板特色鲜明,有效地营造了民族团结文化教育氛围。"通过这些细微之处的建设,让孩子们在潜移默化中接受民族团结进步教育,这也是给孩子一份爱的礼物。"李萍说。

把爱传递给身边每个人

"人生的长度有限,但宽度和厚度是无限的。我们要以最坚定、最自觉、最实际的行动投入民族团结工作中。"这是李萍时常挂在嘴边的一句话。从教以来,她坚持在教育战线关心、帮助各民族师生,用行动谱写了一曲民族团结的赞歌。

"虽然我身在外乡,但是学校给了我很多温暖,让我感觉到家人就在身边。"覃万师是来自云南彝族的年轻特岗教师,被分配到银川市兴庆区第五小学后,她担任一年级班主任兼语文教师。教学初期,由于

工作经验不足,覃万师在班级管理和教学工作中遇到了诸多困难。

"课堂上的时间总是不够用,我总担心孩子们落下课程影响成绩。"

"课堂上预想目标与现实总产生矛盾,比如我在课堂上讲得激情澎湃,底下的学生却无动于衷,好像事不关己。"

……

这些烦恼如石头一般压在覃万师的心底。李萍看在眼里,急在心头,她多次到覃万师的课堂听课、评课、谈心,对其进行思想引导和教学专业指导。

"通过两年不间断的耐心帮扶,覃万师在思想认识、教学以及班务管理等方面积累了丰富的工作经验。今年覃万师已成为一名光荣的共产党员,班务管理水平和专业技能均有了很大提升。"李萍的言语间满是骄傲。

王秀萍老师是回族,退休之际,李萍组织学校师生欢送王老师,并为其颁发"奉献奖"荣誉证书。逢年过节，李萍都会去各个退休教师家里进行慰问，并送上全体师生的祝福。"李校长每次来都会仔细询问我的身体状况，和我谈心、谈生活。我们有什么困难和需求，也会第一时间找她帮忙，她就是我们心目中的贴心人。"王秀萍说，虽然她早已离开学校，但每次学校组织宣传活动，她都会第一时间在朋友圈转发。"虽然我已经退休，不在工作岗位了，但我对教育、对学校的热爱丝毫没有减少，我永远都是学校的一员。"

"能遇到这样的好领导，是我们一线教师的福气。"这是李海荣老师写在日记本里的一句话。李海荣由于身体、工作原因，孩子由住在山东老家的婆婆看护。"我也是母亲，能理解李海荣对孩子的挂念。"为了让李海荣安心工作，李萍总是主动找她谈心，缓解她对孩子的思念之情。2020年，李海荣的儿子到了上幼儿园的年龄，李萍鼓励她把孩子接回身边，又积极联系解决孩子入托的问题。"家庭问题是大问题，只有家庭问题解决了，教师才更能踏实、安心地工作。"

李萍说。

在李萍的组织带领下,学校形成了各民族师生守望相助、和睦相处、共同进步的大家庭,民族团结进步之花在校园里绚烂绽放。

"在校长的感召下,我希望自己也能在民族团结教育这块苗圃里发一分光和热。"学校教导主任李胜荣说。为此,李胜荣认真查看贫困学生"爱心档案",当他了解到曹刚正兄妹3人是学校贫困生后,第一时间购买学习用品、生活用品登门进行家访。

"很难想象他们一家人挤在一间又黑又潮湿,只有十几平方米的地下室是如何生活的。"李胜荣说,踏进曹刚正家,眼前的景象让他内心一阵酸楚,眼泪在眼眶中不停地打转。"当时我就下定决心,一定要帮助这3个孩子。"李胜荣给自己定了一个长期帮扶计划。

"由于条件限制,孩子们不是很讲个人卫生。"李胜荣发现后,首先从孩子们洗澡难出发进行帮扶,利用下班时间为孩子们购买拖鞋、毛巾、洗发膏等用

"石榴籽"故事

品,每周星期五下班后带孩子们到公共浴室洗澡,再将3个孩子安全送回家。

"虽然孩子们洗澡期间,我等待的时间很漫长,送孩子们回家的路途也很远,但每次看到孩子们洗完澡后脸上露出灿烂的笑容时,我的心里也暖暖的。"说这话时,李胜荣像一位慈爱的老父亲。

26年斗转星移,26年历经风雨,26年如一日辛勤耕耘在教书育人第一线,26年来不知疲倦地奉献青春、热血,李萍让一届又一届学生在爱的阳光下茁壮成长。

"我希望我们的学校、我们的民族、我们的国家,能同心同德、守望互助,让绚丽的民族团结之花绽放,为实现中华民族伟大复兴中国梦的宁夏篇章增添一抹亮丽的色彩。"李萍饱含深情地说。

"一家亲"的二三事

◎ 马 越

创立"结亲互助"机制，夯实民族团结基础

做社区工作没有捷径，只有以真心换真情。对于社区工作者刘丽娟而言，共享社区不仅是她的办公地点，更是她多年用心经营的另一个"家"。在共享社区，邻里街坊都是亲人。身处这样的大家庭，让刘丽娟觉得原本并不轻松的工作也有了温暖的"烟火气"。

2014年4月，刘丽娟的工作岗位从文昌路街道办调整到共享社区，担任党总支书记。共享社区共有

4400多人,其中回族、蒙古族、满族、藏族等少数民族有近400人。

共享社区是老旧社区,基础设施配备不齐全,公共服务设施有限,这与群众对精神文化生活的强烈需求形成了鲜明的对比。社区服务工作亟待改进。除此之外,社区少数民族居民较多、老人多、困难群众也较多,这对刘丽娟的工作提出了更高的要求。

如何提高工作质量,把各族居民团结起来为社区发展群策群力?经过深入沟通,刘丽娟带领社区工作人员以打造"和美大家庭"为目标,制定了"党建引领、社区发力、团结群众、和睦邻里"的工作思路,以社区党总支创新活动为载体,积极开展民心工程,夯实民族团结基础。

在刘丽娟看来,社区是居民共同维系的大家庭,只有邻里间团结和睦了,这个家庭才会温暖、有凝聚力。

2015年,共享社区以增进民族团结为目标,创立了"结亲互助"机制。社区居民与北方民族大学的少

数民族大学生结成亲人对子,探索出了一条促进民族了解、增进民族团结的新路。

自 2015 年开展"结亲互助"活动以来,共享社区已有 9 户汉族家庭与 13 位少数民族学生结成亲人对子。结亲互助从最初的 3 对发展到现在的 21 对 26 人。

(一)王菊茹和她的 6 个少数民族孩子

在社区居民王菊茹的家里,摆满了她和 6 个孩子的合影。这些来自不同地方、不同民族的孩子与王菊茹相识于"结亲互助"活动,靠着特别的缘分,他们成了"一家人"。

王菊茹爱热闹,是共享社区出了名的"热心肠"。退休后,王菊茹唯一的女儿也成了家,回家的次数自然就少了,原本热闹的家里突然安静下来,这让王菊茹有些不适应。

2015 年,58 岁的王菊茹在社区书记刘丽娟的推荐下,与北方民族大学一年级的蒙古族新生巴特尔结成了亲人对子。此后，来自新疆的柯尔克孜族女孩古丽巴努尔、维吾尔族女孩夏依达、热娜，土家族姑娘高雅和壮族姑娘覃纯，也陆续加入了这个大家庭。

"我爱热闹，自从孩子成家后，家里冷清了许多，心里总觉得有些空落落的。丽娟得知我的情况后，鼓励我参加'结亲互助'活动，一来有孩子们的陪伴，少些寂寞；二来也能为这些家在远方的孩子提供关怀和帮助。"王菊茹开心地说。

成为"一家人"后，大家的生活都有了变化。几个孩子的到来让王菊茹的内心找到了寄托，而对孩子们来说，王菊茹的关心爱护犹如暖阳，温暖着他们在异乡的求学生活。

为了能让孩子们吃上热乎的饭菜，王菊茹总会以最快的速度将刚出锅的食物包裹严实，送到学校，看着孩子们大快朵颐的样子，王菊茹满脸的幸福。天气稍有变化，几个孩子也会及时收到王菊茹的温馨唠叨，感受着亲人般的关爱。一到节假日，除了把孩子们叫到家里做一桌丰盛的饭菜，王菊茹夫妇还经常带孩

子们外出游玩，合影里的"一家人"个个笑容灿烂。

用真心换真情，结对学生都亲切地称王菊茹为"干妈"。近两年，巴特尔和古丽巴努尔已经毕业返乡，距离远了，"一家人"的牵挂却依旧深沉。每隔几天，"儿女"们都会在微信里跟干妈问好，一有假期，他们还会抽空回宁夏看望王菊茹。

王菊茹幸福满满地说："有了孩子们，我感觉自己的生活多了很多乐趣，一家人热热闹闹的才幸福。"

（二）毕爱玲家多了一个女儿

从2019年开始，每到周末，共享社区的居民毕爱玲总要赶早去市场选购食材，为小"女儿"的到来做准备。邻居都看得出，自从多了一个"女儿"，毕爱玲的精神头越来越足，脸上的笑容也多了起来。

62岁的毕爱玲退休多年，十年前老伴患病去世，唯一的儿子也组建了家庭。虽然孩子经常抽空回家看望，但独自生活的毕爱玲仍旧感觉孤单。"要是再有

"石榴籽"故事

个女儿该多好。"毕爱玲时常感叹。

一句话,让刘丽娟上了心。

2019年4月,一年一度的"结亲互助"活动在共享社区如期举行。有意向的居民与北方民族大学的外地学生一起参加活动,并在活动中结成亲人对子。

活动还未结束,毕爱玲便"锁定"了结亲互助对象——来自湖南的土家族大学生彭水英。"这孩子的家远在千里之外,一个人来宁夏求学,需要有人关心。活动上我们很投缘,我感觉自己想认个女儿的心愿要达成了。"回想起当时的情景,毕爱玲笑得合不拢嘴。

通过刘丽娟的介绍和社区的牵线搭桥,一段特殊的缘分,成就了血缘之外的亲情。

2020年国庆节前,担心"女儿"在学校有些孤单,毕爱玲又和往常一样早早给彭水英打电话。"过节嘛,就得一家人团团圆圆。现在,家里两个小孙子每周都盼着小姑姑回来,水英有时还会辅导他们的功课。生活越来越好,能享受这样的天伦之乐,真是幸福。"毕爱玲动情地说。

以真心换真情,做好社区工作

刘丽娟的办公室在社区居委会一楼,每天来这里的居民络绎不绝。拉家常、聊心事、说问题的人总是不断,每天都能耐心倾听别人的家长里短并不是一件容易的事,可刘丽娟总能笑着听到最后。

"群众只有拿我们当自家人了,才愿意倾诉心事。就冲着这份信任,咱也得拿出更多的热心、耐心和真心对待。"说起好脾气的诀窍,刘丽娟眼里的笑意透着真诚。

来到共享社区,让群众对她从陌生到熟悉,再到信赖,刘丽娟只用了半年时间。"做社区工作没有捷径,只有以真心换真情。"这是刘丽娟做社区工作坚持的准则。

怎样以真心换真情?刘丽娟用行动说话。

社区低保户小杨、困难家庭户马叔、残疾人小武、高龄老人桂姨……凡是需要帮助的群众,不分民族不分年龄，刘丽娟一概像对待亲人般照顾，热心帮助社区困难群众解决问题。

社区退休老党员武华民住院后，刘丽娟得知消息，第一时间带上慰问品去医院照顾。武华民夫妇长年患病，生活上多有不便，刘丽娟总是不遗余力给予帮助。时间久了，老人见到刘丽娟就像见到自己的孩子一样亲热，心里也多了几分寄托。

"丽娟就像我的女儿一样，在共享社区还能收获这样的亲情，我们觉得很幸福。"看着病床前细心照料自己的刘丽娟，武华民的眼泪又一次涌出了眼眶。

"当好党的干部，做好服务群众的工作，靠的是以诚相待，用真心换真情。"刘丽娟曾在工作笔记里写下这样一句话，这是她长期工作积累的经验，也是在群众工作的实践中打磨出的智慧。

2016年，刘丽娟带头成立了首家社区党校，依托"党建铸魂"双促工作机制，把各民族党员、群众紧紧凝聚在党的周围，发挥了基层党组织的战斗堡垒作用，为社区居民铸牢中华民族共同体意识打下了坚实的基础。

在刘丽娟的带领下，5年来，共享社区先后获得了"全国民族团结进步创建示范社区"等6个奖项，以及自治区"五星级和谐社区""巾帼文明岗"、银川市"先进基层党组织""群众文化工作示范社区""依法治理示范单位""全民阅读示范单位""优秀文化服务站点"等多项荣誉。

各族群众团结互助，社区变身温暖大家庭

铸牢中华民族共同体意识，维护民族团结，已融入共享社区居民的思想和行动中。在刘丽娟的示范带动下，越来越多的人加入到关爱他人、互助团结的队伍中。

近6年来，社区物业公司经理苏万成坚持每年资助一位困难群众，并以公司的名义，每年节假日慰问

社区各族困难群众，看望独居老人。"扶弱济困、帮助别人是共享社区的'家风'，作为社区的一分子，我也得尽一份力。"苏万成说。

在苏万成资助过的居民中，回族青年杨丽的生活发生了可喜的变化。

杨丽自小品学兼优，聪明好学。几年前，由于家中遭遇变故，贫困的生活无法支撑杨丽完成学业。杨丽急需好心人帮助，社区书记刘丽娟第一时间想到了苏万成。

"行，我来想办法，无论如何不能让孩子辍学。"得知情况后，苏万成立即答应提供帮助，并与社区的干部、居民一起长期关心杨丽的学习和生活，帮她克服困难，为她加油打气。6年后，杨丽顺利完成学业，走上了工作岗位。

播下爱心的种子，总会长成参天大树。这些年，每逢节日，苏万成和刘丽娟都会收到来自杨丽的问候短信，并告诉他们自己将把爱心传递下去，帮助更多人。

在共享社区，各族群众扶贫济困、团结互助成了平常事,"手拉手、心连心"也从曾经的口号变成生动的实践。

2020年年初,疫情防控期间,社区许多居民参与志愿服务,助力疫情防控,而一些老党员的爱心也让大家格外感动。70岁的温宝华夫妇多次主动要求为社区抗疫捐款捐物,并给疫情防控工作捐款500元。76岁的回族老人杨维民生活并不富裕,2019年年底老伴又做了手术,正是手头紧张的时候,疫情发生后,他仍然坚持捐款1000元。"我们老了,能做的事情实在太少,但我是一名党员,要尽全力为党为国家做贡献。"老人的话铿锵有力。87岁的老党员郭思成在疫情防控期间专门来到社区,将660元捐款交给工作人员,并嘱咐说:"钱不多,希望抗疫工作能顺利一些,疫情早点结束,大家的生活能早日恢复正常。"

近年来,共享社区不断创新活动载体,积极发展民生工程,通过书香社区建设、和谐民风建设、最美民族家庭评选等活动的开展,丰富了各族群众的文化生活。利用各类活动推动民族知识的普及,增强居民的民族团结意识，围绕党中央和自治区重大决策部署进行宣传贯彻，加强民族团结思想教育，打造民族团结进步品牌。2018年，共享社区获得"全国民族团结进步创建示范社区"称号。

在大家的共同努力下，社区的"家"味儿越来越浓，居民生活越来越惬意，刘丽娟工作的动力也越来越足了。刘丽娟是共享社区民族团结进步的见证者，也是亲历者。未来，这份发自内心的真情还会温暖更多人，带领大家拥抱更加美好的生活。

忙 人

◎ 范晓儒　王琪川

社区治理无小事

"社区工作少不了婆婆妈妈的唠叨，少不了拣芝麻般的耐心，少不了绣花般的细心，少不了铁杵磨成针的恒心，更少不了亲人般的热心。"这是马海波对社区工作经验的总结。这位80后回族女干部，在就任西夏区西花园路街道工委副书记、统战委员的5年时间里，对待街道社区民族团结工作用热心、真心、细心，增强了社区民族团结工作的"向心力、感召力、凝聚力"。

以办实事、解难题为抓手，马海波开创了街道社区工作的新局面。马海波包片的几个社区，大部分是20世纪80年代建成的老旧社区，由于供水供暖管网老化严重，每年到采暖期，管道破裂漏水、停暖的事情经常发生，而这里的住户，大都是七八十岁的老职工，还有一部分是困难群众，享受低保的住户占15%左右。在马海波上任走访中，居民反映最多的问题是供水供暖管网老化、小区的卫生环境极差等，严重影响了居民的生活质量。在家访中，马海波遇到了一位姓刘的老大爷，他已是八十高龄，原来是国有企业的生产副厂长，是国家建设的有功之臣，每月的养老金不到4000块，老伴是教书育人的园丁，长年患有风湿病，腿脚行动不便，子女又都不在身边。两位老人虽有养老金，但日子过得并不舒心，每年冬天的日子最难熬，不是断水，就是停暖。两位老人最大的诉求就是让水暖正常，过上安稳舒心的日子。听着两位老人掏心窝子的话，马海波面红耳赤，觉得无地自容，心想，这难道不是民生的大事？难道不是关系民族团

结的大事?面对两位老人,她主动做检讨说:"尽管这不是我的责任,但我要为这种不作为、不担当的行为说声对不起。"她当面向两位老人保证,立即行动,一定把这件事关民生的烦心事办好。没过多久,她亲自"挂帅",指导包片社区有条不紊推进"三供一业"(供水、供电、供热和物业管理)供水改造,满足群众正当诉求。对事关居民生活的揪心事、烦心事,困难群众提出的各种合理的诉求,马海波总是尽心办理,从不打官腔,更不会推三阻四。在"三供一业"供水改造中,她身先士卒,经常一身灰一身泥出现在施工现场,尽职尽责把居民的事办好。从工作的一点一滴中,马海波让居民感受到党的温暖、政府的关怀。从小事、琐事中,她体现出街道干部真心为民办事的态度和热情。马海波用了最短的时间,保质保量地完成"三供一业"工作。除此之外,小区内多处增设了垃圾桶,又增加了20多位环保工人,由党员志愿者自发组织起了环卫志愿清洁队。有一次,马海波到小区检查工作时,正好碰见刘大爷老两口,老人家发自内心地对马海波说:"年轻人了不起,工作有担当,说到做到,这小社区、大社会就需要你这样的人。"

困难群众记心上

人生须知负责任的苦处,才能知道尽责任的乐趣。马海波深知这个道理。加强民族团结不只是口号,更不能耍嘴皮子,玩花里胡哨的虚套套。工作的落脚点应该是实实在在解决居民的所期所盼,解决他们就医、入学、就业、养老等实际困难,居民需要的是看得见摸得着的民族团结的真实成果。到兴洲苑社区第二天,马海波就深入社区调研,了解历年为民服务发展专项资金申报实施情况。她在调研走访中发现,兴洲苑社区在"石榴籽"项目申报工作中存在许多盲点,有不少符合条件的居民被漏报了。出现这种情况,她认为这绝不是工作中的小问题,而是事关民族团结的大事。

工作不认真会伤了各民族住户的心，让居民误认为惠及民生的"石榴籽"项目是糊弄人、走过场、摆样子而已。她立即着手拾遗补阙，补充完善这项工作。在她的努力下，兴洲苑社区"石榴籽"项目真正成了民族团结的惠民工程，让社区的近百户回汉居民受益。一位汉族双残家庭在马海波的帮助下，享受到了"石榴籽"专项资金的帮扶，"石榴籽"项目的顺利实施使这些极度困难的弱势群体，真正感受到了党和政府的关怀。虽然身体上有残疾，但是他们能和正常人一样外出务工。大家深有感触地说："事先我们也听说过有这样的惠民项目，可是咱这个家庭就这样，再好的事也轮不到咱，想也是妄想。谁曾想，这位热心肠的马书记，没有忘记咱这些人，在她的关怀下，咱真是遇上天上掉馅饼的大好事，这得感谢党和政府的关爱。"

热心的马海波指导各社区发展专项资金项目，积极协助落实西夏区就业创业工作部署要求，通过提升服务水平，搭建创业平台，形成了以"政府＋企业"

"石榴籽"故事

为主导，搭建"两个平台"、实现"三个依托"为主要内容的"一二三"就业创业模式。2020年上半年，共征集用工岗位650个，安置失业人员75人，其中安置就业困难人员24人；完成技能培训200人，建立微创园2个、社区创业就业服务窗口13个，新增创业实体47家，提供就业岗位94个；摸底辖区就业困难家庭19户，发放慰问资金11400元。此外，马海波在社会救助、就业帮扶、居民社会保险办理、退役军人管理等方面严格按照政策为居民提供优质服务，切实保障社区居民基本生活需求。

帮扶群众有办法

2016年，马海波到兴泾镇工作，主要任务是扶贫帮困。马海波结对帮扶西干村一组兰旭红家。兰旭红与马海波是同龄人，她也是两个女孩的母亲。与马海波不同的是，兰旭红的丈夫长年在外打工，兰旭红独自一人支撑着一个家庭。有时马海波总是把兰旭红的两个孩子的处境与自己的两个孩子进行比较，不知不觉中多了一些对兰旭红的孩子的疼爱之情。第一次到兰旭红家，马海波了解到家里所有重担都落在兰旭红一个人肩上，她既当妈，又当爹，几亩责任承包地，她一个人从种到收也没个帮手，干一天农活，连孩子的饭都顾不上做。兰旭红有时晚上躺在床上思前想后，心灰意冷，失去了活下去的勇气，可一看睡在身旁的孩子又于心不忍。当马海波成了她的帮扶人后，她把自己这些年积攒的苦水一滴不留地倒出。听完兰旭红的心酸史，马海波被感动了，顿时生起说不出的同情。看到两个孩子的年龄、脾气和自己的孩子特别相似，马海波就下定决心要帮助这个苦命的母亲。她给兰旭红家送去米、面、油等生活必需品，还给孩子送去书包、文具、课外书等学习用品，又帮助兰旭红为小女儿减免幼儿园保育费，帮兰旭红协调扶贫贷款10万元。马海波与西干村副书记商量，扶持兰旭红通过承包土地种枸杞、种玉米，帮助兰旭红多种途径增加收入。在马海波的帮助下，兰旭红已于2017年年底顺利脱贫。如今的兰旭红像是换了一个人似的，成了一位女强人，她一边在平吉堡农场上班，一边种地。

民族团结一家亲

民族团结事关国家的稳定、社会的和谐，在实现中国梦的进程中，一个民族也不能少，它是各族人民的大合唱。到西花园路街道办任职后，马海波采取了勤问多了解、深入社区居民家中走访调查的工作方法，做到"心中有数，有的放矢"。她用最短的时间跑遍13个社区，走访了160户家庭，上门拜访了已退休的社区干部，将一些有困难、需要帮助的居民信息，详细记录在笔记本上。今后工作的切入点在哪里，哪些短板需要补，哪些措施需要从什么地方完善，民族工

作还有什么难点盲区,她都梳理得一清二楚。经过认真走访调查,及时调整创建领导小组,明确3年实现创建民族团结进步示范社区的目标,完善形成了一个分工明确、责任到人、相互配合的工作体系,根据领导到位、组织到位、工作到位的"一盘棋"思路,让创建工作不再流于形式,有效克服规划贴在墙上、喊在嘴上、只听雷响不见下雨的形式主义。

目前,西花园路街道有自治区级民族团结进步示范社区1个、市级民族团结进步示范社区4个、辖区级民族团结进步社区11个,创建少数民族流动人口服务站8个。此外,惠民社区正在争创自治区级民族团结进步示范社区,兴洲苑社区正在争创银川市级民族团结进步示范社区。

马海波主动请缨,担任兴洲苑社区包片领导、惠民社区党委书记,真正将创建责任放在心上、扛在肩上、抓在手上。

马海波既不忘本职工作,又着眼于全局,将各民族一家亲的理念播撒到更多人的心里。当好新时代民族团结的践行者、促进者、守护者,这是马海波一直以来的工作目标。她积极发动社区志愿者,深入沿街商铺大力宣传民族团结相关政策,广泛开展民族团结"十进"活动,在广场、公园、学校、企事业单位、宗教场所等地,通过开展文艺会演、政策宣讲等形式多样的宣传教育,积极宣传党的民族政策、宗教工作基本方针及相关法律法规。注重加强辖区文化建设,在西花园路街道建成新时代文明实践所1个、新时代文明实践站13个,搭建起社区商圈、住宅小区、驻区单位、各类社会团体在内的新时代文明实践站组织架构,延伸服务触角。组织开展《银川市民文明公约》专题宣讲10余场,广泛开展"捡拾小烟头美化大环境""美化亮化家园环境,齐心协力助力创城""党群总动员,吹响创城号"等爱国卫生日志愿服务活动,开展"创文明城市,展志愿风采"新时代文明实践活动,以及"在职党员进社区,助力创城先锋行"志愿服务活动和"每天锻炼一小时,健康生活一辈子"主题活动等18次,参与人数730余人;结合端午节广泛开展"棕香端午邻里情,民族团结促文明""我们的节日·端午"等活动,通过开展形式多样、丰富多彩的各类活动,引导居民树立良好的道德风尚。学习和践行社会主义核心价值观,开展"手绘文明,扮靓街巷"未成年人思想道德建设实践活动、"学习和践行社会主义核心价值观,做新时代好少年"主题活动、"筑梦新时代——致敬我心目中的抗疫英雄"故事分享会、"致敬英烈,缅怀逝者"清明祭英烈哀悼活动、"书香相伴,逐梦成长"世界读书日等活动10次,传承中华优秀传统文化,播撒文明新风。

上面千条线,下面一根针。基层工作纷繁,马海波常常加班熬夜,周末无休息。在兴泾镇工作时,她怀孕近5个月,为了不耽误工作,仍与班子成员、干部职工并肩作战,参与征地拆迁、宗教治理等重要工作,分娩前几天还顶着酷暑到现场,指挥拍摄西夏区首部当地少数民族参演的微电影《心路》。提起这段经历,她后怕过,却不后悔。2020年的大年初一,马海波本打算和家人欢度春节,新冠肺炎疫情的发生冲淡了节日气氛。她接到返岗通知后，立即在微信干部群号召干部职工做好返岗准备，并着手为干部职工购买口罩等防疫物资。马海波全力组织党员干部职工到包抓社区，投身到疫情防控工作一线，她总是冲在最前头，奔走于兴洲苑、锦润社区和单位之间，哪里出现问题就第一时间帮助解决。开展电话排摸工作时，她带头用自己的手机联系登记离银返银人员情况，在小区门口登记居民出入情况，她坚持自己一个岗，毅然扛起繁重的工作。单位没有消毒液、消毒设备，她就多方联系，购买消毒用品，全力确保干部职工安全。

　　一位哲人说过："单靠一朵美丽的鲜花，打扮不出美丽的春天。"唐代诗人李白说得好："土扶可成墙，积德为厚地。"是的，民族团结的花环需要千千万万个像马海波一样的党员干部来编织，民族团结的生命线需要千千万万个像马海波一样的党员干部来守护。

春风化雨

◎ 王淑萍

春风化雨般为社区居民排忧解难

作为石嘴山市大武口区长城街道办事处九〇五社区的一名工作者,张华既负责社区民族宗教工作,又负责妇联、劳动就业和党支部建设等工作。有人把社区工作比作一罐草药汤,成分复杂,渣多味苦。但是对于张华而言,17年的社区工作经历带给她的不是百般苦,而是千般好,每次说到这些好,她的脸上都会绽开灿烂的笑容。

社区居民李雪冬是满族人,爱人张景秀患有帕金森综合征十多年，生活不能自理，家庭的重担落在了李雪冬一个人身上。张华了解情况后，为她申报了残疾人护理补贴、重度残疾养老保险，并每年都为其申请生活慰问金。2019年，李雪冬的女儿考上了大学，在张华的积极协调下，社区为李雪冬的女儿申请到了3000元的助学金。

45岁的何兰花离婚后，没有固定工作，没有经济收入，生活一度陷入困境。由于文化程度低，何兰花找工作屡屡碰壁。张华了解情况后，为她申请了公益性岗位。如今，何兰花在城调队工作，负责辖区16户居民的劳动抽样调查，每月有1000多元的工资，生活有了最基本的保障。

47岁的白玉英和丈夫都没有固定工作，两个孩子在上学，一家4口人的生活全靠丈夫开出租车维持，经济压力很大。张华在入户走访中得知这一情况后，为白玉英申请了公益性岗位，白玉英到社区做了一名网格员。网格员的工作很辛苦，但白玉英干得很开心，她说："公益性岗位的工资虽然不高，但至少有一份

固定收入。在社区上班,离家近,既方便照顾孩子上学,又能挣钱补贴家用,一举两得。我真的很感谢社区,很感谢张华。"

"张华那姑娘真是好,要不是她告诉我廉租房政策,并帮我申请到了廉租房,我想都不敢想自己这辈子还能住上楼房。"几年前,辖区回族居民马老太和儿子儿媳住在一处老旧的平房里,冬天没有暖气,夏天蚊虫肆虐。环境不好,条件差,加上两代人住在一块儿,老太太总觉得别扭,不方便,常常愁眉不展。张华知道情况后,鼓励老太太申请廉租房。老太太不相信:"这种好事还能轮到我?"张华说:"你不申请怎么知道能不能轮到你呢。要对国家的政策有信心。"老太太在将信将疑中写了一份申请,却顺利申请到了廉租房。搬进新居那天,老太太激动地握住张华的手,连声道谢。

"政府有好政策,人民有好干部,真是老百姓的大幸啊!"这是吴良栋老人发自肺腑的一句话。吴良栋是九〇五社区的一位回族老人,他的儿子患有精神残疾三级，成家后一直跟老人生活在一起，没有自己的住房。2016年张华入户时了解到这一情况，积极奔走，最终为吴良栋儿子申请到了廉租住房补贴。2018年，看到吴良栋老人的儿媳在家待业，张华帮助其儿媳申请了公益性岗位。2020年，张华又帮助吴良栋的儿子吴建军申请了公益性岗位。儿子儿媳都有了收入，以前毫无生气的家现在其乐融融，老人逢人就说党的政策好、社区干部好，并积极配合社区的各种工作。2017年，当社区在清真西寺开展制作宣传展板、铺大气污染防治滤网、置换清洁煤球等工作时，吴良栋老人一马当先，积极协调各种事宜，促使社区各项工作如期完成。

张华负责的网格里有70多名老党员，每一季度她都要挨家挨户走访一遍，在收取党费的同时，掌握每家每户的情况，发现问题随时解决。在问到张华是怎样的一个人时，一位有着30年党龄的老党员这样评价她：妈妈的心，老师的嘴，闲不住的两条腿。

"国家的政策特别好，只要是对居民有好处的事

情,我们会尽力让每一个符合条件的人都能从中得到实惠。"这是张华经常挂在嘴边的一句话。

让"两癌"救助真正惠及百姓

党的惠民政策一项接着一项,每一项都与老百姓的生活息息相关。社区工作琐碎繁杂,上面千条线,下面一根针,怎么把党的政策更好地进行宣传,如何把惠民政策快速准确地传达给辖区居民,是张华一直在琢磨的事儿。

乳腺癌、宫颈癌是目前我国城乡女性发病率较高的两种癌症,被称为女性健康的"两大杀手"。通过对医院及社保的调研分析,妇女"两癌"的治疗费用约18万元,通过社会统筹报销及社会救助后,个人尚需承担7万元左右。许多家庭因病致贫、返贫,甚至因负担不起高额治疗费用而放弃治疗。在2009年,我国就启动并实施了贫困妇女的"两癌"免费检查项目，全国妇联启动并实施了"贫困母亲两癌救助专项基金"，查出患有"两癌"的妇女在接受治疗之后，会得到人均1万元的救助。同时，为减轻"两癌"患者的经济负担，在实施救助"两癌"贫困母亲项目的基础上，自治区妇联联合中国人寿保险股份有限公司宁夏分公司，在全区开展关爱妇女"爱妮保"保险项目，旨在用保险的办法、市场的办法，兜住因病返贫的底线。为了使这一政策能够惠及更多患者，张华逢人就宣传"两癌"救助，力推"爱妮保"。"有时别人会问我现在是不是到保险公司上班了？"谈到自己负责的社区妇联工作，张华笑成了一朵花。

九〇五社区回族居民王莉，丈夫因患肝硬化失去了劳动能力，家庭的重担压在了她一个人身上。她早出晚归，四处打工维持生活。2018年，在一次体检中，王莉被查出得了乳腺癌，整个家庭一下子陷入到绝望之中。张华得知情况后，为她申请办理了低保。领了两年低保后，王莉到了退休年龄，当她开始领取养老金后低保被取消了，张华又为她申请到了1万元的"两癌"救助金。如今，王莉做了乳腺癌切除手术，在家休养，每月有1000多元的退休金，生活有了最基本的保障，病情也在一天天好转。"她做过手术的一侧，胳膊还抬不起来，不能干重活。我们一直关注着她家的情况，有什么问题会随时帮她解决。"张华说。

民族团结之花在九〇五社区盛开

民族宗教工作事关社会稳定，事关社会经济发展，事关人民根本利益，责任重大，意义深远。九〇五社区有3000多户1万多人口，汉族、回族、满族、蒙古族、朝鲜族等多个民族长期共同生活在这个社区。不同民族有不同的宗教信仰和风俗习惯。让民族团结之花遍地盛开，是每一个中华儿女的共同心愿，也是对民族宗教专干的巨大考验。

作为社区民族宗教专干,张华除了刻苦学习、钻研民族理论知识和民族宗教政策外,还与辖区内各民族居民打成一片,通过耐心细致的走访,了解不同民族的风俗、礼节。在日常工作中,她随身携带民族团结的宣传资料,走到哪里就把民族团结宣传到哪里,并处处以身作则。

2020年,在疫情防控期间,为避免人群聚集引起病毒传播,宗教活动场所施行"两个暂停"。在开斋节和古尔邦节到来之前,张华做足了功课,已想好到清真寺后应该怎样给信教群众讲解疫情防控政策。让她感动的是,清真寺阿訇见了她,就一句话:"你放心,我们绝对配合你的工作。"张华说,在社区工作了十几年,她从来没有处理过因为民族宗教问题引起的纠纷,所有需要信教群众配合的工作,信教群众都没有为难过她。"我们的社区居民真的特别好。"张华说着,泪光盈盈。

辖区内一处宗教活动场所地处平房区,由于没有物业，门前的垃圾一度堆积成山，一到夏天，臭气熏天，苍蝇满天飞，使信教群众苦不堪言。张华了解情况后，马上组织居民、保洁员、社区志愿者进行清理，群众无不对她竖起大拇指。

"为灵活就业人员提供补贴，为失业人员提供免费培训，为老年人提供高龄补贴，为困难群众提供公益性岗位，为贫困妇女提供'两癌'免费筛查和救助……国家的惠民政策真的特别好。每次看到因为我们的宣传，辖区内的居民该领补贴的领到了补贴，需要救助的得到了救助，想就业的有了就业岗位，我特别有成就感，觉得自己的工作特别有意义。"谈到自己所做的工作，张华笑着说。

2013年，张华被评为自治区民族团结进步模范个人；2014年，张华被评为全国民族团结进步模范个人；2017年，张华所在的社区被评为自治区民族团结进步示范社区；2019年10月1日，作为石嘴山市往届全国民族团结进步模范代表，张华受邀参加了中华人民共和国成立70周年庆祝大会。

"当看到载着为祖国浴血奋战的老兵的花车经过时,我不禁泪流满面。"时至今日,回想起参加庆祝中华人民共和国成立70周年大会的场景,张华的内心依然十分激动。

"仰望蓝天,五星红旗迎风飘扬,我看着天安门,在心里悄悄说了一句:'我爱你,祖国!'"张华在学习笔记中认真写下了观看中华人民共和国成立70周年阅兵式的激动心情。

心若美好,世界就美好。人们把张华口里眼里所有的美好归结为她天生的好性格,而她却说性格好是因为心态好,是父亲的言传身教让她时刻以积极乐观的态度对人对事。"我父亲是一位参加过解放战争、西北剿匪的老兵,他时刻教育我要做一个正直的人。有了父亲的教育,我才能踏踏实实地为社区居民服务,才有幸参加中华人民共和国成立70周年庆祝大会,我非常感谢父亲对我的教诲。为了民族团结、社区和谐,我将继续努力工作。"这是张华的肺腑之言。

凡人善举

◎ 王琪川

"献血雷锋":以我热血,挽救他人生命

1967年出生的马玉明,是一位自由职业者,也是一位土生土长的银川人,就是这样一位无固定职业、无固定收入的回族中年男子,践行着"唯有心灵能使人高贵"的做人准则,以凡人小事,点滴琐事,向社会奉献着大爱。

说起马玉明心中的大爱,得从他母亲患病住院说起。2003年,马玉明的母亲患病住院,病情十分危急,需要输血才能挽救其生命。血液是维系每个人生命的源泉,他听大夫讲,这些血液来自无数的无偿献血者,

不分民族，不分性别，不分职业，是大爱的输送。马玉明第一次懂得，血液是不分民族的，救助自己母亲的血液不知来自哪位心怀大爱的热心人。从母亲患病输血的过程中，马玉明真正懂得了"血浓于水"的道理。从未献过血的马玉明，由此萌生了无偿献血救人的念头。

时隔两年，母亲再次住院，马玉明和兄弟姐妹轮流在医院照顾。这次母亲住院，同样少不了输血。他看到血液一点一滴地输入母亲的体内，母亲苍白的脸慢慢有了红润的颜色。他深思着，自己的母亲病危，用着不知名不知姓的好心人献的血液。人心都是肉长的，为何自己不能献血去救助更多像母亲一样的患者？有一天上午，马玉明看到新华街路边停靠着一辆献血车，车身上印着"我献血，我健康，我快乐"的标语，仅仅九个字，却一下子击中了他的心灵深处：母亲的病情转危为安，不就是靠好心人献的血液相救吗？血液对救死扶伤是多么重要，自己献一次血，可能会挽救像母亲一样的病人。

初检血质合格后,第一次献血的马玉明捐献了400毫升全血。

按照献血的相关规定,半年后,马玉明又献了一次全血。工作人员无意中问了马玉明一句:"对无偿献血你有啥想法?"他说:"我们小老百姓,也不懂得什么大道理,也没多高的精神境界,只知道献血是做善事做好事,能救更多的病人。无偿献血对献血者本身也是一次心灵的净化,是在帮助别人,挽救他人的生命,他们的幸福健康是我最大的快乐。"

"以我热血,挽救他人生命!"在15年无偿献血的过程中,马玉明走过了并不平坦的心路历程。15年的爱心献血路,让献血成为了马玉明的一个习惯。有一年盛夏,马玉明有做不完的事,不是朋友搬新家去帮忙,就是邻居家的老人住院去帮忙照看。张家的小事,李家的难事,马玉明一件接着一件干。有时忙得耽误了吃饭,有时口干舌燥也顾不上喝水。晚上回家休息,最早也是十点钟。到了献血日,家人劝他,这次就别去了,缓一段时间再去献血也不迟。妻子埋怨说："这是无偿献血，是自愿行为，又不是谁下的硬性任务，你干吗总是一根筋呢？"一位好心的亲戚也劝他："身体是自己的，可不是闹着玩的。一次次献血，精力不佳，可别把身体献出毛病。救人是好事，若是把自己的身体搭上，以后养家这个重担谁来挑？更别说献血做好事了。"马玉明理解家人的心情，他更深知自己的身体状况，笑笑说："我的身体自己清楚，这也不是逞能，没麻达，缓几天就好啦！"最终，他还是毅然上了献血车。在马玉明的无偿献血证上，密密麻麻地写满了献血的记录。他成了远近闻名的"献血雷锋"。

马玉明无偿献血的善举，不仅使自己内心感到充实，还深深影响并带动了身边的同事，他的善举在无形中产生了辐射效应。

后来，在马玉明的感召下，黄河东路街道与宁夏血液中心成立了全区第一支街道无偿献血志愿服务队，发起人就是马玉明。现在，"最美银川人"无偿献血公益活动已成为团体品牌活动，也是大爱善举的金字招牌，不仅向全社会传递各民族团结互助、血脉相连的信念，而且向全社会播撒着爱的种子。

2020年，马玉明获得全国无偿献血奉献奖金奖。

播撒爱心，守护民族团结

马玉明不仅在无偿献血方面大行善举，在其他方面也是一个充满爱心的人。无论谁家有困难有需求，不分民族，不问血缘关系，不管是残疾人还是年事已高的独身老人，他总是第一个伸手帮忙。作为众多失地农民中的一员，他没有将时间浪费在无所事事上，而是找到了一种更能体现自身社会价值的方式——做公益。

"忙人马玉明"是街坊邻居送给他的新称号。每天从早到晚，马玉明东奔西走，社区需要他，他就在社区；街道有事，他就在街道，无偿为大家服务。根据困难居民出行难的实际情况，马玉明和许多志同道合的朋友组成了"最美团队"，但凡大小公益活动，他们都积极参与。"希望工程·圆梦行动"为困难大学生圆梦、八一建军节慰问退伍老兵、关爱环卫工人……处处都有他们的影子。

2018年，马玉明从新闻中看到银川市大新镇新水桥村汉族老人晋兰荣年事已高，还带着两个小孙子艰难度日的消息。马玉明和他的队友们一起买了米面油、鸡蛋、酸奶，登门看望老人。一次探望，让他和这位汉族老大爷结下了深深的缘分。三年来，他总是不定时、不间断地为老人家送温暖，老人家里缺这少那，他总是给予帮助。晋兰荣老人有一段时间身体不适，饭量下降，睡眠不好，他就主动带老人到医院检查身体，开方抓药，细心照料。马玉明对老人无微不至的照顾，住在周围的邻居全都看在眼里，他们问老大爷："看你们之间的亲热劲儿，你们究竟是啥关系？马玉明是你的侄儿还是外甥？"老人家神秘地笑了笑说："比侄儿、外甥还亲。"因为马玉明深知，这样的一个家庭，老爷子就是这个家的顶梁柱，但凡老爷子有个三长两短，两个孙子便失去了依靠。所以他总是尽心尽力照顾好老人，让这个特殊的家庭好起来，他才能放心。

高考期间，马玉明忙得几乎到了三顿饭合成一顿吃的地步。加入滴滴爱心车队后，他的服务对象是汉族双残家庭孙女士的女儿。孙女士夫妻都是残疾人，尽管腿脚不方便，他们依然坚持供女儿上学，想用知识改变孩子的命运，让孩子将来能自食其力，做一个对社会有用的人。接送当天，马玉明早早将车辆擦洗干净，提前做好行程规划，等候在孙女士家小区门口。接上孙女士的女儿后，马玉明给孩子说了许多鼓励的话，对她进行心理疏导，鼓励她考试别紧张，好好发挥。高考结束后，孙女士说了很多感激的话。马玉明还是那句老话："没啥好感谢的，谁家都有需要帮助的时候。本来"人"字是由一撇一捺两笔组成的，意思是大家要相互帮衬，我做的这些，都是做人的起码标准。"

精准扶贫，全国行动。马玉明在帮扶路上也不甘掉队。2020年9月，他参与第五届"环骑宁夏"助力脱贫攻坚大型公益骑行活动。骑行队伍浩浩荡荡，途经吴忠、红寺堡、海原、固原等地，每到一个地方，都要走访慰问当地的特困家庭，并送上牛奶，为困难家庭献上一份爱心。每到一个地市，都要认真仔细摸清贫困户家中农产品的销售情况，逐个登记，为返回银川帮助贫困户推销农产品掌握第一手资料。一路骑行，骑行队一直播撒爱心，搭建爱心桥，为红寺堡、海原、固原等地300余户群众联系推销土特产，销售额200余万元。

任劳任怨，助力疫情防控

2020年春节，每天看着新冠肺炎疫情相关的新闻，马玉明心里一刻都无法平静。他深切地感受到，抗击

疫情不仅是政府和医疗机构的事情,更是事关千千万万居民健康的大事,马玉明深感自己责无旁贷。

1月30日,马玉明得知兴庆区京藏高速公路贺兰山路出入口缺少医护人员和志愿者时,便主动召集10多名志愿者,同时协调召集银川普惠体检中心的5名医务工作者,第一时间联系了贺兰山路口检疫站,从1月31日开始,召集的人员在京藏高速贺兰山路口检疫站积极开展疫情防控工作。他和10多名志愿者、5名医务工作者每天穿着红马甲,协助交通、收费站等管理部门的同志筑牢疫情防控的防护墙,做好车辆的消毒、疏导、分流;查验车辆中有无野生动物和活禽;对出入站点人员进行身份查验、体温监测、信息登记;特别对来自高风险地区的人员、车辆进行重点询问。

在紧张繁忙的疫情防控工作中,马玉明任劳任怨,在贺兰山高速路口坚守了整整40天。马玉明和志愿者、医务工作者的行动感召了雷锋车队党支部、越野e族等志愿者组织,他们也积极参与抗疫志愿服务工作，志愿者最多时达到60多人。除了执勤，马玉明每天还要开自己的车行驶近100公里，义务接送志愿者，每天工作10小时以上。

马玉明作为社区的一名党员，还承担着小区一些居家隔离业主的"四包一"工作，对自己所负责片区的业主进行心理疏导，安慰被隔离的群众，并承担买菜、日用品采购和快递收取等服务工作。

善良既不是傲雪的梅花，也不是芳香的茉莉，而是一轮红日，既温暖了别人，也温暖了自己。马玉明就是这样平凡而善良的人，他所做的件件小事，谈不上伟大，甚至有些普通。"伟大出自平凡"，正是这些平凡的小事，彰显出了回汉一家亲的伟大。

王红霞

◎ 杨晓燕

会讲故事的村妇联主任

银川市西夏区贺兰山西路街道盈北社区党总支书记、居委会主任王红霞,一步步见证着盈北社区十几年来的发展变化。她带头创建党建特色品牌,以党建为引领,将民族团结工作纳入创建和谐社区的各个环节,将盈北社区打造成为"全国民族团结进步模范集体",谱写了民族大家庭团结发展的赞歌。

2004年,而立之年的王红霞被村民选举为村妇联主任。她深知村里的女人大多习惯了过低眉顺眼的日子，她们害羞、拘谨，在公开场合更是不敢也不愿多说一句话。没有自信何谈和谐发展一条心？吃着晚饭的王红霞端着饭碗思前想后，突然想到了一个好主意，她放下饭碗就匆匆出门了。敲开隔壁二嫂家的门后，她一边帮着二嫂收拾碗筷，一边给二嫂讲起了昭君出塞的故事。二嫂津津有味地听着故事，感叹地说："她真是个奇女子！"王红霞高兴地问："二嫂，你说得太好了！像这样的故事以后你愿不愿意听？"二嫂想都没想就回答："你看你说的，有趣的故事谁不愿意听？"王红霞激动地说："那我们以后就找几个姐妹有空了坐在一起，大家听我讲故事，也讲一讲你们自己知道的故事。你说这个主意怎么样？"得到二嫂的肯定后，王红霞心里有了底。她开始利用村里妇女晚上在家的闲暇时间，挨家挨户上门，喊几个姊妹坐在一起，给她们讲花木兰替父从军、穆桂英挂帅、王昭君和亲等巾帼不让须眉的故事，鼓励姐妹们积极分享自己的故事，并就一些新闻发表自己的见解。女人们有了大胆说话的场合，烦心事难肠事都不再像原来一样憋在心里，大家主动坐在一起说一说，这个安慰一句，那个出个主意。慢慢地，大家的情绪平复了，心情变好了，话说得多了，感情也增进了，不再那么斤斤计较了，有些事情容易想通了。村前村后谁家有事，大家齐心相互帮助，邻里之间有小摩擦，无论谁碰到都会上前热心劝解，村民的关系越来越亲密，村里氛围也越来越好。

王红霞看着这些可喜的变化，备受鼓舞，她用故事搭起了一座畅所欲言的彩桥，上任之初的担心也缓解了不少，她更加坚信"妇女能顶半边天""教育好一个女孩，她可以改变三代人"！

为村里孩子上学绞尽脑汁

2005年春季，村小学的刘老师找到王红霞，原来村民马米娜家的姑娘开学没几天，就被家人拦着不让去上学了，刘老师去了马米娜家两趟，马米娜父母就是不同意孩子复学。王红霞当即斩钉截铁地说："再穷不能穷教育，再苦不能苦孩子！现在哪还有不让自家姑娘上学的道理。"王红霞知道马米娜是外来务工的回族姐妹，家里孩子较多，经济也较为困难。王红霞放下手头的事，一天内多次上门都没有见到家里的大人，只有那个扑闪着大眼睛，被家人阻拦不让读书的小姑娘在家。王红霞问："闺女，你想上学吗？"小姑娘眼圈一下红了，没有说话，只是重重地点了点头。王红霞的心猛地疼了一下，还有多少孩子不能上学读书？村子外面的她暂且管不了，至少不能让村子里出现这样的情况，必须保证每个娃娃都有学上，都有书读。

第二天晚上，王红霞终于把刚收摊回来、正从三轮车上往下卸盆盆罐罐的马米娜堵在了家里。看着王红霞进门，马米娜已经猜到了她登门的目的，便停下手里的活计，没等王红霞开口就主动说："王主任，您这么晚来我家，估计也是为了娃娃上学的事，您先屋里坐。"说着就要带头往屋子里走。王红霞拦住她说:"你边忙咱们边聊,不碍事。"马米娜拍了拍手说:"我手上有油,也不好拉主任,你到屋子里喝口茶坐着说吧。"王红霞说:"天色不早了,你收拾完还要忙其他事,都是自己人,别客气。"听王红霞这样说,马米娜也没再推辞,开口说:"主任,阿舍的两个哥哥都上中学了,放学回来要吃饭。"边说边把攥着她过来的小女儿往前推了推,接着说,"老人们说了,女孩子迟早是别人家的;书念一念能识几个字就行了,我们那的人都是这么做的。我和娃他爸出门烤串串,一天到黑不着家,我们也是实在没办法才把女儿扯回来,能帮我们一把是一把。"

马米娜这番话让王红霞在诧异中明白了,村里人重男轻女的思想虽没有大山深处人们的那样根深蒂固,但也一定程度存在。王红霞一边帮着马米娜把车上的水桶拿下来,一边说:"钱挣多少都不够,但是娃耽误了就是一辈子,你就忍心?儿子女儿都是一样的,现在都新社会了,不能再有女子不如男的错误观念。你难道还想让娃和老辈人一样吃没文化的亏？让娃去上学，去学习知识，不但能改变她自己的命运，还能改变下一代人的命运！"听王红霞一口气说了这么多，马米娜顿了顿说："主任，道理我都懂呢。不是我不想让娃上学，只是眼前这些困难把人逼得紧，要是有人能给我帮一把，我都不能把娃扯回来，你说我能有啥办法？"王红霞脱口而出："问题总要想办法解决，你看你要是放心我，我买副锅灶给娃单独做饭，让娃们中午放学到我们家吃饭。"马米娜一听这话直摇头，赶紧说："那可使不得，你一天要忙的事情那么多，哪还敢给你再添这些麻烦，我早起一会把娃的中午饭做好。"王红霞一听这话知道她顾忌的是啥，但是话已有点松动，就趁热打铁笑着说："我看你还是不放心我。为了娃娃那你就辛苦早起一点，我帮你想办法把小女儿送到学校，费用你不用管。你看这问题不都解决了？"马米娜听王红霞这么说，脸一下红了，难为情地点了点头。王红霞看见马米娜点头，高兴地说："你同意了？那让娃明天赶紧去上学！

这都耽误好几天的课了！"

马米娜终于同意让女儿去上学了，王红霞松了一口气，正准备出门，一个小身影兴冲冲跑过来站在王红霞面前，向她深深地鞠了一躬后跑了。王红霞眼里顿时泛出泪花，她迈着坚定的脚步向家里走去。

后来，王红霞打造的"红领巾成长课堂"解决了外来务工人员子女放学后无人照顾的难题。

服务群众不落一人

妇女儿童工作的苦与乐让王红霞深深体会到了用心做好服务的重要性，也让她积累了开展工作的一些经验。因王红霞吃苦耐劳、处处考虑大局的出色表现，2009年她被任命为村党总支副书记、村委会主任。盈北村历来是两块牌子一套人马，既是村也是社区。随着城市的不断发展变迁，村民手中的地越来越少，

2008年至2015年逐步去村改社区，2015年彻底转型为社区，王红霞再次担任盈北社区党总支书记、居委会主任。

从村子到社区，改变的是生活，不变的是亲情。王红霞经常告诫自己："以前大家乡里乡亲，互相扶持，现在社区要发展，更离不开各族居民团结互助、共同进步。"开展群众活动多年，王红霞熟悉社区每个人的情况。"服务群众不落一人，团结居民不缺一员。"这是王红霞早早就给自己定下的目标。

胡建平是最早搬入盈北社区的居民之一，因打工时发生意外导致高位截瘫，行动不便的痛苦让他失去了生活的信心。他开始害怕阳光，害怕人们怜悯的眼神，平常几乎不出门，也不参加社区组织的活动。胡建平这样把自己封闭起来，王红霞看在眼里急在心里。

晚上11点多，躺在床上的王红霞翻来覆去，怎么也睡不着："如何让胡建平重新鼓起生活的勇气呢？"丈夫看着她自言自语、眉头紧蹙的模样，不由得有些疼惜她，这个小女人的心里装着全社区的人，她的心该被撑得有多大？他碰了碰妻子的胳膊说："快睡吧，天下没有焐不热的心！我明天陪着你去。"王红霞觉得有一股暖流涌遍全身，正是有了丈夫的无私支持，她才能一步一步走到今天。

第二天一早，王红霞和丈夫带着牛奶和水果，敲了很久终于敲开了胡建平的家门。轮椅上的胡建平打开门，看见是社区书记，忸怩中低下了头。王红霞目光所及之处，只能用一个"乱"字来形容，让她不由得倒吸一口凉气。王红霞一边把小茶几上的东西往边上挪了挪，放下手里的东西，一边说："胡大哥，我们来看看您，顺带着干点家务，您别把我们当外人，千万别和我们客气！"王红霞与丈夫手脚麻利地将屋里胡乱摆放的物品进行归置，打包扔掉垃圾，扫地擦桌子。一番打扫后，胡建平看着眼前焕然一新的家，鼻子不由得一酸，没想到还有人惦记和关心自己。王红霞的丈夫看着胡建平很久未理的头发说："胡大哥，我这会推着您去理个发怎么样？"胡建平不说话，只是摇了摇头。王红霞的丈夫看他摇头，便边拖地边说：

"那我明天带一把电推子过来给您理一理。俗话说，上帝关上一扇门就会打开一扇窗，有个叫史铁生的大作家，坐在轮椅上写了不少文章。肌肉严重萎缩的霍金是世界著名的物理学家。病就是个欺软怕硬的东西，咱不能让它牵着鼻子走。"胡建平感觉自己的心"刺"的一声撕开了一个小口子，阳光争先恐后地往进钻。

打扫完卫生，王红霞抖了抖台子上约摸还有一碗米的米袋子，扭头对胡建平说："胡大哥，我们明天给你买米，你自己先不要着急买。以后我们会经常来，有啥要做的你就直说。"临出门时，王红霞的丈夫递给胡建平一张纸条说："这是我的电话，微信同号，要不我这会扫一下你？"胡建平捏着纸条终于开口说："这把钥匙你们拿上，明天好进门。谢谢……"话未说完，胡建平有点哽咽，把钥匙塞到王红霞丈夫手里就背转过身去。

从此，王红霞的包里多了一把钥匙。王红霞和丈夫抽时间常去胡建平家，为他代买生活用品，打扫房间，和他拉家常。沉默寡言的胡建平脸上逐渐有了笑容，每天吃什么饭做什么事，都会和他们两口子说一说，也愿意摇着轮椅出门参加社区组织的活动了。胡建平逢人便说："是王书记他们让我有了亲人和朋友！"看着走出阴霾的胡建平，王红霞感到由衷的高兴，她联系民政局等相关部门，为胡建平提供公益性岗位，帮助他通过自己的奋斗过上好日子。现在的胡建平不但逐步实现了生活自理，还担任社区的残疾人专干，参与志愿服务，带动小区各族居民积极奋斗在小康路上。

一个周日，中午12点多，王红霞接到一名群众的来电，电话里的女子边哭边说："书记，我的孩子离家出走了……"王红霞安慰她不要哭，并建议她快速到社区警卫室说一说详细情况。挂断电话后，王红霞一边联系社区民警姬凯伟，一边快步往社区警务室走。在社区警务室里，王红霞一边安抚孩子的母亲，一边详细问询。女子擦着眼泪说："早晨9点左右，我找遍家里各个角落都没见到孩子。她脾气太犟，就因为吃早饭时我和她爸说了她几句，她就赌气离家出走了。"说话间她使劲擤了两下鼻涕，王红霞抽了两张纸巾递给她说："你不要着急，孩子还小，不会走太远。你有孩子的照片吗？给我们看看。"孩子母亲打开手机，翻出女孩的照片说："这眼看几个小时过去了，我们问遍了所有亲戚和邻居，但始终没有找到她。"这时，大口喘着气跑进警务室的孩子父亲说："哪里……都找不到，急死人了……"王红霞迅速通过微信扫码加了孩子母亲的微信，把孩子照片传到自己手机里，一边将照片传给姬凯伟，一边安慰孩子父母："不要着急，相信我们，孩子肯定会找到的！"

知道大致情况后，王红霞迅速分工。民警姬凯伟根据家长提供的孩子离家时间、外貌体形和所穿衣服等信息，查看沿途监控录像，分析孩子可能的去向和活动范围。王红霞快速走出警务室，拿着孩子的照片沿路询问线索。时间一点一滴地过去，孩子始终没有找到，王红霞的心里似乎有千百只猫爪在挠，她知道现在独生子女居多，苦吃得少，稍有不顺心就意气用事做出格的事，这真要有个好歹，可不是断送了一个家庭的幸福那么简单，想到这里她不由得加快了脚步。

警务室里，姬凯伟一丝不苟地排查着每一个细节，通过视频监控搜寻至某学校附近时，一个孩子的身影进入了他的视线，他赶紧叫孩子的母亲来确认。孩子的父母扑过来看到屏幕上的身影，激动地异口同声说："就是她！"确认孩子身份后，姬凯伟迅速通知王红霞先行前往寻找，随后他和孩子父母前往孩子出现的片区。王红霞和家长拿着孩子的照片在小区询问，终于在孩子的同学家里找到了孩子。孩子母亲拉住王红霞的手连声道谢："红霞书记，太谢谢你们了，你们就是我们家的恩人！如果没有你们，我真不知道怎么办了。"说着孩子母亲眼里又泛起泪花。"孩子平安无事就好，这都是我们应该做的。赶紧带孩子回家吧。"放下心来的王红霞答道，这时肚子"咕咕"叫了两声，王红霞这才想起自己还没有吃午饭。

守护民族团结走心用情

社区工作都是琐事，但件件关乎民生；社区工作都是小事，但事事关乎和谐。王红霞每天所做的就是一些普普通通的小事，但她不敢有一丝懈怠，因为这一件件、一桩桩普通的小事，离百姓最近，也最考验人。

盈北社区总人口3822户7891人，其中回族、满族、蒙古族、畲族、土家族、彝族等少数民族157户625人，少数民族流动人口37户119人。作为典型村改居社区，盈北社区人员构成多样、需求多样、矛盾多样，社区内基础设施亟待完善，居民对文化娱乐活动需求强烈。作为社区带头人，王红霞冥思苦想：怎样才能把大家的力量都调动起来，促进社区全面发展呢？

2019年年初，王红霞带头探索成立了民族团结进步促进会，实行会员登记制，促进会员单位创建联盟，形成全体人员入网格、网格党员亮承诺、志愿力量齐参与、社会组织来助力、驻街单位共营造的良好氛围，

提供医疗保健类、生活服务类、文化体育类、教育培训类、公益互助类服务的"五联五化"活动载体,共登记会员356人,举办主题文艺演出26场、免费健康咨询和诊疗服务12场、民族团结宣讲8场,为各族群众交流联谊搭建平台,实现了民族团结进步创建工作全覆盖,促进了各民族交往、交流、交融。

"如今社区活动越来越丰富,大家在活动中增进了感情,化解了矛盾,人人都成了民族团结的拥护者。"60岁的回族居民陈生祥感慨万千。陈生祥是盈北社区村改居的见证者和经历者。这些年,从农家院搬进高高的楼房,他最大的感受是邻里亲情更浓了。

"现在一到各种节日,大伙儿欢聚一堂,各族群众相互祝贺相互关心,热热闹闹。我们今天能有红火的日子,红霞书记功不可没!"在啧啧的称赞声中他竖起了大拇指。

盈北社区在王红霞的带领下,以"社区党建强堡垒,民族之家促团结"为核心,成立8个功能党小组,培育社区便民超市、蜜蜂养殖、物业公司、装饰公司、园林绿化等 20 个经济实体和 10 多个个体包工、运输队，带动就业 800 多人；打造"盈北社区警务室""1+X+N"多元共治、联动联勤，辖区党员和志愿者组建义务巡逻队，在小区内进行巡视、检查，做好防火、防盗等治安防范工作，为居民点亮"平安灯"；打造"塞上枫桥"多元调解室，挖掘"明星"调解员，建立户内户外多个调解场所，让各族居民的矛盾在源头化解，用每一个小区的小平安，形成全社区的大稳定，让百姓"在体验中感知平安温度，于传播间厚植法治理念"。

"陈梅珍是盈北社区'民族一家亲'志愿服务项目负责人，在她的带动下，社区共有 20 对结对认亲家庭，大家相互关照、彼此帮助；马建忠是一名创业能手，借助'少数民族流动人口就业创业服务室'，他成立园林绿化队，带领社区 100 多位居民承接了附近小区的绿化工程，让大伙跟着他致富；社区党支部组建兴洲雅居小区物业管理小组，安排 62 名居民参与小区管理、保安、保洁、维修等事务，月工资最低

近2000元……"王红霞如数家珍般道出社区各民族和睦相处、和衷共济、和谐发展的故事。

如今的盈北社区里,有供群众学习、娱乐的幸福广场,有张贴着社会主义核心价值观、爱国主义教育、垃圾分类等内容的民族团结文化长廊,有饱含民族团结寓意的石榴亭,有可为居民办理39项事项的为民服务代办点,有青少年之家、儿童幸福家园等未成年人专属活动场地,有24小时自助警务区,有6支志愿者服务队、QQ群、微信群、计生服务平台,一个个"互联网+民族团结进步"宣传平台使民族团结政策家喻户晓,让平等团结互助和谐的社会主义民族关系扎根社区。

一股股暖流汇成爱的海洋,一次次互助奏响民族团结的主旋律。"大家在一个社区生活,一家人不说两家话,我们就是一家人!"在盈北社区里经常能听到这样的话。各族群众手足相亲、守望相助、团结和睦、共同发展的场景随处可见。"银川市民族团结进步示范社区""自治区民族团结进步模范集体""全

"石榴籽"故事

国民族团结进步模范集体"……各种称号纷至沓来，是送给王红霞的最高褒奖和最珍贵的礼物！

回族妈妈

◎ 魏亚丽

复课第一天,爱心献给留守儿童

2020年5月25日,小雨淅淅沥沥下了一整夜后,海原县关桥乡花红柳绿,空气格外清新。这天是自治区小学高年级学生在新冠肺炎疫情发生后回校复课的第一天,也是中卫市博爱志愿者爱心团队开展"关爱山区留守儿童、助力复工复产复学"爱心活动日。

一大早,海原县关桥乡方堡小学23个戴着红领巾的孩子早早来到学校,脸上洋溢着开心的笑容。在老师的组织下,孩子们在校门口等着爱心"妈妈"杨爱玲和中卫市博爱志愿者爱心团队的到来。10点钟，"妈妈"们如约来到了方堡小学，为孩子们送来了防疫包、文具、牛奶、图书等爱心助学慰问品。杨爱玲一下车，孩子们就奔向她，用最童真、最灿烂的笑容迎接他们的爱心"妈妈"。杨爱玲热情地拉着孩子们的手，亲切地摸着他们的小脑瓜，关心地问着："网课上得顺利不顺利？""假期有没有好好学习？"孩子们簇拥着"妈妈"，拉着杨爱玲和志愿者的手，争先恐后地向"妈妈"汇报他们的新收获、新见闻、新知识。

方堡小学是杨爱玲和中卫市博爱志愿者爱心团队"爱心助学"活动的第一站。自2020年5月25日开始，10天的时间，杨爱玲带领中卫市博爱志愿者爱心团队先后开展了11场"关爱山区留守儿童、助力复工复产复学"爱心活动捐赠仪式，先后慰问资助了海原县5个乡镇12所中小学的373名贫困留守儿童，捐助金额10多万元，为海原山区的贫困留守儿童送去了浓浓的深情和爱意。

走出自强之路,不忘帮助他人

自2008年9月起,杨爱玲就在中卫市经营着一家千江月清真餐馆。在经营餐饮企业的同时,她还履行着作为公民和企业家的社会责任,全方位地投入到奉献爱心、捐资助学的社会公益活动中,用自己的微薄之力,热心帮助海原县贫困山区的留守儿童。12年来,她积极倡导,多方呼吁,联合中卫市的爱心人士和爱心企业,成立了中卫市博爱志愿者爱心团队。她12年来风雨无阻,带领爱心团队先后共资助了海原县山区700多名特困学生和贫困留守儿童,助力留守儿童乘着知识的翅膀,奔向理想的远方。他们资助的留守儿童先后有500多人考入各类高校,其中有200多人考入重点大学。在这些留守儿童的人生之路上,是杨爱玲和她的爱心团队为他们点亮了希望,引领了方向。

1967年,杨爱玲出生在山大沟深、十年九旱、贫

"石榴籽"故事

困的海原县徐套乡一个贫困农民家庭,父母都是老实巴交的农民,6姐弟中,杨爱玲排行老大。由于家境困难,杨爱玲早早就辍学回家,她先放羊,后割草,再务农。20世纪80年代初,农村实行家庭联产承包责任制后,15岁的杨爱玲本着对未来美好生活的憧憬,离开家,走出大山,独自外出打工挣钱谋光景。

生活里满含酸甜苦辣,苦难是磨炼人的大熔炉。1995年,外出闯荡多年的杨爱玲从甘肃兰州来到中卫,带领弟弟、弟媳,在当时还是中卫县的县城长城东街,以1500元盘了个42平方米的铺面,开了一家小面馆。她不怕苦,不怕累,起早贪黑,苦心经营。由于小饭馆位置适中,经营有道,服务热情,味美价廉,顾客络绎不绝,收益可观。3年后,杨爱玲相继开办了3家百货零售及批发部。2001年,她外出考察,纵向联合,代理娃哈哈系列饮料、雪花啤酒、澳优奶粉等60个产品在中卫地区的专卖业务。随着经营规模的扩大,加上市场营销做得好,从2016年起,杨爱玲主要经营清真餐饮,立足融合发展,连锁经营。

几年下来，杨爱玲先后在银川市、中卫市、中宁县、吴忠市、同心县、海原县等地开办了11家杨氏清真面食连锁门店。

2001年，杨爱玲在回老家看望生病的二弟时，看到了令她心酸的一幕：一些儿童因为家境贫寒，半天上学，半天在家放羊喂牛或帮父母照顾弟妹，学习时间根本无法保障，甚至有个别女童因家庭困难而失学；更多的儿童由于家庭经济困难，父母外出打工，由爷爷奶奶照看抚养，成了留守儿童，管教跟不上，学习习惯没培养好，在学校里不好好学习，成绩一落千丈；个别孩子甚至养成小偷小摸、欺凌同学、打架斗殴的恶习……想到自己经历过的失学之苦，杨爱玲对这些孩子的未来担心至极。自此以后，无论工作有多忙，无论手头资金多么紧张，每年她都会抽时间回到山区老家，和村民促膝谈心，说服辍学儿童的家长送子女重返校园，帮助这些孩子克服困难，完成学业。

2004年，杨爱玲回老家时，看到邻居家14岁的金虎因父亲车祸身亡、母亲离家出走，患上了自闭症

"石榴籽"故事

后,辍学在家。杨爱玲看在眼里急在心上,主动联系金虎的母亲,一起和金虎交流沟通,随后将他带到自己家,并时常带金虎上街散心,给他讲故事,引导他敞开心扉。不久,沉默的金虎变得活泼开朗,重新回到校园后开始努力学习,于2009年考上了宁夏大学。

13岁的田霞是孤儿,生活在海原县儿童福利院。杨爱玲认她做了干女儿,节假日将她带到家里和自己一起生活,为她买吃的穿的,陪她搭积木,给她讲故事,引导她努力学习,做一个奋发向上、对社会有用的人。如今,大学毕业后当了老师的田霞,成为海原县儿童福利院爱心活动的义工,积极参加献爱心、帮扶救助等公益活动,是海原县志愿者协会的积极分子。

爱的力量是无穷的,12年来杨爱玲在海原县已成为150多个贫困留守儿童的"妈妈"。

和杨爱玲熟悉的人经常问她:"这样做到底为了什么?"她总是微微一笑:"做这些,我没想过图什么回报,只希望他们都过得好。能帮帮这些苦命的孩子,我心里就觉得快乐。"

方堡小学五年级学生田彦荣说："没有杨妈妈，就没有我们今天快快乐乐学习成长的日子。长大以后，我们也要做像杨妈妈这样的好人。"

2010年后，杨爱玲的爱心之路延伸到海原县山区其他乡镇的贫困留守儿童。

慈善之路越走越远

杨爱玲深知，一个人的力量和能力毕竟有限，只有扩大献爱心的志愿者队伍，动员和号召更多人参与到公益慈善活动中，才能彰显社会正能量。"只要人人都献出一点爱，世界将变成美好的人间。"起先，她动员自己的弟媳马玉梅、金奋梅一起做慈善。后来，公司员工积极响应杨爱玲的倡议，组建了中卫市博爱志愿者爱心团队，共有50多人，其中年龄最大的56岁，最小的20岁。杨爱玲说，在公司发展的同时，也要尽最大努力把这份爱心坚持传递下去,为社会献出更多爱心,也让更多的人参与献爱心公益活动并形成暖流。

辛勤的汗水换来了事业的辉煌。"虽然我不是最有钱的人,但我是富有爱心的人。致富不忘回报社会,这是做人的本分,也是一个真正的企业家必须承担的社会责任。"杨爱玲说。至今,她常常带领家人和员工去中卫市社会福利院做慈善,资助那些孤儿;积极参与中卫市慈善基金会、义工联合会组织的各项慈善公益活动;承诺资助中卫市第二小学、中卫市第五中学20名特困学生到大学毕业;为沙坡头区山区小学捐赠课桌凳40套,价值12000元;在2013年中卫市山区抗旱救灾中,她先后捐赠3万元现金及价值15000元的衣物……

疫情凝聚人心,团结彰显力量。在抗击新冠肺炎疫情的攻坚战中,杨爱玲和她的爱心团队更是迎难而上,不甘落后,尽显责任担当。

2020年春,一场不期而遇的疫情扰乱了人们的正常生活。在抗击疫情的战斗中,杨爱玲看到,中卫市

各界抗击疫情、彰显民族团结的场景比比皆是。他们中既有党员干部，也有爱心群众；既有医护人员，也有普通群众；既有耄耋老人，也有稚嫩孩童……虽然在不同的岗位，来自不同的地区和不同的民族，但在抗击疫情中，大家心手相连，和衷共济，同根连枝，共盼春来。看到这些，杨爱玲和她的爱心团队坐不住了，正月初七，杨爱玲的公司通过中卫市红十字会向湖北武汉市捐款1万元，向中卫市援鄂医疗队捐款1万元，献上了她和团队的一片爱心。

除此之外，杨爱玲和她的爱心团队时刻关注疫情中的留守儿童。3月1日，杨爱玲爱心团队中的马玉梅购买了1000个口罩，通过海原县教育局转交到了她资助的贫困留守儿童的手中，帮助留守儿童战胜疫情、渡过难关。其间，杨爱玲几乎每天都会和孩子们通电话，了解留守儿童的生活、学习情况，给他们讲授防疫知识，鼓励他们树立信心，战胜疫情。同时嘱咐她的"干娃娃"们在家上好网课，听老师的话，不要贪玩，做一个好好学习、天天向上的好少年。

特殊的孙女

◎ 计 虹

邱应龙有个特殊的孙女，叫丁曼莉，她是个可怜的孩子，婴儿时就被父母狠心抛弃，被当时在银川市中医院做保洁工作的丁玉花老人好心收养。老人很疼爱丁曼莉，一直精心地抚养她。可是小曼莉的命运实在太坎坷，15岁时老人因病去世，小曼莉再次被孤零零地丢在这个世上。年少的丁曼莉因为养母去世受到的打击很大，开始逃学旷课，经常混迹在网吧。这样的情况出现在小曼莉的身上并不稀奇，一下子失去安全感的孩子，会不由自主地跑去虚拟世界寻求刺激和安慰。看着小曼莉一天天沉沦下去，学校和社区都很焦心。为了及时挽救这个身世凄苦、孤苦伶仃的小女孩，2009年4月17日，自强社区居委会专门组织召开了社区共治委员会会议，讨论孤儿丁曼莉今后的衣食住行等问题。作为共治委员会成员、社区老党员，邱应龙必然要参会。会议上大家一致推举邱应龙作为管护人，负责丁曼莉城镇居民最低生活保障金和爱心人士捐赠款的保管和使用，社区居委会作为直接监护人。邱应龙说，就是组织不安排他当管护人，他也会照顾可怜的小曼莉，这是他作为党员的责任。

就这样，邱应龙把小曼莉带回了家。丁曼莉刚进邱应龙家时，低着头，一句话都不敢说。邱应龙能理解小曼莉此时此刻寄人篱下的心情，他拉着小曼莉的手，眼角泛着泪花，哽咽着对曼莉说："孩子，别怕。有爷爷的一口饭吃，就决不会让你饿肚子。"这一刻丁曼莉才抬起头来认真地打量了眼前的老人，他会和妈妈丁玉花一样待自己那么好吗？丁曼莉是回族，邱应龙的儿媳也是回族，这样小曼莉的一日三餐就不成问题。考虑到小曼莉是个小姑娘，怕她生活起来不方便，邱应龙又联系了邻居。邻居家女人的丈夫去世了，她独自拉扯着女儿，邻居家的女儿和曼莉年龄相仿，让她俩住在一起，互相也有个照应。把这些基本的衣食住行安排妥当，对于养育一个孩子来说才是冰山一角，由于丁曼莉长期疏于管教，再加上青春期叛逆，即使是被邱应龙收养后，她也还是常常逃学游走在城市的各个网吧、游戏厅。邱应龙已经是70岁的老人了，每次丁曼莉逃课去网吧，老师都会打电话给他，他就骑上自行车满世界去找丁曼莉。就这样，丁曼莉一次次逃课，邱应龙一次次把她带回家。有一次，天气特别冷，还刮着大风，丁曼莉又逃学去了网吧，邱应龙顶着狂风，冒着严寒，骑着自行车在大大小小的网吧搜寻丁曼莉，终于，在一个偏僻巷子的网吧里找到了她，此时的邱应龙已经没有力气再骑车带丁曼莉回家了，他们只好打车回去。进了家门，看着不争气的丁曼莉，又气又冷又急的邱应龙打了丁曼莉一巴掌，这是邱应龙第一次打丁曼莉，也是唯一的一次。挨了一巴掌的丁曼莉，捂着脸哭着对邱应龙说："爷爷，我

再不敢了。"邱应龙一下子心就软了,以前丁曼莉都是喊他"邱爷爷",这一次直接喊他"爷爷",说明孩子从心里接受了他。他给小曼莉擦去眼泪,语重心长地给她讲了做人的道理。从那天起,邱应龙每天早上六点就起来去邻居家喊醒丁曼莉,等她吃过早点,再骑着自行车护送她去学校。这样早出晚归了半个多月,丁曼莉对邱应龙说:"爷爷,你以后别送我去学校了,我保证不逃学了,你别再这么辛苦了。"听了丁曼莉的话,邱应龙心里很欣慰,孩子终于懂事了。他虽然心里有些担心,但还是选择相信她,就这样丁曼莉顺利地初中毕业。在各界爱心人士和相关部门的帮助下,她上了一切费用全免的高中。

现在丁曼莉已经长大成人,是一家公司派驻安徽的项目负责人,成天东奔西跑地忙事业。邱应龙笑着说:"都说打人不好,可我这一巴掌打在孩子身上,疼在我心里,我是在挽救这个孩子。"挽救丁曼莉的并不仅仅是邱应龙的一巴掌,更多的是他对丁曼莉无私的关怀,是邱应龙以一颗亲人般的心感化了丁曼莉。

丁曼莉的身世是可怜的，但她又是何其幸运，遇到了丁玉花、邱应龙这样的好人，让她慢慢成长为一个对社会有用的人。丁曼莉成人了，有了自己的事业，邱应龙的心并没有放下，他说："什么时候曼莉成了家，有了爱她的男人，我这颗心才能踏踏实实地放下。"邱应龙的心愿只是一个长辈对孩子最朴实最纯真的期望，和天底下千千万万父母的心愿一样。

这就是好人邱应龙，他的故事里没有轰轰烈烈，没有豪言壮语，只是一个老百姓、老党员做的最普通的事。就是这样一位普通的老人，用自己的一言一行践行着怎样做一名优秀的共产党员，那就是"不忘初心、牢记使命"。

后　记

中华民族共同体意识是国家认同、民族交融的情感纽带,是祖国统一、民族团结的思想基石,是中华民族延绵不绝、永续发展的力量源泉。

开展常态化民族团结进步教育,是铸牢中华民族共同体意识的重要途径。为推动民族团结进步教育融入日常、抓在经常,自治区政协建议编创《"石榴籽"故事》丛书(以下简称《丛书》)。自治区党委高度重视,成立了以自治区党委统战部、宣传部、党史研究室,自治区民委、文联,自治区政协民宗委等有关部门(单位)负责同志为成员的《丛书》编写工作领导小组(编委会)。自2020年6月开始,《丛书》编写分素材征集、创作编辑、出版发行、成果转化四个阶段,经多方协作配合、各界鼎力相助,终于付梓。

翻开散发着淡淡墨香的《丛书》,我们在感慨之余,也衷心地向故事线索的提供者和参与编创工作的单位及个人表示感谢!

由于编者水平有限,遗珠之憾在所难免,敬请各界人士及广大读者指正并提出宝贵意见。

编 者

2021 年 4 月